西川 司

異邦の仔

バイトで行ったイラクで地獄を見た

実業之日本社

実業之日本社文庫

目次

第一部 テロルの口笛

六月の第三金曜日。連日ぐずついていた空が一転して雲ひとつない青空になってい
る。
俺は自宅マンションを午後二時四十五分に出て、蒲田《かまた》駅西口に向かって歩いていた。
色褪《あ》せたジーンズに履《は》き古したスニーカー、半袖の白いポロシャツ、年季の入った
茶色の革製ショルダーバッグ――五十八歳にしては若づくりだと思わなくもないが、
放送作家になって三十年、ほとんど同じ格好で通している。
しかし、上半身だけは季節によって変わる。といっても、秋になればポロシャツの
上にセーターを着、冬になれば、その上にジャンパーを羽織《はお》るだけだが。
蒲田の街中を流れる川沿いを進むと、駅に近づくにつれ、違法駐輪の自転車が増え
て道幅が狭くなっていく。
角を左に折れて入った路地は人影がなく、ひっそりとしている。道の両側に軒を連
ねる飲食店のほとんどがランチタイムを終え、夕方になるまで店を閉めているのだ。
路地を抜けて駅前に出た。この時間の蒲田駅前は、地方都市の駅前のように閑散《かんさん》と

している。

俺は額《ひたい》にうっすらと汗が浮かんでいるのを感じながら、駅ビルの中へ入っていった。

エスカレーターに乗り、二階の中央改札口を通過して、京浜東北《けいひんとうほく》線のホームへ向かう。

三番線ホームに降りると、お決まりの場所に立って腕時計を見た。

午後三時十六分——いつもとぴったり同じ時刻だ。毎週金曜日、間もなくやってくる蒲田駅十五時十八分発車の電車で浜松町《はままつちょう》に行くようになって五年近くになる。

京浜東北線は十両編成で、乗るのは後ろから四両目の車両。ホーム側の後方ドアに一番近い端の席が俺の指定席だ。

もちろん、その席が必ず空《あ》いているわけではない。いや、むしろ空いているほうが珍しい。

だから、誰かが指定席に座っていた場合は、その隣か向かいの席か、とにかく空いたらすぐ座りに行ける席に腰を下ろすことにしている。

その席にこだわる理由は単純だ。浜松町駅に到着したとき、開いたドアの目の前に改札口に続く階段があるからだ。

指定席のある車両のドアが開く位置で待っていると、アナウンスが流れ、京浜東北線の車両が見えてきた。

やがて三番線ホームに滑り込んできた電車が止まってドアが開いたが、降りてくる客はいなかった。素早く乗り込んで指定席を見ると、珍しいことに空いていた。すかさず指定席に座る。

ひと息ついてから、車内をぼんやり眺めた。乗客は四十人くらい、男女比は六対四といったところか。男はサラリーマン風の者が多く、次に学生、老人の順。女性は主婦と学生が半々。OLらしき人もちらほらいる。吊り革《かわ》に摑《つか》まって立っている人は十人程度。すべてサラリーマン風の男だ。座席に座っている人のほとんどが、隣の人との距離を充分に取っている。

初夏を思わせる強い日射しが差し込んでいる車内は、とても明るく静かだ。右斜め前の優先席に座る老人ふたりは居眠りをしている。向かいの座席に座っている乗客はほぼ全員が、無言でスマートフォンや携帯電話の画面を見つめながら、時折指を動かしている。

彼らがそうしていられるのは、常に他人の動向に注意を払っていなければならない外国と違い、日本が安全な国であることを証明している。

俺は大学を中退してから三年間ほど、タイやインドなどアジアの国々を放浪していたことがある。様々な国のバスや列車に乗ったが、ちょっと隙を見せたために何度ひったくりや置き引きに遭《あ》ったことか――そんな昔の記憶を思い出しているうちに、電車は大森《おおもり》駅を過ぎ、機械的な車内アナウンスが流れてきた。

『この電車は京浜東北線、大宮《おおみや》方面行きです。次は大井町《おおいまち》、大井町です。お出口は右側です――』

電車が止まり、向かいの座席に座っていた数人が立ち上がって、俺の座席の近くのドアから降りていった。

少しして、俺の座席から一人分離れて座っていた女性がひどく慌《あわ》てて立ち上がった。年齢は娘の麻里亜《まりあ》とそう変わらない、二十代後半から三十代初めといったところだろう。女性は小走りで、薄手の白いハーフコートをなびかせながら電車を降りていった。

ふと女性が座っていたあたりを見ると、薄いピンク色の携帯電話があった。彼女のものに違いない。おそらくメールかネット、あるいはゲームに夢中になっていて、慌てて立ち上がった拍子にコートのポケットに入れたつもりが席にすべり落ちたのだろう。

一瞬躊躇《ちゅうちょ》したが、その携帯電話を手に取り、女性のあとを追って電車を降りた。

女性は十メートルほど先の階段に向かっていた。階段の少し前で追いつくと、女性の肩を背後から軽く叩いた。振り向いた女性は、まるで痴漢《ちかん》でも見るように俺を睨《にら》みつけた。

「これ、座席に落ちていましたけど、あなたのものじゃないですか？」

ぶっきらぼうに携帯電話を差し出すと、女性は携帯電話を見つめたまま、慌ててコートのポケットの中をまさぐり、一転して安堵《あんど》の表情に変わった。

「ああ、そうです。これ、あたしのです。ありがとうございます」

女性は、ばつが悪そうな作り笑顔を見せながら、軽く頭を下げて携帯電話を受け取った。

「じゃ――」

俺は、すぐさま停車している電車に乗ろうと踵《きびす》を返した。

しかし一歩踏み出したときに、アナウンスが流れ、電車のドアが閉まった。思わず小さく舌打ちした。腕時計を見た。三時二十八分。番組の会議がはじまるのは四時だ。次の電車でも間に合うだろう。

気を取り直して、後ろから四両目後方ドアあたりまで戻ろうと歩き出した。

不意に口笛が聞こえてきた。どこかで聞いた覚えがあるようなメロディーだった。足を止めて周囲を見渡した。だが、口笛を吹いている人は見当たらず、やがて風が去るように口笛は消えた。

空耳だったのだろうか——そう思いながら数メートル歩いたときだった。

突然、爆発音が響き渡った。

続いて、車両の中にいる乗客たちの凄まじい悲鳴が重なった。

咄嗟《とっさ》に腰を落とし、両腕で顔を守った。俺が降りた後方ドア付近のドアや近くの窓ガラスが粉々になって吹き飛び、白煙《はくえん》が上がっている。

緊急事態が起きたことを知らせるベルがホームに鳴り響くと、閉まっていた電車のすべてのドアが再び開き、爆発したドア以外から乗客たちが先を争って降りてきた。

「危険です！　こっちに来ないでください！」

車両の最後尾でドアの開閉を確認していた若い駅員が、怖いもの見たさでやってこようとしている人たちに向かって絶叫《ぜっきょう》している。

しかし俺は若い駅員の声に逆らって、爆発した車両のドアへ近づいていった。

血腥《なまぐさ》さと鉄の焦《こ》げた臭いが鼻を衝《つ》く。車内に足を踏み入れようとすると、ドアのすぐそばに、白いブラウスと紺のスカートを身につけた女性が仰向けに倒れていた。

彼女には両足が無かった。足があるべき床は血溜まりになっている。

しゃがみ込んで、その女性を抱き起こした。微《かす》かに息をしている。

「しっかりしてください！」

「——助……けて……」

うっすら目を開けた女性が、途切れ途切れに弱々しい声で言った。年齢は四十代半ばくらいだろう。一瞬、その女性が妻の美佐子《みさこ》に見えた。美佐子が乳癌《にゅうがん》で死んだのは、四十五歳のときだった。

「救急車！　早く救急車！」

俺は車内から顔だけ出して、近くで数人の野次馬《やじうま》たちを押し止《とど》めている若い駅員に向かって叫んだ。

「もう呼んでいます！」

若い駅員が顔だけ向けて声を上ずらせて答えた。

「聞こえたでしょ。もうすぐ救急車が来る。しっかりするんだ！」

女性の耳元で声を大きくして言った。

「——ありが……とう……」

女性が微笑んだように見えた。美佐子の最期と同じだった。美佐子も息を引き取る間際、微笑みながら、「ありがとう」と言って目を閉じて、動かなくなった。

「しっかりしろ！　おい、目を開けろ！　おい！」

俺も美佐子の最期に言った言葉を繰り返した。しかし、女性から返事はなく、全身から力が抜けたようになり、急に重みを感じた。指先を女性の頸動脈《けいどうみゃく》に当ててみると、脈はなくなっていた。

立ち上がって周囲を見回した。と、一点に目が止まり、俺は総毛立《そうけだ》った。ドアに一番近い座席——俺の指定席が真っ黒に焼け焦げていたのだ。

いま息を引き取った女性は、俺が降りたあとにこの席に座ったのだ。もし、携帯電話を忘れた女性のあとを追わずにそのまま座っていたら、俺が彼女のようになっていたのだ。

周囲にはまだ三人の男女が倒れていた。他の乗客たちは、前方のドアからすでに逃げたのだろう。

「誰か……手を貸して……くれ」

掠《かす》れた男の声が聞こえた。四メートルほど離れた床にうつ伏せで倒れているスーツ姿の男だ。

その男の近くに、足の付け根からもがれ、血肉の中に太く白い骨が見えている素足が一本ごろんと転がっていた。さきほど息を引き取った女性のものだ。もう一本の足を探すと、女性が座っていた向かい側の座席の上に転がっていた。思わず胃液がせり上がってきたが、押し戻すようにして飲み込んだ。

俺は声を出した男のもとに駆け寄ってしゃがみ込み、

「どこか痛むところは？」

と耳元で声をかけた。額から血を流しているが、体に損傷は受けていないようだ。爆風を受けてどこからか吹き飛ばされたのだろう。

「体に……力が入らない……」

男は両手を床に着き、腕立て伏せをするような格好で立ち上がろうとしている。

「無理をしないほうがいい。もうすぐ救急車がきます」

すると、男は安心したように目を細め、腕立て伏せのような格好をやめて気を失った。

男の近くで、四十代と思《おぼ》しきサラリーマン風の男と若い女性が、体を斜めにして座席にもたれて動かなくなっていた。

俺はふたりに近づき、息をしているかどうか確かめた。ふたりともかすかに呼吸をしている。おそらく爆風を受けて頭を強く打ち、気を失ったのだろう。後頭部から血が流れているのが確認できた。

チャイムが鳴って、駅構内に男性の声のアナウンスが流れてきた。

『お客さまにお知らせします。十五時三十分ごろ、京浜東北線大宮方面行きの車内におきまして爆発事故が起き、怪我人《けが》が出た模様です。まだ爆発する可能性があり、大変危険ですので、くれぐれも京浜東北線のホームには近づかないでください――』

遠くからパトカーや救急車、消防車のサイレンの音が聞こえてきた。それぞれのサイレンの音量が競い合うように膨れ上がってくる。

「もう間もなく救急隊員と警察が到着します。あとは私たちに任せて、ここから避難してください」

いつの間に近づいてきていたのか、顔色を真っ青にした駅員が俺のそばで屈んで言った。さきほど、救急車はもう呼んでいると答えた若い駅員より年上の駅員だった。

「ああ。わかった」

俺は車両の前方のドアに向かい、そこからホームに出た。五メートルほど離れたところで駅員たちが総出で、二十人ほどの野次馬たちを爆発した車両に近づけまいと体を張って阻止していた。

野次馬たちのところに向かいながら腕時計を見た。午後四時になろうとしている。間もなく番組会議が始まってしまう。

ジーンズのポケットから携帯電話を取り出して、関東放送のプロデューサーの武山《たけやま》に電話をかけた。

『立花《たちばな》ちゃん、どうしたよ？』

四回目のコールで電話に出た武山の野太い声が鼓膜に響いた。

「京浜東北線で事故があってな。今、大井町駅で足止めを食っているんだ。会議に出られそうにない」

武山とは同い年で、ＡＤのときから知っている。知り合ったばかりのころの武山は、俺のことを『さん』づけで呼んでいたが、いつのころからか『ちゃん』づけに変わった。

『京浜東北線の事故って、たった今起きたやつのことか？』

関東放送には、すでに一報が入っているようだ。武山が俄《にわ》かに興味津々になっているのが声でわかる。

「そうだ。爆発物が爆発して、女の人がひとり亡くなった。他に怪我人は少なくとも三人いる」

『報道部には何かが爆発したとしか報告が入っていない。爆発物っていうことは、爆弾が仕掛けられていた可能性があるのか？』

「ああ。爆発した車両を見に行ったら、座席が一ヵ所だけ真っ黒に焼け焦げて、激しく破壊されていた」

　しかも、その座席は俺が座っていた場所なのだ――言葉に出して説明しているうちに現実感が湧き、恐怖心に襲われた。

『その座席に爆弾が仕掛けられていたって言うのか?』

　武山の声が緊張しだした。

「間違いないと思う。爆弾が仕掛けられていた座席に座っていたと思われる女性は、両足を吹き飛ばされて亡くなった」

『立花ちゃん、電話をスタジオにつないでいいか?』

　心なしか、武山の声が高揚しているように思えた。この時間は、『夕焼けワイド』という番組の生放送中だ。武山はその番組で俺にレポートさせようとしているのだ。

「ああ」

　放送作家は、言うまでもなく裏方の仕事だ。しかし、こんな惨事《さんじ》を目の当たりにしたのだ。いち早く多くの人に伝えるのは、放送に携わる者の義務というものだろう。

『じゃ、いったん、この電話、切るぞ』

　電話が切れてしばらくすると、警察官、救急隊員、消防隊員が大勢やってきて、ホームは一気に物々しい雰囲気になった。

真っ先にやってきたのは、警察の爆発物処理班だった。見るからに重たそうな緑色の防爆防護服を着た人間が十人ほど爆発した車内に入っていった。

駅員たちと警察官たちが、まだ残っている野次馬たちに対してホームから出ていくように指示をはじめた。俺も指示に従って改札に続く階段に向かった。

改札口は、外から駅構内に人が入ってこられないように警察官たちが立ち並び、規制線が張られていた。規制線をくぐって改札口を出て少ししたところで、ジーンズのポケットの携帯電話が振動した。取り出して見ると、電話番号が非通知になっている。スタジオの固定電話からだろう。

「はい。立花――」

『武山だ。立花ちゃん、この電話を生放送中の室井《むろい》につなぐから、レポートよろしく』

「ああ、わかった」

そう答えるとすぐに、室井アナウンサーが呼びかけてきた。

『さて、爆発事故があった大井町駅に関東放送のスタッフ、立花遼一《りょういち》が偶然、居合わせていたそうですので、さっそく呼んでみたいと思います。立花さん、聞こえますか？』

「はい、聞こえます」

『今、大井町駅のどのあたりにいるんですか？』

「さきほどまで事故があった京浜東北線の車両近くのホームにいたんですが、駅員と警察の方たちにホームから出ていくように言われて、今は改札口を出てすぐのコインロッカーの前にいます」

『警察はもう到着しているんですね？』

「ええ。警察官の他に爆発物処理班と思われる一団、それに消防隊員、救急隊員の方々も到着しています」

『そうですか。こちらには、大井町駅のホームに停車していた京浜東北線の電車で、何かが爆発して事故が起きたようだという情報しか入ってきていないのですが、立花さんは爆発した瞬間を目撃したんですか？』

「はい。電車のドアが閉まって大井町駅を発車しようとしたときに、突然、大きな爆発音がして、後ろから四両目の後方ドアとその近くの窓ガラスが粉々になって吹き飛び、白煙が上がったのを目撃しました」

『後ろから四両目の車両が爆発したんですね？』

室井アナウンサーの声が緊張を帯びてきた。

「ええ。しかし、爆発した場所は、車両の後方ドアの座席付近の一部だけです」

『では、その車両に乗っていた乗客のみなさんは？』

「爆発した車内に入ってみたんですが、女性がひとり亡くなりました。あとは、爆風を受けて怪我をしたと思われる男性ふたりと女性ひとりがいました」

脳裏《のうり》に、惨《むご》たらしい車内の光景がフラッシュバックした。

『女性がひとり亡くなられて、怪我人は男性ふたりと女性ひとりですね？　爆発した車両には、何人くらいの乗客がいたのかわかりますか？』

室井アナウンサーの声は、一段と緊張して強張《こわば》った感じになっている。

「四十人――あるいはもっといたかもしれませんが、私が乗っていたときは、だいたいそれくらいの人数でした」

『立花さんも、その車両に乗っていたんですか⁉』

室井アナウンサーは、信じられないという声を出している。

「ええ、そうです。しかし、電車が大井町駅に着いたとき、隣の席にいた人が携帯電話を忘れて電車を降りてしまったので、届けてあげようと思って電車を降りたんです。爆発が起きたのは、その直後でした」

今となっては彼女に感謝したい気持ちだ。

『立花さんは、まさに、間一髪《かんいっぱつ》のところで被害に遭わなかったというわけですね……』

室井アナウンサーも驚いているのだろう、あとに続ける言葉が見つからないようだ。

「そういうことになりますが、被害に遭われて亡くなられた方や怪我をした人たちのことを思うと、とても喜べる気持ちにはなれません」

聴取者に受けのいいコメントを言おうとしたのではない。偽らざる気持ちだった。

『立花さんは、さきほど警察の爆発物処理班と思われる一団も到着したとおっしゃいましたよね？　ということは、車内に爆弾が仕掛けられていたということなんでしょうか？』

「断言はできませんが、その可能性は高いと思います」

『どういうことですか？　詳しく教えてください』

「私が車内に入ると、爆発があった後方ドアのすぐ近くの床に亡くなられた女性が倒れていて、両足を失っていたんです。おそらく爆弾の爆発によって吹き飛ばされたのだと思いますが、その彼女の近くの座席だけが真っ黒に焼け焦げて、激しく破壊されていました」

『つまり、その座席に爆弾が仕掛けられていたのではないかと言うんですね？』

「おそらく、そうだろうと思います」

『爆弾テロの可能性もあるということでしょうか……』

室井アナウンサーも慎重な口ぶりになっている。だが、爆弾テロだとしたら、規模が小さすぎる気がする。

「それはわかりません」

「では他に立花さんのほうから何か伝えておきたいと思うことはありますか？」

「そうですね、今はとにかくどうしてこんな事故が起きてしまったのか、その原因究明《きゅうめい》が急がれるということと、亡くなられた方のご冥福《めいふく》を心からお祈りすると共に怪我をされた三人の方々が一刻も早く元気になられることを願うばかりです。私からは、以上です」

『私もまったく同感です。立花さん、どうもありがとうございました』

「いえ、どうも――」

室井アナウンサーとの話が終わると、

『武山だ。立花ちゃん、お疲れ。で、これからどうする？』

武山が電話に出て訊いてきた。

「それはこっちが訊きたい。京浜東北線は当分動かないだろうから、そっちに行くにはタクシーで行かなきゃならないけど、たぶんタクシー待ちをしている人がたくさんいると思うんだ」

『番組会議のことは気にしないでくれ。だけど、もししんどくなかったら、局にきてもらえないかな。これから、このニュースで持ち切りになるし、立花ちゃんの目撃談が必要になってくるからさ』

電車内で爆発物が爆発するという、極めて重大な惨事が起きてしまったのだ。メディアというメディアはこれからこぞって今回の電車爆破事件のニュースを取り上げることになるだろう。

俺としても、いったい誰が、何の目的でこんなことをしでかしたのか知りたい。番組に出て同じことを話すのは面倒だが、ラジオ局には警察や消防といった様々な方面から情報がいち早く入る。

「わかった。とにかくそっちに行くよ」

『そうか。じゃ待ってる。あ、タクシー代は出すから、領収書をもらってくれ』

武山はうれしそうな声を出している。

「ああ。じゃ」

電話を切ってから駅を出ると、案の定、タクシー乗り場には長い行列ができていた。

行列に並んでしばらくすると、携帯電話が振動した。ジーンズのポケットから携帯電話を取り出した。娘の麻里亜からだった。

「もしもし」

『ああ、よかった――』

電話に出るなり、麻里亜が安堵の声を出した。電話の麻里亜の声は死んだ妻の美佐子にそっくりで、どきっとさせられる。

「どうした？」

『どうしたって、たった今、京浜東北線が爆発して大混乱してるってニュースでやってたのよ。お父さん、毎週金曜日のこの時間、京浜東北線に乗るでしょう。だから心配になって電話したのよ』

麻里亜は、昨日から京都に行っている。環境問題を考える国際会議で通訳の仕事を頼まれ、三日間の会議が終わるまで京都にいると言っていた。

麻里亜は人材派遣会社に登録していて、通訳や翻訳関係の仕事が入ったときに随時連絡がくるようになっているらしい。麻里亜の夢は、海外小説の翻訳家になることだそうだが、一人前になるのはなかなか難しいようだ。

「俺は大丈夫だ。こうして電話に出てるんだ。心配いらないよ」

ぶっきらぼうに言ったが、こうして娘が心配して電話をくれているのだ。内心はやはりうれしい。

『でも、東京は大騒ぎになっているらしいじゃないの。テロリストの犯行じゃないかって、もっぱらの噂よ』

その可能性も少なくない。だが、まだなんの確証もない。それに間一髪で助かったなどと言えば、余計な心配をさせることになる。俺は電話を早々に切ることにした。

「まだはっきりしたことは何もわかっていない。とにかく、俺は大丈夫だから。電話、ありがとう。じゃあな」

電話を切った。さきほどまでの恐怖が、麻里亜と電話で話したことで、いくぶん落ち着いてきた。娘の存在というのは大きいものだ。

だが、麻里亜とこうして仲良く話すようになったのは、ここ一年くらいのものだ。それまでは、まったくといっていいほど口をきかない間柄だった。

俺は、小さいときから麻里亜を厳しく育てた。そのせいで年頃になるにつれ、麻里亜との溝は深くなっていった。

そして高校二年のとき、麻里亜は交換留学制度を利用してオーストラリアの高校に行ったまま、結局日本の高校に戻ることなく、オーストラリアの大学に進学した。

ひとり娘を十七歳で遠い外国に手放すことになった妻の美佐子は、ずいぶん寂しい思いをしたに違いない。それでも美佐子は、俺に愚痴めいたことを一切言うことはなかった。

そうした我慢がストレスになって病気を引き起こしたのかもしれない。美佐子は四十五歳のとき乳房に悪性の腫瘍《しゅよう》ができて手術したのだが、すでに癌細胞はリンパを通って体のあちこちに転移しており、驚くほど呆気《あっけ》なく死んだ。麻里亜は美佐子が危篤《きとく》に陥ったという連絡を受けるとすぐに帰国したが、死に目には会えなかった。

麻里亜は、美佐子の亡骸《なきがら》にすがりつき、腹の底から絞り出すような声で泣き続けた。

麻里亜が日本に帰ってきたのは、それから六年後、二十六歳のときだった。どうして帰国する気になったのかわからない。いずれにしろ、麻里亜が何も言おうとはしなかったから、いまだに訊かないままでいる。

ようやくタクシーに乗る順番がやってきた。俺は運転手に関東放送までと行き先を言い、後部座席に深く腰を下ろして目をつむった。

浜松町駅近くにある関東放送のビルの七階の番組制作部に到着したのは、午後五時を少し過ぎたころだった。

いつもならこの時間は、お笑い芸人がパーソナリティを務める一時間の録音番組を流している。しかし、今日はその番組を中止して、臨時のニュース番組を放送していた。

キャスターは、辻村美由紀《つじむらみゆき》という五十五歳の報道部のベテランアナウンサーだ。事故現場となった大井町駅には、二十代半ばの女性アナウンサーがレポーターとして送り込まれていた。

制作部に入ると、武山が飛んでくるように出迎えて、俺をすぐさま第一スタジオに連れていった。

第一スタジオに入ると、キャスターの辻村が、警視庁記者クラブにいる記者の報告を受けているところだった。

『――警視庁が爆薬を分析をしたところ、使用された爆薬はＣ４爆弾と呼ばれる軍事用のもので、起爆は携帯電話による遠隔操作によってなされたものと推測されるとのことです。このＣ４爆弾の爆薬は粘土状であるため、必要に応じて量を調節できるうえに、固形爆弾では難しい隙間に詰め込めるほか、耐久性、化学的安全性が高いことからテロリストに利用されることが多いということです。警視庁は、駅のホームに設置されている監視カメラに不審な人物が映っていないか調べを進めるとともに、爆弾の入手ルートの解明と起爆装置の分析を急ぎ、犯人の特定に全力を注ぐとしています。

警視庁記者クラブからは以上です』

「わかりました。また新しい情報が入りましたら伝えてください。警視庁記者クラブから月舘《つきだて》記者の報告でした」

月舘記者との直通電話を切ると、キャスターの辻村は目の前の席に座っている俺に視線をまっすぐに向けてきた。

辻村美由紀のことは若いころからよく知っているが、こうして至近距離で真正面から顔を見るのは、ずいぶん久しぶりだ。

「さて、スタジオにはたった今、爆発した京浜東北線の電車に乗り合わせていた関東放送のスタッフ、立花遼一さんが到着しました。立花さん、よろしくお願いいたします」

辻村は冷静な物言いをして、俺に軽く一礼した。

「よろしくお願いします」

俺も軽く頭を下げた。

「立花さん、早速ですが、電車が爆発したときの様子を詳しく教えていただけますか?」

俺は、『夕焼けワイド』の中で言ったことと同じ内容を繰り返して言った。

「――電車が爆発する前、ホームで怪しい人間を見たということはないですか？」

辻村の質問を受け、不意に、爆発の直前に耳にした口笛のことを思い出した。しかし、どんなメロディーだったのかまでは思い出せなかった。

「いや、特には見ていないですね」

口笛のことは伏せた。空耳だったのかもしれないのだ。不確かなことを言って、妙な憶測を呼ぶことになってはまずい。

辻村が厚いガラス越しの副調整室に視線を移した。イヤホンを通してディレクターから辻村に何か指示が出たのだろう。

「さて、たった今、軍事ジャーナリストの田辺仁《たなべじん》さんに電話が繋がったようですので、お話を伺おうと思います。立花さんもご一緒にお聞きください。田辺さん、よろしくお願いします」

『はい。田辺です。よろしく』

田辺仁は、海外で内乱や紛争あるいは戦争が起きたりすると必ずと言っていいほどテレビで顔を見る、六十歳を超えた軍事ジャーナリストだ。

辻村は田辺に月舘記者の報告を手短に伝え、

「田辺さんは、犯人にはどんな狙いがあったと思われますか？」

と訊いた。

『そうですね。手口と使用した爆弾からテロリストよる犯行の可能性が高いのではないでしょうか。日本国内で爆弾を使ったテロと言いますと、一九七四年の東アジア反日武装戦線〝狼〟と名乗る組織による三菱重工ビル爆破事件を思い起こします。この組織には三菱重工を帝国主義であるとして憎んでいたという政治的な背景がありました。ところが、今回の爆弾事件は、一般の人々が乗る昼間の電車の一車両の座席の一ヵ所だけに、軍事用のC４爆弾を仕掛けました。そして死亡したのは女性ひとりで、負傷者は三人ということです。語弊があるかもしれませんが、テロリストの犯行というにはお粗末《そまつ》だなあという印象が拭《ぬぐ》えませんね。そして、まだ犯行声明も出ていないようですから、犯人の狙いが何なのかさっぱりわかりません』

田辺は、さすがに軍事ジャーナリストというだけあって淀《よど》みなく話した。辻村は、田辺の言ったことを紙に走り書きしている。

「電車内で起きた無差別テロ事件ということでは、オウム真理教による地下鉄サリン事件が頭に浮かんでしまいますが――」

辻村が水を向けると、

『ええ。あれは戦後最大の無差別殺傷テロ事件で、確かに今回と同様に電車内で起きたわけですが、手口がまるで違います。サリンは化学兵器であるのに対して、今回の爆弾事件は軍事用のC4爆弾を使っているわけです。それに地下鉄サリン事件は、複数路線での同時多発無差別テロでした。しかし今回はそうではなく、京浜東北線の座席の下一ヵ所に爆弾が仕掛けられていたわけですから、犯人の意図がどこにあるのか、まったくもって謎です』

と、田辺は言った。

「今回使用されたC4爆弾を一般の人間が入手することは可能なのでしょうか？」

『それはまず不可能です。C4とは、コンポジション4と呼ばれる強力な軍事用プラスチック爆弾で、ダイナマイトのおよそ二倍もの爆速を持ちます。この爆弾は国外メーカーで製造されたものと国内メーカーのものとでは成分がずいぶん異なるんですね。警察は今、その成分を解析している最中なのだろうと思います』

「もし今回使われた爆弾が国外メーカーのものだったとすると、犯行は海外のテロ組織によるものということになるんでしょうか？」

『当然、その可能性は高くなりますね。そうなるとアルカイダ系のイスラム過激派テロ組織による犯行の可能性が極めて高くなってきます』

「しかし、アルカイダ系テロ組織による犯行は、日本ではまだ一度も起きていませんよね？」

『そうですが、昨年の一月十六日にアルカイダ系の〝イスラム聖戦士血盟団〟という組織がアルジェリアで人質事件を起こし、最終的には日本人だけでも十人が殺害されました。あのとき、彼らは明らかに日本人を標的にしたんです。つまり、彼らにとってはもはや日本も欧米の仲間で、自分たちの敵であるとみなすようになったということです』

「では爆弾が国内のものだった場合、どんな犯人像が考えられますか？」

『犯人像まではわかりません。ただ、国内メーカー製造のものを使用しているのは自衛隊と一部の大学の研究機関に限られていますから、入手ルートの解明が早く済み、犯人像を絞り込める可能性が高くなると思います』

「なるほど。ところで犯行声明はまだ出ていないようですが、いずれ犯人側からなんらかの要求が出るとお考えですか？」

『テロリズムの基本は恐怖心を引き起こすことにより、特定の政治的目的を達成しようとする考えですから、犯人がテロ組織に属している者であるならば、必ずなんらかの政治的メッセージを送ってくるだろうと思います』

「そうしたメッセージを拒否した場合、今回は京浜東北線の電車内に爆弾が仕掛けられましたが、今後も同じようなことがあるかもしれないと考えたほうがいいのでしょうか？」

『その可能性は高いと言わざるを得ません』

「となりますと、私たちはどうやって身の安全を守ったらいいのでしょうか？」

『残念ながら、個人がテロから身の安全を守る確実な方法は存在しません。ですので、一般市民を巻き込むこうした卑劣《ひれつ》な爆弾事件が起きてしまった以上、一刻も早い警察による犯人の逮捕に期待するしかないと考えます』

「わかりました。田辺さん、どうもありがとうございました」

『どうも失礼しました』

　辻村は軍事ジャーナリストの田辺との会話を終えると、

「ここまでは、事件現場に偶然居合わせた関東放送のスタッフ、立花遼一さんと軍事ジャーナリストの田辺仁さんから、お話を伺いました。立花さん、どうもありがとうございました」

　と言って頭を軽く下げた。

「いえ、どうも――」

　俺も同じく軽く頭を下げた。

「コマーシャルのあとは、怪我をされた方々が運ばれた病院にいる深田《ふかだ》アナウンサーと中継を結んでお伝えします」

辻村が音声カフを下ろすと、コマーシャルが流れはじめた。

「じゃ、俺はこれで——」

イスから立ち上がると、

「あとで話があるから」

辻村が原稿に目を通しながら、つっけんどんに言った。スタジオでの会話は、トークバックボタンを押さないと副調整室には聞こえないようになっている。

「話って、俺にか?」

「ここにはふたりしかいないでしょ? あなたに決まっているじゃないの」

辻村は早口で言ったが、視線は原稿に向けたままだ。副調整室にいる人間たちに怪しまれないためだろう。

「さっきの放送で、俺、なんかマズイこと言ったか?」

辻村がなんの話があるのか、まるで見当がつかない。

「そうじゃないわ」

辻村がそう言うと、

『では、間もなくCM終わりまーす』

副調整室の水上《みずかみ》ディレクターの声が入ってきた。

「ひと言あってから、すぐ病院にいる深田さんを呼べばいいのね？」

辻村はトークバックボタンを押しながら、つい数秒前まで俺と話していたときとは別人のような穏やかな声を出して副調整室のほうを見て訊いた。

『はい。深田とは、もうつながっています』

「了解」

辻村はトークバックボタンから手を離すと、

「いつまでいるのよ。あとであなたの携帯電話に連絡するから、早く出て行って。携帯電話の番号、変わっていないわよね？」

と、冷ややかな声で言った。

「ああ」

辻村からどんな話があるのかさっぱりわからないまま、俺はスタジオを後にした。

「疲れたろ。ま、ぐっといけよ」

武山が瓶ビールを差し出した。辻村がキャスターを務めた臨時のニュース番組のあと、俺はふたつの番組に出演させられた。その間、電車爆破事件についての新しい情報は何も入ってこなかった。それでもテレビ・ラジオ各局はどこも臨時のニュース番組を編成して、今も蜂《はち》の巣を突ついたような騒ぎで報道を続けている。

俺がお役御免《ごめん》となったのは八時ごろだった。武山は、一杯飲もうと言って、関東放送の裏手にある路地の居酒屋に俺を誘った。

金曜の夜だというのに、店内は閑散としている。電車爆破事件のせいで、まっすぐ家に帰る人が多いのだろう。

「それにしても軍事用の爆弾を使って電車を爆破するなんて、物騒な世の中になったもんだな」

武山は、ビールを一気に飲んで言った。

「まったくだな」

俺は武山にビールを注ぎ、残りを自分のコップに注いだ。そして店員に瓶ビールを追加注文して肴《さかな》を適当に頼んだ。

「ところで立花ちゃんさ、気を悪くしないで欲しいんだが、いつまで放送作家をやるつもりでいるんだ？」

店員が運んできた瓶ビールを受け取った武山が、手酌《てじゃく》をしながら唐突に訊いてきた。

「なんだよ、急に」

「いや、あと二年もすりゃあ、俺たち、赤いちゃんちゃんこを着る年だからさ」

「定年は希望すればしばらく延ばせるんじゃないのか？」

「定年は延ばせるよ。だけど、実は一昨日、総務部に異動だっていう内示が出たんだ」

「おまえが総務部に？」

　俺は少なからずショックを受けた。関東放送の人事異動は七月に行われる。あと一ヵ月もない。武山が現場からいなくなることは、放送作家の俺にとって死活問題だ。俺は今、関東放送でしか仕事がない。担当している番組は三本。そのうちの一本は、武山がプロデューサーをしている生放送番組で、一本分のギャラは五万円で三本の番組の中でもっとも高い。

　だが、俺と同じ立場のメインの放送作家は、全員三万円らしい。どうやら武山が俺のキャリアを考慮して、ギャラを高めに設定してくれているようなのだ。

　俺が担当しているあとの二本は、週五日放送の三十分の録音番組だ。一本は落語家、もう一本は女性演歌歌手がパーソナリティーをしている。その二本の番組のギャラはひと月が四週あるときは二十万円、五週あるときは二十五万円だ。

その二本の番組プロデューサーは、武山の母校の大学の放送研究会の後輩だ。武山が俺をその二本の番組の作家として使うように言ってくれたのだと思う。

それにしても、いつから俺はかつて番組作りを教えていた武山に、仕事のことを心配してもらうようになってしまったのだろう。

俺が放送作家になったのは二十七歳で、それまでは日雇いの肉体労働をして、小金が貯まるといろんな国を放浪していた。しかし、そんな生活に疲れてきたころ、飛行機の中で旅行作家が書いたタイの旅行記を読んだとき、自分でも旅行作家になれるのではないかと思ったのだった。

その旅行作家の書いた文章があまりにありきたりなものでつまらなく、これなら俺のほうがもっとおもしろくタイを紹介できるし、もっといろんな国について書くことができると思い、旅行作家になろうと考えたのだ。

俺は毎日書店に行き、『旅行作家になる方法』というような本が売っていないか探し回った。だが、いくら探してもそんな本はなかった。そんなときに何気なく手に取ったのが『シナリオ』という雑誌だった。シナリオは、場面とト書き、セリフだけで構成されており、ひどく簡単なものに感じられた。しかも、最後のページには様々な新人シナリオコンクールの募集要項が掲載されていて、賞金の相場は三十分のラジオドラマだと三十万円、一時間のテレビドラマだと六十万円という高額なもので、入選すれば脚本家としてデビューできると書かれていた。

俺は日雇いの肉体労働から足を洗い、ビルの夜警のアルバイトをしながら新人シナリオコンクールに出すために作品をひたすら書いた。そして三年目で関東放送主催のラジオドラマの新人コンクールに入選を果たし、放送作家としてデビューすることになったのだった。

しかし、そのシナリオコンクールも、ずいぶん前に廃止された。今、制作費がかかるラジオドラマを流す民放のラジオ局はほとんどないと言っていい。それに代わって制作費があまりかからない情報番組やバラエティー番組が増えたが、なるべくベテランのギャラの高い放送作家は使わず、ギャラの安い若い放送作家が起用される傾向が強まっているのだ。

「そうか。武山が現場を離れるんじゃあ、俺もそろそろ潮時《しおどき》だな」

苦笑いを浮かべて言うと、

「いや、俺の後釜《あとがま》は後輩がやることになっているから、立花ちゃんは今のまま仕事を続けられるよ。ただ、これも気を悪くされちゃ困るんだけど、ギャラが減らされることは了承してくれ。それが立花ちゃんを番組に残す条件なんだ」

と武山が言った。

だが、これから先も武山に恩を感じ、年下のプロデューサーの顔色を窺いながら放送作家という仕事にしがみついていたいとは思わない。

「実は前々から、仕事がなくなったときのことは考えてあるんだ」

「ほう、何するつもりなんだ？」

「馴染みの焼き鳥屋のオヤジさんに、店を継いでくれないかって言われててな」

武山は一瞬、口を開けて俺の顔を見つめると、

「立花ちゃん、本気なのか？」

と言った。

「ああ。カウンターだけの十人も入れば一杯になる小さな店だけど、常連客たちでいつも満席でさ。前から忙しいときは時々、手伝って焼き鳥焼いているんだ」

その店に名前はない。ただ『焼き鳥』と書かれたのれんと赤ちょうちんが軒先《のきさき》に下げられているだけの年季の入った店構えだ。

「だけど、そんな小さな店じゃ、儲けなんてしれてるんじゃないのか」

「金を儲けようなんて思ってないさ。俺ひとりなんとか食えればいいんだからな」

店賃がいくらで、毎月利益がどれくらいあるのかオヤジさんに訊いたことはない。

「なあ、立花ちゃんは、どうしていつもそうなんだ？」

「ん？　――どういう意味だ？」

「何があっても動じないっていうかさ。今日だって、電車が爆破される事件に巻き込まれたっていうのに涼しい顔してるし――」

「そんなことはない。運が悪きゃ死んでいたなあと思ったとたんに怖くなったし、武山が番組制作の現場から離れることになったって聞いて、結構動揺しているよ」

俺と武山はビールから焼酎《しょうちゅう》の水割りに変えて、少しの間、黙って飲み続けた。

「立花ちゃん、奥さん亡くしてから、もう何年になるんだっけ？」

「十三年になる」

「そうか。もうそんなになるか……再婚するつもりはないのか？」

「考えたこともないな」

「娘さんがまだ結婚してないからか？　だけど、もう充分大人だろ」

「武山、おまえ、ずいぶん今日は俺のこと心配してくれるんだな」

皮肉な笑みを浮かべて言うと、

「迷惑か？」

武山はむっとした顔になった。

「異動の話の他にも何かあったのか？」

「ここにもう間もなく、辻村がくるよ。立花ちゃんに話があるんだとさ。だから自分が店に行ったらふたりにさせてくれってさ」

意表を突かれて、思わず武山の顔を見た。辻村から携帯電話に連絡がなかったから、武山の誘いに応じてこの居酒屋にきたのだ。

「ふたりにさせろ？——いったい、なんの話があるってんだ……」

数時間前スタジオで一緒だったときの辻村の態度を思い出して腹立たしく思っていると、

「辻村、離婚してもうずいぶんになるだろ。女手ひとつで育てた息子も、家を出てひとり暮らしをはじめたって聞いてるしな。彼女も、もうひと花咲かせたいんじゃないか」

と武山が言った。

「おまえ、何言ってんだ？」

武山が言った意味がわからず訊き返すと、

「若いころ、辻村、立花ちゃんに気があったの、俺が気がつかなかったとでも思ってるのか？　俺は彼女が離婚したのだって、きっと立花ちゃんのことが忘れられなかったからじゃないかって気がしてるよ」

　武山は真面目な顔でそう言うと、焼酎の水割りを飲み干して、コップを音を立ててテーブルに置いた。

「そんなバカなことがあるわけないだろ」

　呆れた口調でそう言ったときだ。店のドアが開く音がして見ると、辻村が入ってきた。辻村は俺を見つけると、睨みつけるようにしてまっすぐに向かってきた。

　武山はばつが悪そうな顔をして立ち上がり、

「じゃ、俺は雑用があるんで、また局に戻るよ。ここまでのは制作部で払っとくから、こっから先は報道部で落としてくれ。じゃ」

　と言って、そそくさと店を出ていった。

「飲み代を経費で落とすなんて、制作部は相変わらずいい気なものね」

　辻村は、武山が座っていた席に腰を下ろすなり言った。

「そんなことより、俺に話があるってなんなんだよ？」

　ついさきほど、武山から妙なことを聞かされたせいだろう。どうにも落ち着かない気分になっていた。辻村は目尻《めじり》に小皺《こじわ》が増えた気はするが、小柄で細身の体型は昔と変わらず、実年齢よりかなり若く見える。四十代と言っても通るかもしれない。

「せっかちな人ねえ。とりあえずビールくらい飲ませてよ」

若いころから結構いける口だった辻村は、店員に生ビールを注文した。

一分もしないうちに店員が生ビールを運んでくると、辻村はごくごくと喉《のど》を鳴らしながら一気にジョッキの三分の一ほどを飲んだ。

「あなたの娘さん、麻里亜さんって言ったわよね」

辻村はビールを飲む手を止めて言った。

「ああ」

「うちの駿《しゅん》と付き合っているの、あなた、いつから知ってたの？」

「え？」

あまりに唐突なことに、俺は面食らった。

「今度の日曜日、駿があなたのところに挨拶《あいさつ》に行くって言うじゃないの。いったいどういうことなのよ」

辻村はそう言うと、ビールジョッキを持ち上げて、腹立たしげにまたごくごくと音を立てて残っていたビールを飲み干した。

「おい、もう少し順序立てて話してくれよ。おまえの息子と俺の娘が付き合っているって言うのか？」

「あなた、本当に知らなかったの？」

辻村は疑わしいと言うように眉間に皺を寄せて、俺の顔を覗き込むようにして言った。

「知らないよ。だいたい、おまえの息子って、今いくつだよ？」

麻里亜より年下なことは間違いないはずだ。

「二十八よ。ね？　それだけでもおかしいでしょ？」

二十八歳ということは、麻里亜より五歳下ということになる。

辻村の息子は、名門私立大学の医学部を出てまだ数年しか経っていない医者の卵だ。確か、二、三年前に母校が経営しているK大学病院に勤めたという話を聞いた覚えがある。

「年下だから、おかしいってことか？」

「それもそうだけど――そんなことよりも、あなたの娘さんとあたしの息子が付き合うってこと自体、おかしいでしょ」

辻村とは、ずいぶん昔、一度だけ男女の関係になりそうになったことがある。

妻の美佐子と結婚当初からうまくいかず、麻里亜が生まれてしばらくして、赤坂《あかさか》に仕事場を借りるという理由をつけて別居をはじめたころのことだ。

あるとき、辻村が初めてアナウンサーとして一本立ちする番組の台本を、俺が書くことになった。ディレクターは武山だった。俺は辻村とごく自然に親しくなり、武山と三人でよく酒を飲みにいくようになった。

そして、一年ほどしたある夜、突然、辻村が仕事場にやってきた。近くの店で武山と酒を飲んでいて、聴取率が悪いために番組が終わることを告げられたのだという。辻村の目は潤《うる》んでいた。俺は酔いざめのコーヒーを淹《い》れてやるからと、辻村を部屋に入れた。すると、辻村は挑むように体当たりして唇を重ねてきた。俺は、辻村を抱きしめ、ソファベッドになだれ込むように倒れた。

だが、すんでのところで我に返り、辻村から離れた。頭の中に四歳になった娘の麻里亜の顔が浮かんだのだ。

おしゃまな麻里亜は会う度にいつも、大きくなったらお父さんのお嫁さんになると言い、帰り際には必ず、お仕事がんばってねと舌足らずで言う。麻里亜は、俺が家にいないのは、仕事が忙しいからだと妻の美佐子から教えられていたのだろう。

辻村の体から離れた俺は、「すまない」と言って、辻村を残して仕事場を出ていった。

そんなことがあってしばらくして、辻村がパーソナリティーを務めていた番組が終わると同時に、辻村は報道部に異動になり、警視庁記者クラブに配属になった。

そして、そこで知り合った東都テレビの報道部記者と結婚して息子を産んだのだが、結婚生活は十数年で破局。離婚の原因はわからないが、息子は辻村が引き取った。

そんな辻村の息子と麻里亜が付き合っているとは、辻村にとって、いや俺にとってもまさに青天の霹靂《へきれき》だ。

「ふたりは、どこで知り合ったんだ？」

「駿の大学の先輩の紹介って言ってたわ」

「付き合うようになって長いのか？」

「もう一年になるらしいわよ」

「そんな前からか……」

麻里亜は彼氏がいるような素振りは、まったく見せなかった。いや、単に俺が鈍いのかもしれない。

「ねえ、どうすんのよ」

ビールから焼酎の水割りに変えた辻村が言った。

「どうするって、何を？」

俺の頭の中は、まだ混乱していた。

「このままふたりを付き合わせとくわけにはいかないでしょ？」

「どうしてってだ？」

「どうしてって——あなた、昔、あたしにしたこと忘れたって言うの？」

辻村は目を剝いて言った。

「俺、おまえにひどいことなんかしてないだろ」

「信じらんない。あれがひどいことじゃないって言うの？」

「いったいなんのこと言ってんだ？」

「あ、やだわー、女のあたしの口から言わせる気？」

「おまえ、もしかしてあの夜のこと言ってんのか？　でも、俺たちは結局、そうはならなかったじゃないか」

「ちょっと、そんなこと大きな声で言わないでよ。すいませーん、おかわりくださーい」

辻村は焼酎の水割りをごくごく飲んで、空になったグラスを宙に掲げて店員を呼んだ。

「おまえさ、ペース早過ぎないか」

「ちょっと、あたしのこと、おまえ、おまえって気やすく呼ばないでよ。知らない人が聞いたら、あなたの奥さんだと思われるじゃない」

「じゃ、なんて呼べばいいんだ？」

「辻村さんか辻村くんじゃないの？」

「じゃあ、辻村さん、あんたの息子、日曜日に俺のところに挨拶に行くって、本当にそう言ったのか？」

日曜日は京都から麻里亜が帰ってくる日だ。昼間、京都にいる麻里亜から電話があったとき、そんな話はしていなかった。何かの間違いではないか——そう思ったが、辻村は悔しそうに唇を噛んで首を大きく縦に振った。

「あんたの息子が俺に挨拶しにくるって、もしかして麻里亜と結婚したいとかなんとか、そういうことなのか？」

「ね？　そんなの、あなたも困るでしょ？　あなたも反対してよ。お願い」

女手ひとつで医者にまで育て上げた息子が、五歳も年上の女で、しかもかつて自分と男女の関係になりそうになったことがある男の娘と結婚するかもしれないという話なのだ。心穏やかでいられないのはわかる。だが、反対したところで、どうにかなるものでもないだろう。

「俺たちが反対なんかしたら、余計にふたりの絆《きずな》が深まってしまうんじゃないか？」

そう言うと、辻村は一瞬、虚を衝かれた顔になって、

「じゃあ、どうするのよぉ」

と、今度は半ベソをかいたような顔になった。キャスターをしているときの凛とした姿からは想像できない変わりようだ。

「だから、もしそうなったとしても仕方ないだろ」

諭《さと》すように言うと、

「あなた、自分の娘が医者と結婚できると思って、しめしめと思っているんじゃないでしょうね。あたしが駿を育てるのにどれだけ大変な思いをしたと思っているの？医学部を卒業させるのに、お金だってものすごくかかったんだから。それなのに五歳も年上で、しかもよりによって、あなたの娘をお嫁さんにするなんて、おかしいじゃない。なんなのよ、いったい」

辻村は涙声になって訴えるように言った。

俺は、口をつぐむことにした。こうなったら、何を言ってもダメだと思ったのだ。

辻村は、店員が運んできたばかりの焼酎の水割りを一気に飲み干して、またおかわりを注文した。俺は黙ったまま焼酎をストレートでちびちび飲みながら、残っている肴を口に運んでいた。

　すると辻村が、

「わかったわよ。あなたの娘さんとウチの駿が付き合うのはいいとして、絶対、あたしたちの昔のこと、子供たちには秘密にしてよね」

　と、拗《す》ねた口調で言った。

「言うわけないだろ。だいたい何が悲しくてそんなことわざわざ告白しなきゃなんないんだよ」

「とにかく、日曜日、あたしたちの昔のことは絶対に言わないってことを確認したかったの。話というのはそれだけよ」

「じゃ、俺も確認するけど、敢《あ》えて反対しなくていいんだな？」

「さっき仕方ないだろって、あなたが言ったんじゃない」

「まあ、そうだけどさ」

　少しの間、沈黙が流れた。

「でも、あなたが爆弾事件の犠牲にならなくて、本当によかったわ」

　辻村がしみじみとした口調で言った。

「それは――ありがと……」

　辻村があまりにもしみじみと言ったので、俺は戸惑ってしまった。

すると辻村は、すぐに我に返った顔になって、

「あ、今、言ったの、なんか変な意味じゃないからね。はは」

と、無理に作った笑顔で言った。

場の空気が妙なものになり、なんと言っていいのかわからず黙っていると、

「なんか酔ってきちゃったみたいだわ。あたし、そろそろ帰る。あなた、まだいるつもり?」

辻村が慌てて言った。

「いや、俺も帰る」

「じゃ、割り勘にしましょ」

「ああ」

俺と辻村は会計を済ませて居酒屋を後にした。

辻村と別れ、タクシーに乗って蒲田の自宅マンションに着いたのは、午後十時近くだった。しかし、エレベーターが降りてくるのを待っているうちに気が変わり、焼き鳥屋に行くことにした。店まで歩いて十分もかからない。この時間ならまだ常連客がたくさんいるはずだ。

人影のない道を歩いていると、やがて店の赤ちょうちんが見えてきた。焼き鳥を焼く香ばしい匂いが風に乗って鼻孔《びこう》に入ってくる。

「こんばんは」

店の入り口の横の小窓を開けて焼き鳥を焼いているオヤジさんに声をかけた。

「よう、先生――ラジオ、聞いてたよ。みんなで、ずっと先生の話をしてたとこだ。さあ、入んな、入んな」

オヤジさんは、前歯が二本無くなっている歯を見せながら笑顔で迎えてくれた。オヤジさんは俺のことを先生と呼ぶ。他の人に呼ばれると、からかわれているような気分になるのだが、オヤジさんに呼ばれてもそうはならないから不思議だ。

「座るとこ、なさそうじゃないですか」

店内を覗くと、予想通り常連客の顔が並んでいて満席だった。

「なにを言ってんだよ。板場にイス持ってきて座りゃいいじゃねぇか」

オヤジさんはそう言うと、店内にいる客たちに向かって、

「おい、みんな、先生がきたぞ」

と言うと、「本当かい」「来るんじゃねぇかと思っていたんだよ」「先生、怪我はしなかったかい？」と、聞き馴れた声が飛んできた。

俺は、出入り口の引き戸に手をかけて店に入った。

「みなさん、どうも。ちょっと後ろ、通らせてください」

カウンター席と壁の狭い隙間を抜けて、板場への通路がある店の奥に進んだ。

「先生、生ビール、勝手についで飲んでてくれ。今、適当に焼くから、ちょっと待ってな」

板場にイスを持っていって座ると、オヤジさんが振り向いて言った。

「じゃ、いただきます――」

俺が生ビールを注いでいると、

「先生も同じ車両に乗ってて、巻き添えになっててもおかしくなかったんだろ?」

焼き鳥を焼いているオヤジさんが顔だけ向けて訊いてきた。

「ええ。ラジオでも言いましたけど、俺の隣に座っていた女の人が携帯電話を車内に忘れたんで、それを届けてやろうと思って電車を降りたのが幸いしました」

爆弾が仕掛けられていた座席が、俺が座っていた場所だったということは伏せた。酒の席なのだ。話がどう広がるかわからなかったし、妙な噂になるのも嫌だったからだ。

「やっぱり日頃の行いだな、運のいい悪いを左右するのは」

常連客のひとりが言った。

「俺なら死んでたな」

オヤジさんが笑いながら言うと、「俺たちもだな」と常連客たちがあとに続いて笑い合った。人ひとりが命を落とした電車爆破事件がすぐ近くの駅で起きたというのに、みんなどこか他人事《ひとごと》だ。おそらく現実感がないのだろう。

「オヤジさん、俺、そろそろ帰るわ。お勘定《かんじょう》」

常連客が言うと、他の客たちも続いて帰っていった。

東都テレビのニュース番組が終わり、十一時を過ぎたころには、客は誰もいなくなった。オヤジさんは、外に出ていってのれんを店の中に持ってきた。

「オヤジさん、話があるんですけど、いいですか？」

俺は洗いものをしながら、オヤジさんに呼びかけた。そのときになってはじめて、オヤジさんに話があったから店にこようと思ったのだと気づいた。

「なんだい。改まって」

オヤジさんは、怪訝な顔をしながら、俺の目の前のカウンターに腰を下ろした。

「この店、俺に継ぐ気はないかって話なんですけど、あれってまだ生きていますか？」

オヤジさんはしばし目を泳がせて考えている様子だったが、すぐに顔を明るくさせた。

「生きてるも何も――先生、本気で考えてみる気になってくれたのかい？」

「ええ。放送作家の仕事、そろそろ潮時かなって思っているもんで」

「俺にとっちゃうれしい話だけど、何かあったのかい？」

「あ、いや、俺もあと二年で六十歳だし、そろそろ第二の人生の準備をしないとなって思って」

「そうかい。あと二年で還暦かい。うん。そりゃいい決断だよ」

「明日からでも、仕事のないときは手伝いにきて、いろいろ教えて欲しいんですが、いいですか？」

「ああ、こっちこそよろしく頼むよ。俺もこのところ立ちっぱなしで焼き鳥焼くの、日を追うごとにしんどくなって仕方ねぇんだよ」

「糖尿病、進んでるんですか？」

「進んでるってわけじゃないんだろうけど、まあ、歳が歳だからな」

「オヤジさん、いくつになるんでしたっけ？」

「七十二さ」

病気のせいだろう、もっと歳を取っているように見える。

「じゃ、なるだけ店に来るようにしますので、よろしくお願いします」

「ああ。なんか少し元気が出てきたよ。しかし、先生が爆弾事件の巻き添えにならなくて、本当によかったぜ」

「オヤジさん、もう俺のこと先生って呼ぶのやめてください。これからはオヤジさんが俺の先生なんですから」

「いや、しかし……じゃなんて呼べばいいんだ？」

「立花って呼び捨てにしてください」

「そうはいかないよ。あ、じゃあ、〝たっちゃん〟ってのはどうだい？」

オヤジさんは、うれしそうな顔をしている。

「はい。オヤジさんが呼びやすいなら、それで――」

「じゃ、それで決まりだ。早速だけど、たっちゃんよ、今日は大変な目に遭ったんだから、もう帰んな。あとはいいから」

「わかりました。じゃ、おやすみなさい」

「ああ、おやすみ」

店を出ると不気味なほど辺りは静まり返っていた。湿度は高いが、汗ばむほどではない。

歩いて五、六分したときだった。どこからか口笛が微かに聞こえてきた。今日の昼間、大井町の駅のホームで耳にした、聞き覚えのあるメロディーだ。辺りを見回しても人影はどこにもない。どこかに隠れているのか——。

「誰だ?」

立ち止まって低く鋭い声を出して呼んでみた。返事はなく、口笛だけが小さく聞こえている。

もう一度、

「誰だ?」

と言って辺りを見回していると、

「そこの人——」

と、背後から声がした。

振り返ると、自転車に乗った警ら中の警察官だった。

自転車から降りた警察官が近づいてきた。三十代半ばだろう。

「どうかしましたか」

「どうもしませんよ。家に帰るところです」

警察官はライトを取り出して、俺の顔に当てた。口笛はもう消えていた。

「何か身分を証明するものはありますか？」

　挙動不審者に思われ、職務質問というやつがはじまってしまった。

「運転免許証でいいですか」

「ええ。見せてください」

　ショルダーバッグから財布を取り出して、その中に入れている運転免許証を見せた。

　警察官は、運転免許証の顔写真と俺の顔にライトを交互に当てると、

「ありがとうございました」

　と言い、それまで強張らせていた顔から人懐こい顔になって、

「いや、今日、大井町駅で電車が爆破されるという事件があったでしょ。それでパトロールを強化するように指示が出ているもので声をかけさせてもらいました。では、気をつけてお帰りください」

　と言った。

「おまわりさん」

　自転車に乗って去ろうとしている警察官を呼び止めた。

「なんですか？」

　警察官は顔だけ向けた。

「さっき、口笛聞こえていませんでしたか？」

「口笛？」

警察官は怪訝な顔つきで、自転車から降りながら訊き返した。

「そうです。ほんの少し前、聞こえませんでしたか？」

「結構、お酒、飲まれているようですね」

警察官は自転車の向きを変えて近づき、鼻をひくつかせながら言った。

「ええ、まあ……でも、本当に口笛、聞こえませんでしたか？」

「聞こえませんでした。さ、早く帰って、休んだほうがいいですよ。じゃ」

警察官は呆れた顔になってそう言うと、自転車に乗って去っていった。

さきほどの口笛も空耳だったのだろうか。いや、確かに聞こえたのだ。俺は耳を澄まして歩いた。しかし、口笛が聞こえることはもうなかった。

翌日は午前七時に目が覚めた。喉がひどく渇いている。昨夜飲んだ酒の量が多すぎたようだ。

洗面所に行って水を飲んだ。それから歯を磨き、顔を洗い、玄関の新聞受けから新聞を取りリビングに向かう。

お湯を沸かしてインスタントコーヒーを作り、ソファに座って老眼鏡をかけた。

新聞の一面の見出しは縦に大きな文字で『京浜東北線爆破事件発生。犯行は海外テロ組織か？』となっていて、その横に窓ガラスが吹き飛んだ車両の写真が大きく掲載されている。

さらにその下に死亡した女性の写真が掲載されていた。笠井澄子《かさいすみこ》さん、四十四歳とあった。横浜市在住の主婦で、直接の死因はショック死だと書かれていた。もともと心臓病を患《わずら》っていたという。その他、負傷した三人はいずれも軽傷だったと書かれていた。

また、使用されたＣ４爆弾が外国製のものであるとわかり、警視庁は海外のテロ組織による犯行の可能性が高いと見ているという。

それにしても犯人はいったいいつ、どの時点で爆弾を仕掛けたのだろう？　もしかすると、あの携帯電話を電車に忘れた女性は、犯人を見ているのではないか？　何故なら、電車が蒲田駅に到着したとき、俺の指定席は空いていて、その席からひとり分おいた席に、彼女は座っていたのだ。人はだいたいにおいて俺の指定席のようなドア付近の一番端の席に座りたがるものだ。つまり、電車が蒲田駅に着く寸前まで、俺の指定席に誰かが座っていた可能性が高い。その前から空いていたのなら、彼女が移動して座っていたはずだからだ。

では、蒲田駅に電車が到着するまで俺の指定席に座っていた犯人は、どこに行ったのか？　車両の後方ドアの位置で俺は電車を待っていたが、そのドアから乗客はひとりも降りてこなかった。ということは、犯人は俺の指定席の座席の下に爆弾を仕掛け終えると何食わぬ顔で立ち上がり、他の座席か別の車両に移動して、大井町駅に着いたところで電車を降り、携帯電話で遠隔操作を行って爆弾を爆発させたと考えるのが自然ではないか？

しかし、仮にそうだとして、どうして爆弾を俺の指定席に仕掛けたのだろう？　そもそも、どうして後ろから四両目のこの車両だけを狙ったのだろう？　たまたまあの場所に仕掛けたという可能性もあるが、果たしてそうなのだろうか？　――わからない……。

チャイムが鳴った。まだ午前八時半を少し回ったばかりだ。こんな早い時間に、誰かが訪ねてくることはほとんどない。

玄関に行き、ドアスコープから来訪者を見た。五十代半ばの真面目なサラリーマン風の男で、どこかで見た顔だ。しかし、思い出せなかった。

「どなたですか？」

ドアスコープを覗いたまま声を出すと、

「新田《にった》です。お久しぶりです」

と、男はにこりともせずに言った。

少しして、古い記憶が蘇った。

「お訊きしたいことがあって伺いました」

と、新田が言った。

「今、開けます」

そう言ってドアを開けた。

「お元気そうですね」

新田は頬を緩めているが、その目は笑っていなかった。濃紺のスーツに合わせて薄い紺色のネクタイをしている。ブランドに詳しくない俺でも、新田のスーツが高級なものであることはわかった。

「中に入りますか？」

「そうさせていただけると助かります」

「どうぞ――」

新田を家の中に招き入れた。

「コーヒー、飲みますか? インスタントだけど」

リビングのソファに座るように手で示しながら言うと、

「どうぞ、お構いなく——」

新田は軽く手を横に振って遠慮した。

「何年ぶりになりますかね」

台所に行きながら言うと、新田はすかさず、

「ちょうど二十年ぶりです」

と、部屋をさりげなく見回しながら答えた。

「もうそんなになりますか……」

俺は、それきり沈黙してお湯を沸かした。

新田は警察官だ。おそらく公安警察だろう。新田とはじめて会ったのは、山梨県旧上九一色村《かみくいっしき》にあったオウム真理教のサティアンの中だった。

オウム真理教が地下鉄サリン事件を起こす一年前のことだ。当時出家信者たちが居住しているサティアンの中で、彼らがどんな修行をし、どんな生活をしているのかは謎のベールに包まれていた。

そこで俺はテレビ局数社に、自分が出家信者となってサティアン内部に潜入して取

材するという企画を売り込み、あるテレビ局がそれに乗ってきた。

　単なる一放送作家の俺が何故そんな無謀なことをしたのか。有名になりたいという野心がなかったといえば嘘になる。しかしそんな野心よりも、本当のことを伝えたいという気持ちのほうが強かったのは事実だ。

　当時マスメディアは報道こそしなかったが、内部では警察関係者への取材や内部告発者からの情報で、オウム真理教は極めて重大な犯罪に加担している集団だという認識を持っていた。

　だが、どこも率先《そっせん》してその正体を暴こうとはしなかった。何故か？　怖かったからだ。教団から法的に訴えられるという怖さもあっただろう。核心に迫る取材をすれば命を狙われるという怖さもあったと思う。であるならば、フリーランスの俺が、自分の責任でオウム真理教の正体を暴いてやろう、そう決意したのだ。

　俺は若いときに外国で何度か命の危険にさらされていたので、オウム真理教などたいしたことはないだろうとタカを括《くく》っていたのだ。

　それにちょうどその頃、中学生になったばかりの麻里亜との仲が険悪になっていたことや、仕事は忙しかったものの、オリジナリティーのない空疎《くうそ》な台本ばかり書いている自分に嫌気が差していたことも、無謀なことをさせた理由の一つだった。

サマナと呼ばれる出家信者となりサティアンで生活するには、三つの条件があった。ひとつは、『布施《ふせ》リスト』を作成し、金銭、有価証券、貴金属、家具、衣類などすべての所有物を死後教団に寄贈するという誓約書を作ること。もうひとつは出家後に事故等に遭っても、すべての責任は自分にあるとし、死亡後の葬儀は麻原彰晃《あさはらしょうこう》に一任する旨の遺言状を書くこと。そして最後には、サマナ長と呼ばれる古参信者たちの前で二リットルの水を一気に飲み干さなければならなかった。厳しい修行に耐えられるかどうかを見るためだという。だが、それを知らなかった俺は二リットルの水を一気に飲み干すことはできず、一度は入信を断られた。しかし、一週間ほど訓練をするとなんなくできるようになり、二度目で出家信者となってサティアンに入ることを許された。

新人の信者が居住するサティアンの生活環境は劣悪だった。下水はなく、排泄物は穴を掘ったところにするので汚物が溢れていた。風呂にも入れず、水で体を拭く程度。食事は一日一食で、信者たちが作った妙な味がするパン、ラーメン、大根と芋を煮たもの、豆腐、納豆、その五つのうちのいずれかひとつが日替わりで支給されるだけだった。

また新人信者のほとんどは、ラグビーをするときに使うヘッドギアを被っていた。

ヘッドギアの内側には電流が流れる粘着性物質があり、それを装着すれば麻原教祖と同じ脳波を受けることができるようになるのだという。俺もやってみたが、電流が流れてビリビリするだけだった。そのことをサマナ長たちに言うと、彼らは笑って、ヘッドギアを使用しているだけでは、いつまでたっても霊的エネルギーが注入される脳にはならない。様々な種類の〝イニシエーション〟と呼ばれる儀式で液体を飲まなければ神秘的体験はできず、煩悩《ぼんのう》を消すことはできないと言った。それらのイニシエーションを受けるには金が必要で、一番安いものは五万円だが、最も高価なものは百万円だという。金がないのでどれも受けることができないと言うと、サマナ長たちは俺に、イニシエーションは一度絶対に受けたほうがいいとしつこく誘った。断り続けていると、あるときサマナ長たちに会議室のようなところに連れていかれて、五万円する『キリストのイニシエーション』で飲むという透明な液体を見せられた。そしてサマナ長たちは、その液体の中には幻覚作用を引き起こすLSDが入っているのだと、悪びれることなく言った。

オウム真理教は新人信者にLSDを使って幻覚を見せることで神秘体験を味わわせ、あたかも修行が進んだかのように思わせていただけなのだ。

このことは他のやつには言うな。もし言いふらしたらおまえを〝ポア〟すると、サマナ長たちは言った。ポアの意味は、彼らの殺気じみた表情を見ただけでピンときた。もちろん、絶対に口外しないと約束した。

その日のことだ。サマナ長のひとりが、会議室から出た俺を人気のない場所にこっそり連れていった。そのサマナ長が新田だった。新田は、自分は警察官だと告白したうえで、あなたはすぐにここから逃げろと言った。サマナ長たちは、俺が信者ではないことを見抜き、殺すつもりだと言うのだ。

俺は新田に警察だと言われても俄かに信じられなかった。サマナ長のほとんどは古参信者だからだ。それに新田は、警察の人間のイメージとは違って、顔つきも物言いも穏やかだったということもある。

『どうして殺そうとしている俺に、サマナ長たちは、LSDのことをバラしたんですか?』

新田の素性《すじょう》に疑いを持ちながら訊くと、

『殺す理由が必要だからですよ。彼らは、あなたが信者ではないことを幹部に報告します。そうすると、幹部たちは、あなたがどこまで教団の秘密を知っているのかと訊いてきます。そこでサマナ長たちは、あの男はキリストのイニシエーションで飲む液体の中にLSDが入っていることを知っていると答える。では、それが本当かどうか直接本人から訊き出そうということになる。そして、あなたにチオペンタールという麻酔薬を注射して自白させる。麻酔薬を注射すれば意識が朦朧《もうろう》として、訊かれたことに素直に答えるようになるんです』

と新田は言った。

『これまでにも、そうやって何人か殺されているんですか？』

俺が訊くと、

『あなたはもうこれ以上、教団のことについて知らないほうがいい』

新田はそう言ったが、すでに殺された人間がいると答えたようなものだ。

さすがに恐ろしくなってきた。

『あなたが隠し撮りしていることに気づいているのは、まだ私だけです。ともかく、私の言うとおりにしてください。すぐにここから逃げてください。そしてその映像と音声は決して公開してないでください。いいですね』

新田の穏やかで、淡々とした物言いには説得力と真実味があった。俺は新田の忠告に従って、すぐにサティアンから逃げ出した。

松本サリン事件が起きたのは、それから一ヵ月ほど経ったころだ。そして、年が改まった三月二十日、地下鉄サリン事件が起きた。

あのとき隠し撮りした映像は、新田の忠告どおりにどこにも公開していないし、これからも公開するつもりはない。

「あれから、もう二十年ですか。月日が経つのは本当に早い」

新田にコーヒーを差し出しながら、改めて言った。新田とサティアンで一緒だったのはわずか五日間だったが、もっと長くいたような気がする。

「本当ですね。しかし、またこうしてあなたと会うことになるとは思ってもみませんでした」

新田はコーヒーカップに手をつけることなく、薄く微笑んで言った。サティアンで会ったとき、新田は俺と同じ三十代の後半だったはずだ。だが、今は新田のほうがずいぶん若く見える。二十年前と体型も変わっていないし、髪の毛もふさふさしていて、染めているのだろうが、白髪《しらが》が一本もない。

「私もあなたとまた会うなんて思ってもみなかった。しかし、公安警察というのは、やはりすごいところなんですね。あのとき私はもちろん偽名を使っていたし、住所も出鱈目《でたらめ》なものを書いたのに、こうして居場所を突き止めるなんて、ちょっと怖いな」

新田は俺に、自分は警察官だと告白したが、公安警察だとは言っていないし、警察手帳も見せてもらっていない。

しかし、公安警察の仕事は国家体制を脅かす団体の監視と情報収集活動だと聞いている。

新田がオウム真理教の信者になり済まして潜入したのは、まさしく命がけの情報収集活動だったことは明らかだ。

「怖がることはないですよ。あなたは昨日、京浜東北線の電車が爆破された大井町駅にいて、関東放送のラジオ番組内で現場からレポートしていましたよね。それで詳しく話を聞こうと思い、お住まいを調べさせてもらったんです。そうしたら、二十年前、山梨県の上九一色村のサティアンで会ったあなただった。驚きましたよ」

新田は、公安警察であることを否定も肯定もしなかったが、暗に認めているようなものだ。

「なるほど。そういうことでしたか。で、私に訊きたいことというのはなんですか？」

「ここに京浜東北線の電車が爆破される前後の様子を監視カメラが撮った映像があるんですが――」

新田はそう言いながら、鞄の中からノートパソコンを取り出して起動させた。しばらくしてパソコン画面に監視カメラの映像が映し出された。

「よく見てください。電車が爆破されるほんの少し前、監視カメラがあなたの姿を捉えていたんですよ。ほら、ここです——立花さん、あなたはここで立ち止まって、辺りを見回していますよね？　このとき、何かあったんですか？」

新田は俺が大井町駅のホームで立ち止まって、辺りを見回している映像を止めて訊いた。

「ああ。いえ、別にたいしたことではありません」

「しかし、何かあったんですよね？」

新田の物言いは穏やかだが、その目は鋭く光っている。

「口笛が聞こえたような気がしたんですよ。ただ、それだけです」

「口笛？　どんな？」

「それが、どこかで聞いたことがあるようなメロディーなんですが、なんの歌なのか思い出せないんです。たぶん、私の空耳だったんだろうと思います」

しかし新田は、

「いや、空耳ではなかったと思いますよ。いいですか、もう一度、映像を見てください。ほら、立ち止まって辺りを見回しているのは、立花さん、あなただけではありません」

と言って、監視カメラの映像を巻き戻して見せた。確かに、俺の近くにいた何人かが同時に立ち止まって辺りを見回している。ということは、空耳なんかではなかったということなのだろう。

それに昨夜も同じメロディーの口笛を耳にしている。だがその直後に、俺に職務質問をした警察官は、口笛など聞いていないと言った。ということは、昨夜聞いたあの口笛こそ空耳だったのだろうか？

「でも、どんなメロディーだったのかまでは思い出せないんですよ」

「では、電車の中、あるいはこのときのホームでもいいんですが、不審な動きをしている人間を見たということはなかったですか？」

「私もそういう人間がいなかったか、何度も思い出してみたんですが、いませんでしたね」

「そうですか」

新田は、期待はずれだったという顔をしている。

「ただ――」

少し迷って俺が言うと、

「なんです？」

新田はすぐに食いついてきた。

「実は、犯人が爆弾を仕掛けたこの場所は、私が蒲田駅で電車に乗ったときに座っていた席なんですよ」

新聞に載っている爆弾が仕掛けられていた場所を示すイラストを指差して言うと、新田は新聞から視線を移し、俺の顔を見つめて、

「続けてください」

と言った。どうやら興味を持ったようだ。

「つまり、蒲田駅に到着する前までは、私の前に誰かがこの席に座っていて、その人間が爆弾を仕掛けた可能性が高いということになりませんか？　もしそうだとすると、私の横に座っていた、携帯電話を忘れて大井町駅で降りた女の人は、私が電車に乗ったときにはもういましたから、私の前にこの席に座っていた人間を見ていたんじゃないかと思うんです」

新田は黙って聞いている。

「しかし、その人間は蒲田駅に電車が到着する寸前に、この席から立ち去ったんじゃないかと思うんです。というのは、普通、このドアに近い端っこの席が空いたら、近くに座っている人なら移動して座ろうとしませんか？　でも、隣に座っていた彼女も近くにいた人もそうしなかった。それは、この席に蒲田駅に着く直前まで、誰かが座

っていたからじゃないですかね」

「その人物は、蒲田駅で降りたということですね？」

「いえ、この席はいつも私が座ろうとする席なんです。だから、私は必ずこの座席に近いドアの前で電車が来るのを待つんですが、このときは誰も降りてきませんでした」

新田は少しの間、宙を見つめるようにしていたが、

「携帯電話を忘れたという女性は、この人ですね？」

新田はパソコンを操作して、大井町駅のホームの監視カメラに映っている映像を巻き戻し、俺が女性を追っているところを見せた。

「そうです。彼女です。彼女に、私が座っていた座席に直前まで座っていたのがどんな人だったか訊くことができたら――しかし、この彼女を探しだすのは大変ですね」

だが、ぜひとも探し出して爆弾を仕掛けた犯人を捕まえて欲しい。でなければ、何の罪もないのに両足を吹き飛ばされ、俺の腕の中で息を引き取ったあの女性が浮かばれないではないか。

しかし、新田は俺の言ったことに反応することなくノートパソコンを仕舞いはじめると、

「そろそろ失礼します。突然、押しかけて申し訳ありませんでした」

と言って立ち上がった。

俺は新田の背中に声をかけた。

「新田さん、ちょっと訊いていいですか？」

「なんでしょう？」

新田は振り返って俺を見た。

「新聞には、電車の爆破に使われたC４爆弾は国外で製造されたものだと出ていますが、やはりイスラム過激派の犯行だと思いますか？」

「さあ、なんとも言えません。捜査はあらゆる可能性を排除しないというのが基本です、ということだけお答えしておきましょう」

新田は俺の問いに答えることなく、

「これで失礼しますが、もし昨日の電車爆破事件のことで何か他に思い出したことがあったら、私の携帯電話に連絡してくれませんか？」

と言うと、携帯電話の番号を書いたメモを渡してきた。

「新田さん、私はあなたを疑っているわけではありませんが、あなたが警察官であるという身分証を見せてもらえませんか？」

そう訊いたが、新田は薄い笑みを浮かべて、

「では、失礼します」

と言って玄関に向かった。

だが、靴を履き終えて玄関のドアノブに手をかけた新田は足を止めて振り返り、

「最後にもうひとつだけ確認させてください。立花さん、あなたは毎週金曜日、決まった座席、もしくはその近くの座席に座るんですよね？」

と訊いてきた。

「ええ、そうです」

「そのことを誰か他に知っている人はいますか？」

新田は俺の顔を見つめて訊いた。

「電車に乗る時間は番組スタッフに言ったことはあるかもしれませんが、何両目のどの座席に座るかまでは誰にも言っていないと思います」

「そうですか」

新田は心なしか安堵した表情になった。

「まさか、私が誰かに狙われたんじゃないかなんて考えているんじゃないでしょうね？」

苦笑いしながら言うと、

「爆弾を仕掛けて殺そうと思うほど、あなたを憎んでいる人に心当たりはあるんですか？」

新田も笑みを浮かべて言った。

俺が手を横に何度か振ると、

「じゃ、お邪魔しました」

新田は部屋から出ていった。

娘の麻里亜が出張先の京都から帰ってくる日曜日は、朝から細かい雨が降り続いていた。

昨夜は焼き鳥屋の手伝いに行き、ベッドに入ったのは午前零時を過ぎていたのだが寝つきが悪く、眠りに落ちたのは外がうっすら明るくなったころだ。

目が覚めたのは七時前。完全な寝不足だが、二度寝しようとしても眠れなかった。

仕方なくベッドから起き出して洗面所で歯磨きと洗顔を済ませてから、新聞受けから新聞を取り出し、インスタントコーヒーを飲みながら記事に目を通した。京浜東北線の爆破事件の記事が載っていたが、捜査本部は犯人に関する情報は何も得られておらず、事件当日の大井町駅ホームの監視カメラにも、犯人らしき人物の姿は映っていないと書かれていた。

俺はテレビをつけ、部屋の掃除をはじめた。それが終わると、洗濯をしてソファに横になっているうちにうたた寝した。

昼近くに目を覚ました。外はまだ、小雨が降り続いている。外食に出るのは億劫《おっくう》だし、いつ麻里亜が帰ってくるのかもわからないので、家で昼食をとることにした。

明太子味のパスタソースを和《あ》えたスパゲティを食べ終わり、台所で後片付けをしていると、玄関のドアが開く音がした。

「ただいま」

麻里亜が帰ってきた。

「お帰り――」

出迎えたが、男の姿はなく、麻里亜ひとりだった。黒の上下のパンツスーツを着て、旅行用のキャリーバッグと紙袋を手にしている。

「ひとりなのか？」

麻里亜の顔を見て、安心して訊くと、

「どうして？」

麻里亜は虚を衝かれた顔をして訊き返した。

「今日、俺に挨拶をしにくる男がいるそうじゃないか」

「駿のお母さんがお父さんに言ったのね」

麻里亜は顔を少し歪ませて、おもしろくなさそうに言うと、キャリーバッグを玄関に置いたまま、紙袋だけを持ってさっさとリビングに向かっていった。

「おまえ、辻村の息子と付き合っていること、どうして黙ってたんだ?」

麻里亜を追うようにしてリビングに戻って訊くと、麻里亜はリビングと繋がっている畳敷きの部屋にある仏壇《ぶつだん》の前に座って鈴《りん》を鳴らし、美佐子の遺影に手を合わせていた。

「なんとなく言い出しづらかったのよ。はい、これ、京都土産のお漬物」

麻里亜は平然とした顔で言いながら、紙袋を差し出した。

「辻村の息子が年下だからか?」

紙袋を受け取って訊くと、

「まあ、それが一番大きいかな」

麻里亜は、まったく悪びれることなく答えた。

「で、何時に来ることになっているんだ?」

「二時ごろって言ってた」

麻里亜はリビングのソファに腰を下ろすと、疲れているのだろう、首をぐるぐる回しながら言った。

「どんな男なんだ？」

「それをお父さんに見てもらうために来るんじゃない」

「俺が見て、もし気に食わなかったらどうするんだ？」

「気にいってもらえるように努力してもらうつもりではいるけど」

「冗談だよ。俺がいちいち文句つけると思うか？」

「うん」

麻里亜は、あっさり言った。

「言わないよ、俺は——」

心外だとばかりに言うと、

「口に出しては言わないけど、お父さん、顔に出るじゃない。すぐわかるんだから」

麻里亜は勝ち誇った顔をしている。それは確かにそうかもしれない。

辻村の息子がやってきたのは、二時ちょうどだった。チャイムが鳴ると、麻里亜は素早く立ち上がった。麻里亜も緊張していたのだ。もっとも、麻里亜以上に俺のほうが緊張しているのだが。

「はじめまして。辻村駿です」

麻里亜がドアを開けると、紺のスーツを着て白のワイシャツに淡い水色のネクタイをしている辻村の息子が、出迎えた俺に一礼して言った。背が高く、目元や口、鼻といった顔のパーツが辻村と似ていてなかなかの二枚目だが、どことなくあどけない雰囲気がある。

「ま、どうぞ」

落ち着き払って言ったつもりだが、内心どきまぎしていた。

「失礼します」

辻村の息子は軽く頭を下げて玄関のドアに向かって靴を脱いで上がると、

「これは、つまらないものですが――」

紙袋を差し出した。

麻里亜はすかさず紙袋を受け取って、

「さ、どうぞ」

と、招き入れた。

「麻里亜さんのお母さんにご挨拶させてもらっていいですか?」

リビングに入ると、辻村の息子が仏壇のほうに視線を向けて言った。

「ああ。どうぞ」

ぶっきらぼうに言ったが、心の中では辻村の息子の心遣いに感心していた。

辻村の息子に手を合わせられている遺影の美佐子も、心なしか喜んでいるように見えた。

麻里亜は台所で、辻村の息子から渡された紙袋の中から、手土産のケーキを取り出して皿に移している。

「今日は突然、お邪魔してすみません」

遺影の美佐子に挨拶を終えた辻村の息子をダイニングテーブルに座らせると、辻村の息子はもう一度軽く頭を下げた。

「突然でもないさ。一昨日、君のお母さんから聞かされていた」

嫌みを言うつもりなどなかったが、口に出してみると、嫌みに聞こえなくもない。

「母、何か失礼なことを言いませんでしたか？」

辻村の息子は、心配そうな顔で訊いた。

「君のお母さんとは長い付き合いだからね。何を言われてもどうってことはないよ」

「やはり、何か嫌なことを言われたんですね」

辻村の息子は、困ったとばかりに眉を寄せて言った。そばで紅茶とコーヒーを用意している麻里亜は黙って、ふたりの様子を見守っている。

「君のお母さんは女手ひとつで君を育てたんだ。そんな息子に五歳も年上の彼女がいると知って、すんなり喜ぶ母親はそう多くないさ」

「母は立花さんに、僕と麻里亜さんが交際することに反対だと言ったんですか?」

辻村の息子は、少し前のめりになって訊いてきた。

「いや、交際していることについて、どうのこうの言ったわけじゃないよ」

麻里亜が、ふたりの前にコーヒーとケーキを差し出した。俺と辻村の息子にはチーズケーキ。自分はモンブランを選んだ。買ってくるケーキの種類を麻里亜は事前に、辻村の息子に言ってあったに違いない。

俺は滅多に甘いものは食べないが、ケーキの中ではチーズケーキが一番好きなのだ。辻村の息子もそうなのだろう。味覚が合う合わないは、長く付き合っていくうえで大事なことだ。

「君のお母さんが気にしているのは、君と麻里亜がどういう気持ちで交際しているかということだ。ま、それは俺もそうだが——」

室内が沈黙に包まれた。コーヒーを飲み込む音まで聞こえるほどだ。

麻里亜を見ると、まるで他人事のように澄ました顔でケーキを口に運んでいる。

辻村の息子は、コーヒーをごくりと音を立てて飲んでカップを置くと、

「僕は麻里亜さんと結婚を前提に交際させてもらっています。今日こうしてご挨拶に伺ったのは、そのことを立花さんにお伝えしようと思ったからです」

と、両手を膝に置いて真剣な表情で言った。

「麻里亜、そうなのか？」

ひと呼吸おいてから、麻里亜に訊いた。

麻里亜は声を出さず、ただ大きく頷いただけだった。

「そうか――わかった」

そう言うと、辻村の息子はすぐに顔を明るくさせて、

「認めてくださるんですか？」

と訊いた。

「認めるも認めないもないさ。俺から何か言うことがあるとしたら、このとおり――麻里亜のことを末永くよろしく頼みます」

頭を下げて言うと、すかさず辻村の息子は、

「ありがとうございます。麻里亜さんを大切にします」

と言って、テーブルに額がつくほど頭を下げた。

「ありがとう。もう頭を上げてくれ」

淡々と言ったつもりだったが、辻村の息子が頭を下げている姿を見ているうちに、胸に熱いものが込み上げてきて、声が少し震えているのが自分でもわかった。

そして、辻村の息子が頭を上げると、

「お父さん、あたしたち、もうひとつ言わなきゃいけないことがあるの」

それまで黙っていた麻里亜が口を開いた。

「なんだ？ ——まさか、おまえ、もう……」

子供ができているのか——そんな目で麻里亜を見ると、

「そんなんじゃないわよ」

と、麻里亜は顔をしかめて一蹴《いっしゅう》した。

「そうじゃなくて、実は急に決まったことなんだけど、駿が十一月からしばらくの間アメリカに行くことになったのよ」

麻里亜が言うと、辻村の息子が続けて、

「ロサンゼルスの大学病院で二年間研修を受けることになったんです。それで、これは立花さんのお許しをいただければなんですが、麻里亜さんを一緒に連れていきたいと思っているんですがいけないでしょうか？」

　と緊張した面持ちで言った。

「麻里亜もそうしたいのか？」

「うん。あたしもロスの大学院に行って、英語を勉強し直したいと思っているの」

「だったら、何も問題はないじゃないか」

　そう言うと、強張った顔をしていた辻村の息子は急に拍子抜けしたような顔になった。

「ね？　うちのお父さんは、絶対に賛成してくれるって言ったでしょ？」

　麻里亜は目を輝かせて辻村の息子に言った。どうやら、麻里亜のほうが強く望んでいたようだ。

「駿くん、君はそのことはまだお母さんに言っていないのか？」

「ええ。母は心配性なところがあるものですから――」

　辻村の息子は照れたような表情を浮かべている。

「まあ、アメリカは銃社会だし、今問題になっているイスラム過激派のテロリストたちの一番の標的になっている国だしな」

「そんなことといちいち心配していたら、どこにも行けなくなっちゃうわよ」

麻里亜が不服そうな顔をしている。

「まあ、どこにいても事故や事件に遭うときは遭うものだが……で、麻里亜のことや君がアメリカに行くことは、お父さんには言ってあるのかい？」

「はい。一応、報告はしています。でも父はもう別の家庭を持っているので、僕のことにはあまり関心がないんです。だから、そうかと言うだけでした」

「問題は、君のお母さんか……」

思わず苦笑いした。息子を五歳も年上の麻里亜に取られ、おまけに間もなくふたりしてアメリカに行くと聞いたら、辻村はさぞ驚き、寂しがるだろう。

「それで、お父さんにちょっとお願いがあるのよ。ねえ？」

麻里亜は、辻村の息子に、自分から話してよと目で訴えている。

「――なんだ？」

麻里亜と辻村の息子の顔を見て訊くと、

「はい。立花さんと母は、昔よく一緒にお酒を飲みに行っていたと聞いたんですが――」

辻村の息子が確認を求める口調で言った。

「お母さんから聞いたのか？」

「ええ」

「まあ、若いころ、一緒に番組を作っていたことがあったからね。でも、君のお母さんが報道部に異動になってからは、関東放送に行ってもあまり顔を合わすことがなくなってね」

内心どぎまぎしながら答えた。

「ですから、僕と麻里亜さんが結婚を前提に交際することになったのを機に、また昔のように母と仲良くしていただけたらと思いまして」

辻村の息子は、邪気のない顔で言った。

「一昨日も君と麻里亜のことで酒を一緒に飲むことになったから、これからそういう機会が増えるかもしれないな」

「駿と冗談で言ってたのよ。この際、いっそのことお父さんと駿のお母さんが再婚したらどうかなって。ね？」

麻里亜が言うと、

「でも、立花さんが断るに決まっているって言ったんですよ」

辻村の息子はそう言って、屈託なく笑った。

「ねえ、お父さん、駿は、自分のお母さんのことを口うるさい人だとか気が強いとか悪口しか言わないんだけど、お父さんから見て、駿のお母さんてどんな人？」

麻里亜は微笑んでいるように見えるが、その瞳は笑っておらず、探りを入れているような油断ならない目をしている。

「どんな人って、上智《じょうち》大学の英文科を卒業して、狭き門の関東放送に入社したアナウンサーなんだから、ひと言でいえば、そりゃ才色兼備《さいしょくけんび》の女性さ」

「そんな上っ面のことじゃなくて性格よ」

「それはおまえが本人と会って、自分の目で確かめるのが一番だよ」

「お父さんのその言い方からすると、やっぱり駿のお母さんの性格、相当悪いみたいね」

麻里亜は相変わらず、思ったことをずけずけと言う。

「おい、息子さんの前で失礼だろ」

「いえ、いいんです。父からもさんざん母の性格の悪さは聞かされていますから慣れっこです」

そうは言うものの、辻村の息子は少し寂しそうな笑みを浮かべている。たとえ心当たりがあったにせよ、母親の悪口を別れた父親から聞かされるのは、息子としては嫌なものだろう。

「まあ、こんなことは俺が言うことではないかもしれないが、君のお母さんは気が強いことは確かだな。でも、気が強くなきゃ、アナウンサーから報道部が制作するニュース番組のキャスターにはなれなかったろうし、なにより女手ひとつで君をここまで育てることはできなかったさ。そういう意味でも、君のお母さんはとても立派な人だと思うよ」

「ありがとうございます。立花さんの今の言葉を聞いたら、母はとても喜ぶと思います」

辻村の息子は照れたような、はにかんでいるような笑みを浮かべている。この男なら、きっと麻里亜を大切にしてくれるだろう。

「しかし、君のほうこそ、麻里亜なんかで本当にいいのか？」

真剣な顔で訊くと、

「ちょっと、お父さん、それどういう意味よ」

麻里亜がふくれっ面をしてつっかかってきた。

「おまえは、駿くんのお母さんに負けず劣らず気が強いからさ」

「そう？　ねえ、駿、あたし、そんなに気が強い？」

辻村の息子もそう思っているのだろう、苦笑いしている。

「なによ、はっきり言いなさいよ」

そういうところからして気が強いというんだ——そう言いそうになったが、辻村の息子がどう出るか黙って見ていることにした。

「気が強いことは決して悪いことじゃないよ。むしろいいことさ。病気になった人を見ていると、気が弱い人は病気の治りが遅いけど、気が強い人は病気の治りが早いんだ。つまり、気が強いということは、生命力が漲《みなぎ》っているということの証《あかし》なんだよ」

医者らしいうまいことを言う。

「要するに、あたしも気が強いって言いたいのね?」

麻里亜が詰め寄るようにして言ったところで、携帯電話の着信音が鳴った。辻村の息子の携帯電話だった。

「ちょっと失礼します——」

辻村の息子は上着の胸ポケットから携帯電話を取り出すと、ダイニングを出て廊下へ行った。

少しして戻ってくると、

「すみません。病院に戻らなくてはならなくなりました」

と、申し訳なさそうな顔をして言った。

「また急患？」

麻里亜が困った顔をして訊いた。

「うん。厄介な患者が運ばれてきたようなんだ。立花さん、お話の途中で大変申し訳ありませんが――」

「肝心な話はもう済んだよ。早く病院に戻ったほうがいい」

遮《さえぎ》るように言うと、

「ありがとうございます。じゃ、今日はこれで失礼します」

辻村の息子は足早に玄関へ向かった。

「下まで送ってくる」

麻里亜は辻村の息子と一緒に玄関を出ていった。

「いつもああいうふうに急患が来ると、呼び出されるのか？」

十分ほどして戻ってきた麻里亜に訊いた。

「うん。大学病院の研修医は、とにかく経験を積むことが大事なんだって。だから駿は、大学を卒業して一度もお酒を飲んだことがないらしいわ」

辻村の息子が勤務しているK大学病院は、財界人や政治家、大物芸能人たちが利用する日本でも屈指《くっし》の一流病院だ。

しかし、そんな一流病院でも研修医は、年収四百万円を切り、一年中ほとんど休みがないほど過酷な労働を強いられているという。だから、デートといっても、一週間のうち一度会えればいいほうで、しかもさっきのように休日のデート中でも呼び出しはしょっちゅうだと麻里亜は言った。麻里亜に男の影を感じなかったのは、そういうことも一因だったのかもしれない

「そうか。そりゃ、大変だな。しかし、駿くんは麻里亜にはもったいないようないい青年だな」

しみじみと言うと、

「そうかなぁ」

麻里亜は不満げな口ぶりとは裏腹に、うれしそうな顔をしている。

「お母さんも天国で、きっと喜んでいるよ」

リビングのソファから見える仏壇の美佐子の遺影に視線を向けて言った。

「ねえ、お父さん、前から聞こうと思っていたんだけど、どうしてあたしの名前、麻里亜なの？　うちは仏教でしょ」

麻里亜が唐突に訊いてきた。

「うちはなんちゃって仏教徒だからな。おまえの名前は、イエス・キリストを産んだ

聖母マリア様のような愛情深い、優しい女の子になって欲しいという願いを込めてつけたんだ」

消していたテレビをつけて言うと、

「ふーん。あ、ねえ、お父さん、さっきの話なんだけど、あれ、駿もあたしも割とマジな気持ちで言ったのよ？」

「さっきの話って？」

どこのテレビ局もニュースはやっていなかった。

「駿のお母さんとお父さんが再婚したらどうかって話よ」

驚いて麻里亜の顔を見ると、麻里亜は真面目な顔をしている。

「何を言ってんだ、バカバカしい。さて、そろそろ出かけるか」

その場から逃げるようにして立ち上がると、

「出かけるって、どこに？」

麻里亜が訊いてきた。

「すぐそこの橋の袂《たもと》にある、よく行く焼き鳥屋だ」

「こんな早い時間から？」

午後四時を少し過ぎたばかりだ。

「飲みに行くんじゃない。前々から、そこのオヤジさんに店を継がないかって言われてな。俺もあと二年したら還暦だし、そろそろ放送作家なんて不安定な仕事から足を洗おうと思っていたところだから、オヤジさんの誘いに乗ることにしたんだよ」

「本気なの？」

「ああ。お客さんたちも顔馴染みばかりで気苦労もないしな」

「お父さんが決めたことなら、あたしが何か言うことではないけど……」

「帰りは十二時近くになる」

「わかった」

自分の部屋に行って出かける準備をして再びリビングに戻ると、麻里亜は楽しそうに鼻歌を歌いながら台所でティーカップやケーキを載せた皿を洗っていた。

しかし、麻里亜のその鼻歌を耳にしたとたん、俺は得体の知れない恐怖に包まれた。

「麻里亜、その歌、なんて歌だ？」

台所にいる麻里亜に詰め寄るようにして訊いた。

「え？」

麻里亜は驚いた顔をしている。

「今、鼻歌で歌っていた歌だよ」

「あたしもなんて歌なのかわからないけど、さっき駿を見送るのにエレベーターでロビーまで降りていったら、誰かがマンションの入り口近くで口笛を吹いていたのよ。それが耳についちゃっただけよ」

麻里亜は、三歳から高校に入るまでピアノを習っており、どんな曲でも一度聞いただけでメロディーを覚えてしまうと自慢していたことがあったのを思い出した。

「おまえも、確かにその口笛を聞いたんだな？」

背筋に冷たいものが走るのを感じながら訊いた。

「おまえもって、お父さんもどこかで聞いたの？」

俺はそれには答えず、

「その口笛を吹いていた人は見たか？」

と訊いた。

「それが辺りを見回してみたんだけど、誰もいなかったのよ」

「おまえの空耳だったってことはないか？」

「空耳？　まさか。あたし、かなり耳はいいほうよ」

「そうだよな……」

麻里亜もちゃんと聞いている――ということは、俺が耳にした口笛も空耳ではなかったということだ。

「麻里亜、さっきのメロディー、口笛でやってみてくれ」

「あたし、口笛できないもの」

「そうか。じゃ、もう一度鼻歌でいいからやってくれ」

「いいけど――」

麻里亜は、怪訝な顔をしながら鼻歌をはじめたが、すぐに終わった。

「ここまでしか聞いていないわ」

俺が聞いたのよりかなり短い。これまで一番長く聞いたのは、大井町駅のホームにいたときだった。

「もう一回、聞かせてくれ」

「なんなのいったい」

麻里亜の顔が険しくなっている。

「いいから、もう一回やってくれ」

苛立って語気を強めて言うと、麻里亜はさっきより一段と訝《いぶか》しい顔をして鼻歌をはじめた。

目を閉じて集中して聞いた。やはり、俺が聞いたのと同じメロディーで、どこかで聞いたことがあるような気がする歌だ。

だが、どうしても曲名を思い出すことはできなかった。ただ、はっきりしたことは、あの口笛は空耳ではなく、口笛を吹く人間が確実に俺の近くにいるということだ。

しかし、口笛の主は敢えて姿を見られないようしている気がしてならない。そう考えるのは思い過ごしだろうか。

「もういい？」

麻里亜が呆れた顔で言った。

「ああ」

「今のメロディーを口笛で吹く人がどうかしたの？」

麻里亜は、今度は心配顔で訊いた。

「いや、なんでもない。じゃ、いってくる」

平静を装って言うと、

「いってらっしゃい」

麻里亜の言葉を背中で受けて、玄関へ向かった。

「今日は出足が早かったから、あとひとりふたりでしまいになるかもなあ。たっちゃん、ひと息いれなよ」

　午後九時を少し過ぎると、ひとり店にいた客がお勘定をして帰り、オヤジさんが中ジョッキに生ビールを注いで俺に差し出した。

「オヤジさんは飲まないんですか？」

　受け取って言うと、

「この前、病院で診てもらった検査の結果が出たんだけど思っていた以上に悪くてな。いよいよ禁酒だって医者に言われちまったんだよ」

　オヤジさんは寂しそうに笑って言った。今日、焼き鳥を焼くのを俺に任せっぱなしにしていたのは、仕事に慣れさせようということもあったのだろうが、体がいよいよしんどくなっているからだったのだ。

「俺だけ飲むなんて、なんだか悪いですね」

「気にしねぇで、ぐーっとやってくれ。しかし、たっちゃんは、俺が見込んだだけあって覚えが早いよ。焼き方もほとんど文句ねえ出来だ」

「そう言ってもらえると――じゃ、遠慮なく」

　一気に半分ほど飲んだ。なんとも言えないうまさだった。

　ちょうどジョッキのビールを飲み干したとき、店の出入り口の戸が開いた。

「いらっしゃい」

　オヤジさんと声を揃えて言った俺は、入って来た客の顔を見て驚いた。麻里亜と辻村美由紀だったのだ。麻里亜は昼間と同じ上下黒のパンツスーツで、辻村は水色のジャケットに白いパンツを穿《は》いている。

「たっちゃんの知り合いかい？」

　驚いた顔をしている俺を見て、オヤジさんが近づいてきて小声で言った。

「ああ、紹介します。こっちが娘の麻里亜で――」

　我に返って麻里亜を指して紹介すると、

「父がいつも大変お世話になっています」

　麻里亜はオヤジさんに向かってしおらしく頭を下げた。

「いえ、こちらこそ――」

　オヤジさんは面食らった顔でそう言うと、

「娘さん、えらいべっぴんさんだなあ」

と、俺の耳元で小声で言った。

「で、こちらは娘の彼氏のお母さんで、関東放送の辻村――さん」

　辻村を紹介すると、オヤジさんは、

「関東放送の辻村さんて、あのニュースキャスターの辻村美由紀さんかい?」

と、信じられないという顔をして訊いた。

「ええ、お邪魔します」

辻村が作り笑顔で言うと、オヤジさんは、

「いや、こいつは——ちょっと待ってくれよ。いや、参ったな。たっちゃん、おふたりが来るなら来るって前もって言ってくれないとさあ……」

と、すっかり舞い上がっている。

「いや、俺もこのふたりが店に来るなんて知らなかったんですよ。おまえたち、なんだってきたんだ?」

キツネにつままれた気持ちというのは、こういうときのことを言うのだろう。

「あたし、お父さんが出かけてから辻村くんのお母さんのところにご挨拶に伺ったのよ。それでいろいろお話をしているうちに、お父さんが近いうちに放送作家をやめて焼き鳥屋をはじめるらしくて、今はその店で修業してるって言ったら、じゃあどんな様子なのか見にいってみましょうっていうことになったのよ」

麻里亜が言うと、

「ま、一種の身上《しんじょう》調査ね。座っていいかしら」

辻村が気取った口調で言った。

「どうぞ、どうぞ。汚ねぇ店ですいませんけど、お好きなところにお座りください」

辻村に対してオヤジさんは、まるで有名芸能人を相手にするようにやけに腰を低くしている。

「じゃ、まずは生ビールをいただこうかしら。麻里亜ちゃんも飲むでしょ?」

辻村は麻里亜を「ちゃん」づけで呼んで、やけに機嫌がいい。麻里亜のことを気に入ったということなんだろうか。

「はい。いただきます」

麻里亜が言うと、オヤジさんが、

「あいよ、生ビール、二丁ね」

と、威勢のいい声を店内に響かせてから、

「あの、俺、昔からラジオは関東放送一筋で、辻村さんのファンだったんですよ。サインをお願いしていいですか?」

オヤジさんは照れた顔をして言った。オヤジさんは、確かに仕込みのときはいつも関東放送を聞いている。

「あら、ご主人があたしのファンだなんてうれしいわ。あたしなんかのサインでよかったら、いくらでも書きますよ」

辻村は上機嫌だ。

「はい、生ふたつ。焼き鳥、食べるか?」

ふたりの前に生ビールを注いだ中ジョッキを二つ差し出して訊くと、

「もちろん、いただくわ。ねえ、麻里亜ちゃん?」

「ええ。でも辻村さんは、苦手なものはないんですか?」

麻里亜は、そつなく辻村を気遣っている。親の心配をよそに、麻里亜はもうすっかり大人になっているようだ。

「あたし、焼き鳥ならなんでも大好きよ」

「じゃ、適当に焼くけど、塩とタレ、半々でいいな?」

俺が焼き鳥を焼きにいくと、いつの間にか姿を消していたオヤジさんが色紙とマジックインキを二階から持って降りてきて、辻村に本当にサインを頼んだ。

「これでいいかしら」

辻村が色紙にサインを書いてオヤジさんに渡すと、

「ありがとうございます。いやー、感激です」

オヤジさんは色紙を眺めながら本気で感激している。

「じゃ、改めて――麻里亜ちゃん、これからは駿共々よろしくね」

辻村がジョッキを持ち上げて言うと、

「あたしのほうこそ、なにかといたらないところがあるとは思いますけど、よろしくお願いします」

麻里亜も頭を下げながら調子を合わせてジョッキを持ち上げている。

「あ、そうだ。ねえ、立花さんとご主人も、あたしたちとこれから長いお付き合いになるんだから、一緒に乾杯しましょうよ」

辻村が本心では麻里亜のことをどう思っているのかまだわからないが、ここで機嫌を損ねては麻里亜のためにならない。

「オヤジさん、ひと口だけ付き合ってもらえませんか」

申し訳ないと思いながら声をかけると、

「俺も仲間に入れてもらえるのかい？　そりゃいいや。こうなったら、ヤブ医者の忠告なんざ無視だな、無視」

オヤジさんは、すっかり調子づいて、さっそくジョッキに生ビールを注いだ。

「じゃ、みなさん、これをご縁に長い付き合いをよろしく頼みます。乾杯！」

オヤジさんが音頭を取ると、みんなでジョッキを合わせて「乾杯」と大声で言った。

「ところで、立花さん、ウチの駿、あたしに似てハンサムだったでしょ？」

生ビールをうまそうに飲んだ辻村が訊いてきた。

「ま、顔は確かに母親似だけど、性格はずいぶん違うみたいだな」

そう言うと、辻村の横に座っている麻里亜が目で「そんなこと言わないの」と怒っていた。

だが、辻村は、

「そうなのよね。性格がおっとりしているところは、父親に似ちゃったのね。そこいくと、麻里亜ちゃんは、立花さんにどっこも似なくてよかったわよねえ」

辻村は俺と麻里亜の顔を交互に見て、皮肉な笑みを浮かべている。

「うん。それは言える。俺もたっちゃんの娘さんが、こんなにべっぴんさんだとは正直びっくりしたぜ。奥さん似なのかい？」

オヤジさんが口を挟んできた。

「まあ、確かに麻里亜は死んだ女房似ですね。最近、どんどん似てきて、どきっとすることがありますよ」

俺はそう言いながら、焼き鳥の焼き加減を見に戻った。

「お待ちどおさん――」

少しして、辻村と麻里亜の前に焼き鳥を差し出すと、ふたりはさっそく口に運んで「おいしい」と目を丸くした。

「たっちゃんは、筋がいいんですよ。みんな焼き鳥なんて誰にでも簡単に焼けると思っているかもしれねえけど、焼く人によって、うまくもなりゃあまずくもなるもんなんですよ」

オヤジさんは、満足げな顔をしている。

それからしばらくの間、麻里亜と辻村は、とても今日会ったばかりとは思えないほど意気投合した様子で話し続けていた。

辻村を観察していると、麻里亜を気に入っているのは本当だろうと思う。辻村はよくも悪くもはっきりした性格で、演技でここまで仲良くはできない人間だ。俺は内心、胸を撫《な》で下ろしていた。

辻村と麻里亜が焼き鳥を食べ終えたころ、顔見知りの若い工員ふたりが店に入ってきた。

すると、話に夢中になっていた辻村が我に返ったような顔になって、

「じゃ、あたしたち、そろそろ失礼しましょ。お勘定してください」

と、少し酔った様子で言うと、オヤジさんが、

「今日は、俺からのお祝いってことで結構です。その代わり、またちょくちょくきてください」

と言った。

「いいのかしら？」

辻村は酔って眠たそうな目を俺に向けて訊いてきた。

「今夜のところは、オヤジさんの言葉に甘えさせてもらったらいいさ」

「そう。じゃ、遠慮なく。どうもごちそうさまでした」

そう言って立ち上がると辻村は、足をふらつかせた。

「大丈夫ですか？」

麻里亜がすかさず、辻村の体を支えた。

「大丈夫、大丈夫。ああ、今夜は本当に気持ちよく酔ったわ。麻里亜ちゃん、また近いうちに飲みにきましょうね」

辻村はそう言いながら、麻里亜に体を預けるようにして店を出ていった。

翌日の月曜日は、午前八時に目を覚ました。

昨夜、マンションに帰ってきたのは午前零時過ぎだった。その一時間ほど前に辻村と一緒に店を出ていった麻里亜は、すでに眠っていたようだ。

洗面所に行って歯磨きをして顔を洗い、いつものようにインスタントコーヒーを片手に朝刊に目を通しながら、テレビのモーニングショーに耳を傾けた。

モーニングショーは、京浜東北線爆破事件で亡くなった笠井澄子の夫と中学二年生になる娘のインタビューを放送していた。

笠井澄子の夫が、未だ犯人の目星《めぼし》もついていない警察に対する苛立ちを露《あら》わにする一方で、中学二年生になる娘は、一刻も早く犯人を捕まえて欲しいと訴え、優しかった母親の思い出を涙声で話していた。

それを見ていると、笠井澄子が自分の身代わりで死んでしまったような気がしてきていたたまれない気持ちになると同時に、笠井澄子の夫、娘と同じく、犯人に強い憤りを覚えた。

新聞を隅から隅まで読み終え、テレビのモーニングショーを見るともなしに見ていると、ニュース速報を伝える電子音が鳴り、画面上部にテロップが浮かんだ。

『今日午前八時四十分ごろ、世田谷《せたがや》区成城《せいじょう》四丁目で自家用車が爆発炎上し、運転席にいた七十六歳の無職、池上昭次《いけがみあきつぐ》さんが死亡した模様です』

『爆発』――その文字に反応した俺は、すぐにチャンネルをＮＨＫに変えた。

すると、中年の男性アナウンサーが原稿を見ながら速報を伝えていた。

だが、さっきのニュース速報以上の情報はなく、同じ内容を繰り返すばかりだった。

それが一、二分続くと「それではまた詳しい情報が入り次第、お伝えします」と中年の男性アナウンサーが言い、画面はそれまで放送していた料理番組の映像に変わった。

こういうときは、やはりNHKが一番早く、確かな新しい情報を流すはずだ。俺はチャンネルをNHKに固定して待った。

コーヒーカップが空になった。テレビの前のソファから立ち上がって、お湯を沸かしに台所に行った。そのときになって、麻里亜がまだ朝食を食べていないことに気がついた。麻里亜は家にいるときは、必ず朝食を取る。だいたい、牛乳をかけたシリアルと野菜サラダ、紅茶だが、それらの食器を使った様子も洗った形跡もない。

玄関に近い六畳間の麻里亜の部屋まで行ってみた。

「麻里亜、まだ寝ているのか？」

ノックして声をかけてみたが、中から返事はなかった。ふと、部屋の近くの玄関に目をやった。麻里亜がいつも履いているパンプスがないことに今更ながら気がついた。

朝食を食べずに、もう出かけたということなのか。

「麻里亜、いないのか？　ドア、開けるぞ」

やはり返事はない。ドアを開けた。麻里亜の姿はなかった。俺が起きる前に出かけたということか。だとしたら珍しいことだが、麻里亜はいちいち自分の仕事の予定や行き先を言わない。リビングに戻り、二杯目のインスタントコーヒーを淹れ、テレビの前のソファに座った。

ＮＨＫが世田谷区成城で起きた爆発事件を再び報道したのは、午前十一時ごろだった。

スタジオで原稿を読む女性アナウンサーからカメラが切り替わり、池上昭次の立派な二階建ての家が映し出された。広い敷地内の駐車場がある部分は、四方を青いビニールシートで囲われて見ることができなくなっている。

家の前には警察の規制線が張られ、制服警官が二人立っていて、野次馬たちが敷地内に入ってこないように見張っている。

その野次馬たちから少し離れた場所にいる若い男の記者が、興奮した面持ちで話しはじめた。

「こちらは世田谷区成城四丁目、自家用車が爆発炎上した事件現場の池上昭次さんのご自宅です。ご覧のように、現在は警察の規制線が張られ、爆発炎上した自家用車があった駐車場部分はブルーシートで覆われて、中で現場検証が行われています。事件が起きたのは今から二時間ほど前のことですが、そのときこの近くを散歩していて、池上昭次さんが乗る自家用車が爆発炎上するのを目撃したという人から話を聞くことができました。それによりますと、この近くを通ったとき突然、耳をつんざくような爆発音が轟き、大きな地震でも起きたように地面が揺れたということです。そして、爆発音がしたほうに目を向けると、池上昭次さんのベンツが激しい炎に包まれていて、手がつけられない状態だったということです。現場からは以上です」

「わかりました。では、引き続き取材を続けてください」

女性アナウンサーがそう言うと、テレビ画面はスタジオに戻り、

「お伝えしていますとおり、今日午前八時四十分ごろ、世田谷区成城四丁目の池上昭次さんの自宅敷地内の駐車場にあった自家用車が爆発炎上し、運転席にいた七十六歳の無職、池上昭次さんが死亡しました。他に怪我人はありません。なお、池上昭次さんの自家用車が何故、爆発炎上したのかについては、現在、警察が現場検証を行って原因究明を急いでいます。以上、この時間は放送内容を変更して、お送りしました」

女性アナウンサーがそう言って頭を下げると、画面は再放送の紀行番組に変わった。

池上昭次——さきほどから、何故かその名前が頭の中でこだましている。ザッピン

グしてニュース番組を探した。しかし、民放のテレビ局は、どこも警察が張った規制線の前で、レポーターたちが速報で流れたようなコメントを興奮しながら繰り返しているだけだった。

時計を見ると、十二時になろうとしている。昼飯は買い置きしてある乾麺の蕎麦《そば》を茹でて、ざる蕎麦を作って済ますことにした。

今日は月曜日だ。明日の火曜日は、関東放送の『昼どきラジオ』の担当日で生放送に立ち会うため、今日じゅうに原稿を書いておかなければならない。焼き鳥屋の手伝いは休ませてもらうことになっている。

ざる蕎麦を食べ終えるとテレビを消して、リビングから寝室兼仕事場にしている自分の部屋に移動した。

机の上のデスクトップパソコンを起動させ、同時にラジオをつけた。もちろん、関東放送に合わせてある。

『昼どきラジオ』のパーソナリティー、川島雄介《かわしまゆうすけ》の声がすぐに聞こえてきた。

関東放送も事件があった世田谷区成城に若手のアナウンサーを行かせているのだろうが、今はそのリポートはやっていない。

机の上に資料を置いて、明日放送の『昼どきラジオ』の特集コーナーの原稿を書きはじめた。テーマは『住居は賃貸派と持ち家派、どっちが得か？』というものだ。

そして原稿を書いている手を止め、思わず耳をそばだてたのは、報道フロアから辻村が事件の続報を伝えたときだった。

『――今日午前八時四十分ごろに発生した爆発事件の最新情報が入りましたので、お伝えします。池上昭次さんの自家用車のベンツが爆発炎上した原因は、運転席に仕掛けられていた爆弾が携帯電話による遠隔操作によって爆発したことによるものであること、また、その爆弾の成分を分析した結果、使用された爆弾は先週の金曜日、大井町駅で京浜東北線の電車が爆破されたときに使用されたＣ４爆弾と同じものだったことが、警視庁への取材で明らかになりました。また起爆の手口も同じであることから、警視庁は二件の爆破事件は同じ海外のテロ組織に属する者の犯行の可能性が極めて高いと見ています。その一方で警視庁は、犯人は池上昭次さん個人を狙ったのか、また池上昭次さんと海外のテロ組織とが何がしかの接点を持っていたのかなど、被害者の人間関係に重きを置いて捜査していくとしています――』

脳裏に唐突に、新田の言葉が蘇ってきた。

『爆弾を仕掛けて殺そうと思うほど、あなたを憎んでいる人に心当たりはあるんですか？』

その言葉を何度も頭の中で繰り返してみた——いない。爆弾を仕掛けて殺そうとするまで俺を憎んでいる人間など、まるで心当たりはない。まして、こんな残忍で卑怯な爆弾テロを行う海外のテロ組織の中に、俺と関わりがある人間などいるはずがない。

だが、国際的なテロ活動を行うアルカイダ系組織が活発に活動をしている中東の国に行っていたことはある。

三十四年前、イラン・イラク戦争が勃発したとき、俺は仕事でイラクに行っていたのだが戦争に巻き込まれ、命からがら帰国した——突然、頭の中の奥から、ひとりの男の名前が浮かび上がってきた。

池上昭次——古い記憶を懸命に手繰《たぐ》った。俺がイラクに行ったのは、三十四年前だ。ということは今回殺された七十六歳の池上昭次という人は、そのとき四十二歳ということになる。年齢的には合致している。あとはこの人が働いていた会社名さえわかれば、あのときの池上と同一人物かどうかはっきりするのだが……。

新田の顔が頭に浮かんだ。携帯電話を手に取って、新田に電話をかけた。

だが、いくらコールしても新田は出なかった。留守番電話にもつながらない。また爆破事件が起きたばかりなのだ。捜査に追われて、俺の相手をしている場合ではないのかもしれない。

どうしたものか、いい考えが浮かばず、落ち着かない気分でいると携帯電話が鳴った。

新田からだった。俺が電話をしてから十分も経っていない。

『電話をいただいたのに出られなくて申し訳ありませんでした。先日の事件のことで何か思い出したことがありましたか？』

新田の物言いは相変わらず丁寧で冷静だった。周囲の雑音は一切聞こえない。どこか静かな場所にいるようだ。

「ええ。調べて欲しいことがあるんです。でもその前に、例の爆破された電車に携帯電話を忘れた女性と連絡を取ることはできましたか？」

『調べて欲しいこととはなんです？』

新田は訊いたことに答えようとはしなかった。捜査情報は捜査に関わっていない人間には決して漏らしてはいけないことくらいは知っている。だが、情報源は他でもない、俺なのだ。

「私が調べて欲しいことというのは、今日また起きた爆弾事件に関係していることだ。それを聞きたかったら、私が訊いたことにも答えてくれ」

俺は語気を強めて言った。

すると、新田は数秒間を置いてから、

『あなたが電車内に忘れた携帯電話を届けた女性は、某化粧品メーカーに勤めているOLで、直接会って話を聞くことができました』

と答えた。

「で、どうでした？　私の指定席に、誰かが座っているのを見ていましたか？」

俺はなおも食い下がった。

『ええ。蒲田駅に電車が到着する間際まで、確かにあなたの指定席に男性が座っていたそうです。ただキャップを深く被っていたので、どんな顔なのか、はっきりとは見ていないということでした』

新田は抑揚のない声で答えた

「年齢についてはどうです？」

『立花さん、捜査は警察に任せてください』

新田は明らかに苛立っている。

「答えてくれ」

俺は思わず怒気を含んだ声を出した。

『キャップを被っていたくらいだから、若い人だったような気がすると言っていました』

「その男は、大井町駅の監視カメラに映っていたんですか?」

『映っていました。しかし、後ろから四両目の車両からではなく、六両目から降りています。ですから、容疑者と見るのは早計でしょうし、顔もキャップで隠れて見えていないので、探しようがないというのが正直なところです。さあ、もういいでしょう。今朝の爆弾事件に関係することで、私に調べて欲しいことというのはなんです?』

新田は、これ以上の質問は受け付けないと言わんばかりの口調で言った。

「今朝、世田谷区成城で起きた自家用車爆破事件で亡くなった池上昭次という人が働いていた会社を知りたい」

まくしたてるように言うと、新田は数秒の沈黙のあと、

『池上昭次を知っているんですか?』

と険しい声で訊き返してきた。

「その可能性が高いんです。もしそうだとすると、ふたつの爆弾事件の犯人がわかるかもしれない」

俺の声は自然と切羽詰まったものになっていた。

『わかりました。すぐに調べて、折り返し連絡します』

「頼みます」

電話を切ろうとすると、

『立花さん、あなたの周りで何か変わったことはないですか？』

と新田が訊いてきた。

「いや、特には——」

『そうですか。では、のちほど』

新田は電話を切った。時計を見ると、午後六時になろうとしていた。俺は原稿を書き上げて推敲《すいこう》を終え、メールに添付して関東放送の武山に送った。

それにしても、車が爆破されて死んだ池上昭次という老人が、三十四年前に俺たちと一緒にイラクにいた池上と同一人物だったとしたら、今回の一連の爆弾事件の犯人は、ひとりしか考えられない。しかし、そんなことがあるだろうか？　あの人は三十四年前、イラン・イラク戦争が勃発したときイラクで失踪したのだ。その人が、生きていたということなのか？　そして、俺たちに復讐するために日本に帰国したということなのか？　だが、どうして三十四年も経った今なんだ？　——わからないことだらけだった。

携帯電話が鳴った。新田からだった。時刻は午後七時になろうとしていた。

『新田です。池上昭次さんがかつて働いていた会社がわかりました。大手ゼネコンの巽《たつみ》建設です。二年前まで相談役という役職に就いていました』

思わず小さく息を飲んだ。やはりそうだった。殺された池上昭次は間違いなく三十四年前、俺たちとイラクで一緒にいた男だ。

『立花さん、池上昭次さんをあなたは知っているんですか？』

「ええ……」

頭がしびれるようになり、心臓の鼓動が次第に激しくなってきた。

『どういう関係なのか、聞かせていただけますね？』

「はい」

『電話ではなんなので、これから立花さんのお宅のマンションまで伺います』

電話を切った。やはり、あの人は生きていた。そう考えるしかない。俺は、先週金曜日の京浜東北線の電車爆破事件を思い出し、体中に悪寒が走った。

そうなのだ。あの人は、俺をターゲットにして仲間にＣ４爆弾をセットさせたのだ。

だが、俺は運良く助かった。しかし今度は、池上昭次の自家用車に爆弾を仕掛け、殺すことに成功した。

あの人は、三十四年前、自分をイラクに置き去りにした俺と池上昭次に復讐するために爆弾事件を起こしたのだ。

　つまり、今回の二度にわたる爆弾事件は、テロ組織の犯行ではなく、あの人が個人的な復讐を果たすために起こしたものなのだ。だからこそ、政治的なメッセージを含んだ犯行声明を出さないのだろう。

　新田は電話を切ってから一時間もしないうちに、俺のマンションまでやってきた。

　しかし、部屋にはこず、マンションの前の道路に止めている車にきてくれないかと携帯電話で言ってきた。

　部屋を出て、マンションの前に行ってみると、黒塗りの国産高級セダンが一台止まっていた。近づくと、後部座席のウインドーが微かな音を立てながら降りて、新田が顔を見せた。

「どうぞ、こちらに乗ってください」

　言われるまま、後ろのドアを開けて、新田の隣の後部座席に座った。運転席には三十代の男がいる。真面目なサラリーマンのようにしか見えない。

「彼は、私の部下です。心配はいりません」

　新田は、俺が気にしているのを察して言った。

「立花さん、私の本当の名前は新田ではありません。私は、こういう者です」

新田はそう言うと、高級そうなスーツの上着の内ポケットから、警察手帳を取り出して見せた。そこには、新田の顔写真の下に『警察庁警備局外事情報部国際テロリズム対策課課長・柿沼恒夫《かきぬまつねお》』という文字が刻まれていた。思っていたとおり、新田という名前は偽名だった。ともあれ、警備局は警察官のエリートが配属される部署だと聞いている。しかも、そこの国際テロリズム対策課の課長となれば、かなり高い地位だ。

「あなたは、公安警察じゃなかったんですか」

俺が驚いて言うと、

「二十年前は公安課にいましたが、今は同じ警備局のこっちの所属です。それはともかく、立花さん、池上昭次さんとあなたの関係を教えてください」

柿沼が訊いた。運転席にいる男は前を向いたままだが、俺と柿沼の会話に神経を集中させているのがわかった。

柿沼が俺のマンションではなく、こうして車内で話を聞くのは盗聴を恐れているからなのかもしれない。

「私が池上昭次と出会ったのは、今から三十四年前のことです——」

俺は長い間封印してきた傷ましい記憶を呼び覚ました。

第二部

一九八〇年の悪夢

六月のある朝だった。俺は体を揺すられて目を覚ました。

「おい、にいちゃん、久しぶりだな。いつくるか待ってたんだ。おもしれえ仕事あるぞ」

顔馴染みの手配師《てはいし》が言った。俺は昨夜、アパートがある蒲田から最終間近の電車に乗って高田馬場《たかだのばば》にやってきて、職安の前の公園のベンチに座り、自販機で買ったカップ酒を三本空けたところまでは覚えていた。その公園は、朝の四時から六時頃まで、日雇い仕事がもらえるいわゆる『寄せ場』になるのだ。割のいい仕事をもらうには、早い時間にきたほうがいいため、始発でやってくるより、公園のベンチで酒を飲んで眠り、朝を迎えたほうがいいのだ。俺が寄せ場にくるようになって、もう三年近くになる。

「おもしろい仕事って、どんな仕事？」

辺りを見ると、いつものように戦後の闇市を思わせる猥雑《わいざつ》な光景が広がっている。公園を取り囲むようにして一杯飲み屋から地下足袋《じかたび》や軍手、長靴や作業着などを売る露店が並び、そこかしこの路上でチンチロリンや花札をしている男たちがいる。

「にいちゃん、大学に行ってたって言ってたろ。だったら、英語、いくらか話せんだろ？」

四十がらみで、見事な太鼓腹《たいこばら》の、ニッカボッカを穿いている手配師が、俺の横に座って訊いた。公園には十数人の手配師がいるのだが、この太鼓腹の手配師は何故か俺を気に入ってくれていて、いつも割のいい仕事をふってくれる。日雇いで一番金が高いのは、足場組みで九千円。一番仕事が多い道路工事は六千円が相場だ。

「話せるってほどじゃないけど、簡単な会話程度ならできるよ」

英語が必要な日雇いの仕事なんて聞いたことがない。俺は興味なさそうに答えた。

「現場が外国だから、若くて英語できるやつが欲しいって言うんでな。それで、にいちゃんがいつくるか待ってたってわけよ」

「現場が外国？　どこさ？」

俄然興味を持った。俺は大学を三年でやめ、日雇い労働をしてある程度の金が貯まるとアジアの国々を旅して歩いていた。特に旅好きだったわけではなかったが、大学生という肩書がなくなると、まともなアルバイトにありつくのが難しくなり、かといってやりたいことも見つからず、息苦しさばかりを感じる日本の社会から逃げたかったのだ。

　はじめて行った国はタイだったが、首都のバンコクでさえ驚くほど物価が安く、一日の食費は百円で充分。宿も三百円でシャワー付きの部屋を借りることができた。そんな物価の安さにすっかり味をしめ、バンコクよりもっと物価の安いタイの田舎や、更に物価の安いインドやマレーシア、インドネシアなどを放浪して歩き、現金がなくなりそうになると帰国するということを繰り返していた。

「イラクって国だそうだ。どこにあるか、知ってるか？」

胡麻塩《ごましお》頭を掻《か》きながら、太鼓腹の手配師が言った。

「なんとなくは――だけど、本当にイラクが現場なのか？」

「ああ。飛行機代はもちろん出すし、向こうでの食費やヤサ代も持ってくれるんだとよ。それで月百万出すそうだ。期間は三ヵ月だとよ」

「おっさん、その話、本当かよ？」

俺は、すっかり眠気が吹っ飛んだ。

「な？　いい話だろ？」

「仕事は何をするんだ？」

「現場監督だとさ。フィリピン人の労働者を使うから、英語ができるほうがいいってんだけど。どうだい、やるかい？」

そんな嘘みたいな儲け話があるだろうか？

「とりあえず、話だけ聞かせてもらえないか？」

「ああ、いいよ。じゃ、ついてきな」

手配師は立ち上がり、公園の外で待っている雇い主のほうに向かって歩き出した。

「にいちゃんの他にもやる気がある若いやつがいたら紹介してくれって言ってたぜ。心当たりあるかい？」

寄せ場には、まともそうな二十代の男はまずいない。だいたい三十歳以上のやさぐれた男たちがいるだけだ。

「心当たりはあるけど、詳しいことを雇い主から直接聞いてみないとさ」

「ま、そりゃそうだわな」

手配師は俺を公園の外に連れ出すと、雇い主たちの中にいた青い上下の作業服を着た男に会わせた。

「このにいちゃん、どんな仕事なのか聞きたいってよ」

手配師は、俺の名前を知らない。雇い主の男のこともよく知らないようだ。

「わかった。詳しい話は車の中でしよう」

青い上下の作業着を着た、ずんぐりむっくりした体型の男が言った。

「わかりました」

「じゃ、もし仕事することになったら、呼びにきてくれ。いいな？」

手配師は俺と青い作業着を着た男に鋭い目を向けて言った。手配師の報酬は、ひとり紹介するごとに五千円だ。雇い主たちは、公園の中に入れない。必ず寄せ場を仕切っている手配師を通して人を集めなければならないことになっているのだ。

「わかっています」

青い作業着を着た男がはっきりした口調で言うと、手配師は「おう」とひと声出して、また公園内へ戻っていった。

「車は、すぐそこに止めてある」

青い上下の作業着を着た男は、俺を公園近くに止めている普通車のところに連れていって、車のドアを開けて乗り込んだ。周囲には日雇い労働者を現場に運ぶマイクロバスが所狭しと並んで止まっている。

「俺は三光商会《さんこうしょうかい》の勅使河原《てしがわら》という者だ。あんたの名前は？」

運転席に座った男が名刺を差し出して言った。会社の住所は荻窪《おぎくぼ》になっていて、勅使河原一《はじめ》という男の肩書は専務取締役になっている。年齢は、どう見ても三十代半ばか、もっといっているとしても四十歳を超えているようには見えない。きっと、小さな会社なのだろう。

「立花遼一」

「歳はいくつだ？」

「二十四」

「英語は話せるか？」

「ブロークンだけど、会話が成立するくらいはしゃべれます。インドを何度も旅してるけど、英語が通じなくて困ったことはないから」

「フィリピンに行ったことはあるか？」

「いや、まだ行ってない」

「そうか。で、仕事の話だが、現場は中東のイラクだ。そのイラクの三ヵ所の町で今、日本の大手建設会社が学校の教師を養成する施設を建てている。うちの会社の受け持ちは、その建物の更衣室に置くロッカーを、フィリピン人の労働者たちを使って組み立てさせる仕事だ。で、あんたには、そのフィリピン人たちが怠けないように監督してもらいたいんだ。期間は三ヵ月。報酬は、ひと月百万円だが、出発前に前金で一ヵ月分の百万円を払う。あとの二百万円は帰国してからだ。飛行機代、向こうでの宿泊代、食費はうちの会社が持つ。仕事の内容は、ざっとそんなところだ。なにか訊きたいことあるか？」

「休みはあるんですか？」

「日曜日が休みだ。イラクはイスラム教国だから金曜日が休日だが、建設会社は日本の会社で、それにフィリピンはキリスト教国だからな。他には？」

「いや、今は特には――」

「じゃ、受けてくれるか？」

俺は少し間を置いてから、勅使河原さんの顔をじっと見て、

「本当にひと月百万円くれるんですか？」

と訊いた。

「疑っているのか？」

勅使河原さんは薄い笑みを浮かべて訊き返してきた。

「だって飛行機代も宿代、食費もそっち持ちなんですよね？　そんないい条件の話なんて、はじめてだから――」

俺が言うと、

「あのな――」

今度は勅使河原さんが俺の目を見つめて、

「はっきり言っとくけど、仕事はかなりきつい。現場は気温が五十度前後の砂漠地帯だから体にかかる負担は相当なものだ。だから払う金も高い。そういうことだ」

と言った。気温が五十度と聞いても、俺にはまるでピンとこなかった。ただ、勅使河原さんが嘘を言っているとは思えなかった。

「わかりました。俺、やります」

そう答えると、勅使河原さんはようやくほっとした顔になって、

「そうか。あとふたりくらい、あんたと同い年くらいの若いのを探しているんだが、いっしょに行くって言いそうな人間に心当たりないかな？」

と言った。

「いますよ。ちょうどふたり」

俺には本当に心当たりがあった。彼らならきっと行くと言うだろう。

「じゃ、どうすっかな。あんた、パスポートはあるんだな？」

「あります」

「そのふたりは？」

「さあ」

「イラクの入国ビザを取るのは結構時間がかかるから、なるだけ早く申請したいんだ。その知り合いのふたりにすぐ連絡は取れるか？」

「取れますよ」

「じゃあ、すぐに連絡を取って、行く気があるかどうか、それからパスポートがあるかどうか訊いて、会社に電話くれないか」

「わかりました」

「今日じゅうに電話もらえるか？」

「はい」

「じゃ、待ってる。そのふたりがダメなら、違うルートで人を探さなきゃならない。必ず今日じゅうに電話くれ」

「わかりました」

俺は車から降りると、声をかけてくれた手配師を呼びにいった。勅使河原さんに紹介料を支払わせるためだ。

手配師は勅使河原さんから金を受け取ると、俺に「じゃあな」と言って再び公園の中に入っていき、勅使河原さんは車を走らせて寄せ場をあとにした。

俺は、勅使河原さんの車を目で追いながら、イラク行きの話を反芻《はんすう》していた。そうしているうち、下腹からぞわぞわとうれしさが込み上げてきた。

きっと、高額の宝くじに当たったときは、こんな感じなのだろうと思った。半信半疑ながら喜びを抑えられない不思議な気持ちだ。

時計を見ると、まだ朝の五時半を過ぎたばかりだった。いろんな物売りの露店が並び、そこかしこでやさぐれた男たちが博打をやっている寄せ場は、さっきより賑わいを見せている。

俺は、もうここにしばらくこなくていいんだと思うと、目の前に広がっている寄せ場が幻のような気がしてきた。

寄せ場をあとにして、ガラガラに空いている電車に乗り、蒲田のアパートに帰ってきた。俺が借りているアパートは、駅から二十分ほど歩いたところにあって、風呂なしの四畳半ひと間、トイレは共同で家賃は二万五千円だ。

昨夜は公園のベンチで数時間寝ただけなので眠いはずなのだが、頭の中が興奮しているのだろう、万年床《まんねんどこ》に横になっても寝つけず、時計ばかり気にしていた。まだ七時にもなっていない。電話するには早すぎる時間だ。

電話しようと思っている相手は、山科善則《やましなよしのり》という二歳年上の人だ。俺がまだ大学生だったころ、品川《しながわ》の冷凍倉庫で一緒にバイトをしていた人で、今もたまに一緒に酒を飲むことがある。

山科さんは今もそこの冷凍倉庫で働いていて、住んでいるアパートから冷凍倉庫までは歩いて十分もかからない。バイトの始業時間は午前九時からで、いつもギリギリまで寝ていると言っていたから、まだ眠っているだろう。

声をかけようと思っているもうひとりの人は、山科さんと同じところでバイトをしている岸本孝明《きしもとたかあき》という男で、年も山科さんと同じだ。ふたりは一緒に音楽バンドを組んでいて、山科さんがリードギター、岸本さんはドラムを担当している。

だが、ボーカルとベースがバンドをやめてしまったために、今は解散状態だと言っていた。一度だけ渋谷の公園通りの山手教会地下にある小劇場『ジャン・ジャン』でやった彼らのライブを見に行ったのだが、俺にはただ楽器をめちゃくちゃに鳴らし、ボーカルは歌っているというより叫んでいるだけのうるさい音楽にしか聞こえなかった。

俺は山科さんたちのライブには二度と行こうとは思わなかったが、ステージ上の彼らの姿はとてもまぶしく見えた。

チケットが売れず観客はまばらで、バンドリーダーの山科さんはライブをやるたびに赤字になるといつも嘆いていたが、プロのミュージシャンになりたいというはっきりした夢を持って突き進んでいる。なにをして生きていきたいのかさっぱりわからないまま、毎日をただだらだら過ごしている俺とは大違いだ。

山科さんと岸本さんを誘おうと思ったのは、知っている人間と一緒に行くほうが心強いということもあったが、それ以上にいつも金がないと嘆いている彼らを、俺なりに応援したいという気持ちのほうが強かったからだ。

特に山科さんは、俺が大学をやめようと思うと言ったとき、心配してずいぶん反対してくれた。山科さんには俺と同い年の弟がいて、自分より頭が良い弟に両親も期待しており、大学に進学させるつもりだったのだという。ところが、高校二年のときに急性白血病で急死してしまったのだそうだ。

『立花、お前は死んだ弟にどこか似てるんだよ。せっかく入った大学をやめるなんて、勉強ができなかった俺からすればもったいなくてしょうがねえよ。だから、もう少し考えたらどうだ』

そう山科さんは酒を飲むたびに説得してくれたのだった。それでも結局、大学をやめてしまったのだが、山科さんに対して俺は兄のような気持ちを抱くようになっていった。

午前八時を回ったころ、アパートを出て、近くの公衆電話から山科さんに電話をかけた。

電話に出た山科さんにイラクに行く仕事のことを話すと、山科さんは思ったとおり、二つ返事で一緒に行く、岸本も絶対に行くだろうと言った。

だが、ふたりともパスポートは持っていないという。パスポートを取得するには、申請してから最低二週間はかかる。申請に必要な書類を揃えるとなると、さらに一週間はかかるかもしれない。

俺は勅使河原さんに電話して、ふたりとも行くと言っているが、パスポートは持っていないと言うと、勅使河原さんは、とにかくパスポートの取得を急ぐように伝えてくれと言った。

山科さんと岸本さんのパスポートが揃ったのは六月末だった。

俺は山科さんと岸本さんを連れて、はじめて勅使河原さんの会社に行った。『三光商会』は荻窪駅からずいぶん離れた場所にあり、一階が倉庫で二階に事務所がある古い一戸建ての建物だった。俺たちに応対したのは、三十代はじめの、妊娠していることがひと目でわかる大きなお腹をした女性だった。

勅使河原さんは近くに出かけていて、すぐに戻るから待っていて欲しいと事務所の奥のソファに俺たちを案内した。社員はどうやらその女性ひとりらしい。

しばらくすると勅使河原さんが帰ってきて、社長ともうひとりの取締役は、オマーンとバーレーンにそれぞれ行っていると言った。そして、さっきのお腹の大きい女性社員がお茶を持ってくると、その女性を自分の妻だと紹介した。

それから勅使河原さんは、俺たち三人のパスポートを確かめると、すぐに入国ビザを申請するのでパスポートは預かる、約束の前金百万円はビザが取れたときに支払うと言い、イラクでの仕事の説明をはじめた。

作業現場となる都市は三つ。ひとつはイラクの首都のバグダッド。もうひとつは北部の都市、モスル。三つめは、南部のアマラという都市で、三都市ともチグリス川沿いにある。

その三つの都市で、それぞれ一ヵ月ずつ更衣室のロッカーを組み立てる作業をするという。

次に、入国する際の注意事項として、イスラム教の国であるイラクには女性が肌を露出した雑誌は持っていってはいけない。

入国してからは、顔を隠しているイラクの女性の顔を見ようとしたり、むやみに話しかけたりしないこと。常に団体で行動し、もしひとりになったときでもタクシーだけでなく、自動車を運転している人に、車に乗せてあげるから助手席に座るように勧められても絶対に座ってはいけない。何故なら、助手席に座るということは、その運転手のセックスを受け入れることに同意したと見なされるからだという。

イスラム教の国のイラクは一夫多妻制が認められていて、一部の金持ちの男たちが若い女性を何人も妻にしてしまうため、必然的に若い女性の数が足りなくなる。

だから、ほとんどの貧しい若者は女性と結婚できないので、結婚できるまでの間は男同士で性欲処理をすることが普通なのだという。

同じイスラム教の国でも俺が旅したことがあるマレーシアやインドネシアでは、そんなことは聞いたことがない。

イラクという国は、ずいぶん厄介な国だとは思ったが、俺たち三人のモチベーションが下がることはなかった。なにしろ三ヵ月で、丸々三百万円ももらえるのだ。

しかも、行ったことのない、世界四大文明の中でも最も古いとされるメソポタミア文明が栄えた国に行けるのだ。好奇心とわけのわからない期待で、興奮するばかりだった。

イラクの入国ビザが下りたのは七月中旬だった。勅使河原さんから前金の百万円をもらった俺たちは七月末の早朝、成田《なりた》国際空港から日本航空の飛行機に乗ってパキスタン経由でイラクに向かった。

飛行機の中でも、俺たちはずっとハイテンションで、酒がタダで飲み放題だと知るや、スチュワーデスが呆れるほどビールやウイスキーを飲み続けた。

成田から飛び立って、燃料を給油するためにパキスタンのジンナー国際空港に到着したのは夜中の十二時ごろだった。

飛行機から一歩外に出ると、ひどく湿度の高い熱風に包まれた。タラップを降りると、迷彩服を着て自動小銃を手にしている褐色の肌をした若い軍人たちによって待合室に移動するよう指示された。軍事政権下では、空港は大切な軍事施設なのだ。

売店も何もない殺風景な待合室には冷房もなかった。天井に取り付けられている数枚の大きなプロペラがカラカラと音を立ててのんびり回っているだけで一向に風が来ず、酒臭い汗が体から噴き出すように流れた。

勅使河原さんは酒を飲み続けていた俺たちに呆れているのか、仏頂面《ぶっちょうづら》したままで話しかけてこなかった。もしかしたら、俺たちを選んだことを後悔しているのかもしれない。

俺は眠くはなかったが、あまりの蒸し暑さにぐったりして目をつぶっていると、突然、岸本さんの叫ぶ声が待合室に響き渡った。

驚いて声のする方を見ると、トイレの近くでパキスタン人の少年に向かって、少年とそれほど身長が変わらない小柄な岸本さんがわめき散らしていた。

するとと、迷彩服を着た若い軍人が岸本さんのもとに走り寄っていき、いきなり岸本さんの頭に拳銃を突きつけて後ろ向きにすると顔を壁に押し付け、右手を背中のほうにねじ上げた。

「どうしたんだ?」

勅使河原さんが岸本さんのところに慌てて走って行った。俺と山科さんもついて行った。

「こいつが、子供をいじめて泣かせた」

若い軍人が英語で言った。

「岸本、どうしてその子を泣かせたりしたんだ」

勅使河原さんが、強張った顔をして動けなくなっている岸本さんに訊いた。

「トイレで小便して手を洗ったら、このガキがティッシュを渡してきたから受け取ったんです。そしたら、金を払えって言うから、おまえが勝手によこしたんだろ。金なんか払うかって言ったんだけど、しつこく金払えってつきまとってきたから怒鳴ったら泣いたんですよ」

恐怖で顔を引きつらせている岸本さんは、興奮した口調でまくしたてた。

よくある手口だ。タイやインドなどアジアの貧しい国に行くと、似たようなことをして外国人から金をせしめようとする子供がたくさんいる。

勅使河原さんは小さく舌打ちすると、岸本さんのポケットをまさぐって財布を取り出して子供と軍人にそれぞれ日本円の千円札を一枚ずつ渡した。

すると、泣いていた子供はとたんに笑顔になり、軍人は岸本さんの後頭部に突きつけていた拳銃をしまってねじ上げていた手を放し、千円札を素早く受け取ると、迷彩服のズボンのポケットに仕舞い込んだ。

「今度から、気をつけろ」

勅使河原さんはうんざりした顔でそれだけ言うと、さっきまでいた場所に戻っていった。

「どうなってんだよ、この国は」

岸本さんは納得がいかないのだろう、軍人と子供を睨みつけながら悪態をついた。

「やめろって。おまえが迂闊《うかつ》だったんだよ」

山科さんが諭《さと》すように言いながら、岸本さんを待合室に連れて行った。

二時間ほどして再び飛行機に乗り込むと、乗客はがらりと入れ替わっていた。

日本を発ったときは日本人が七割で、あとは欧米人とアラブ人と思われる人たちが半々だったが、パキスタンからイラクに向かう乗客は欧米人はひとりもおらず、アラブ人が七割で日本人が三割だった。

イラクに到着したのは、陽が昇ったばかりの早朝だった。

バグダッドの空港は、以前は『バグダッド国際空港』と言っていたが、今は『サダム国際空港』というのが正式名称だという。一年前に大統領に就任した「サダム・フセイン」の名前から取ってつけたということだ。

空港のいたるところに、恰幅《かっぷく》がよく鼻と上唇の間に黒々とした髭《ひげ》をたくわえたサダム・フセイン大統領の巨大な肖像画が掲げられている。

それにしても暑い。温度計がないのでわからないが、すでに四十度近くにはなっているだろう。

パキスタンと違って湿度が低いので、まだ朝だというのに強い日射しが肌をじりじりと焼いてくるような感じだ。

飛行機のタラップから降りた俺たちは、陽炎《かげろう》が揺らめくアスファルトを無言で歩いて空港の中に急いだ。

荷物はできるだけ少なくしろと勅使河原さんから言われていたから、三人とも大きめのスポーツバッグ一個だけを機内に持ち込んでいたので、手荷物検査はすぐに終わって入国審査官のもとに行った。

「イラクには、なんの目的できた？」

濃い口髭を生やし水色の制服を着た男が、巻き舌の訛《なま》りのきつい英語で訊いてきた。

「サイトシーン」

俺は、勅使河原さんから言われていたとおりに答えた。

「何日間だ？」

「ツーウィークス」

これももちろん嘘だ。イラクに入国さえできれば、そのあとは滞在期間をいくらでも延長できるから、とりあえず観光ビザで最も長く認められる二週間と答えろと言われていたのだ。

入国審査を終えた俺たちは、空港からタクシーに乗ってホテルに向かった。

イラクのタクシーはオレンジ色と白のツートンカラーで、どれもベンツのマークをつけているが、偽物なのかそれとも単なる中古車だからなのか、ひどく乗り心地が悪かった。

タクシーから見える外の景色は、ひたすらまっすぐ続くアスファルト舗装の道路とその両側に延々と広がる砂漠だけだ。

車内は窓を閉め切ってクーラーをつけているが、涼しいどころか熱風が吹きつけてきて暑くてしょうがない。

「クーラー、涼しくならないんですか？」

後部座席の真ん中に座っていた岸本さんが、助手席に座っている勅使河原さんに言った。

「これが精いっぱいだ。だけど窓を開けるなよ。もっと熱い風と砂埃が入ってくるからな」

勅使河原さんは、面倒臭そうに答えた。勅使河原さんは、イラクにもう三度ほど来ていると言っていたから、どのタクシーのクーラーもこんなものなのだろう。

勅使河原さんが答えると、『ガラベーヤ』と呼ばれる、白いロングシャツワンピースとでもいうべき民族衣装を着ている恰幅のいい運転手が、俺たちがクーラーのことを言っていることがわかったのか、クーラーをいじる手つきをして、これ以上は涼しくならないというようなことを片言の英語で身ぶり手ぶりを交えて言った。

三十分ほど走ると、バグダッドの街に入った。さすがに首都だけあって、高くはないがビルが建ち並び、水色と金色のきらびやかな装飾が施された巨大なモスクがあちこちにあって、人の数も多くみられる。

だが、街路樹は二十メートル以上あるだろうと思われる背の高いナツメヤシの木が申し訳程度にポツンポツンと立っているくらいで、他の種類の樹木や草花はまったく見当たらない。それに建ち並んでいるモスク以外の建物は色も土色か薄い水色だから、街全体の色彩がとても乏しい。

その代わりにやたらと目にするのは、巨大なサダム・フセイン大統領の肖像画で、街のそこかしこに掲げられている。

到着したホテルは、土色の水が流れている幅の広い川沿いに建っている立派な建物で、『プレジデントホテル』と書かれた看板が掲げられ、そのホテルの入り口の上の壁にもサダム・フセイン大統領の大きな肖像画があった。

ホテルの中に入ると、冷房が弱めだが効いていて、生き返った思いがした。

勅使河原さんは、ツインの部屋を二つ予約しているという。

受付でチェックインの手続きをした勅使河原さんは、ひと部屋を山科さんと岸本さん、もうひと部屋を自分と立花にすると言って二階の部屋へ階段で向かった。

どうやらこの三階建てのホテルにはエレベーターもなければ、荷物を運んでくれるポーターもいないようだ。

部屋は殺風景だが、広くてベッドも大きい。テレビはあるが、冷蔵庫はなかった。

ベランダに続く大きなガラスドアからはさっき通った川が間近に見え、裸になっている子供たちがはしゃぎ声を上げながら橋の上から川に飛び込んで遊んでいる。

「俺は、これから建設現場を見てくる。昼には帰ってくるつもりだが、もしかすると少し遅れるかもしれないから、腹が減ったらおまえたちだけでここのホテルのレストランで昼飯を食べてくれ。部屋のカギを見せれば、金は取らない。昼飯まで時差ボケ解消のために寝るもよし、街を見学するもよし。好きにしてていいと、あのふたりにも伝えてくれ。ただし、街に出るときはひとりで行動するなよ」

勅使河原さんはそう言って、部屋を出ていった。

俺は大きなガラスドアを開けてベランダに出た。

「よう」

見ると、隣の部屋の山科さんと岸本さんもベランダに出て外の景色を眺めていた。

俺が勅使河原さんの言ったことを伝えると、ふたりは街に見学に出てみようと言った。

ホテルの受付でそれぞれ一万円をイラク貨幣のディナールに換金した俺たちは、バグダッドで一番の繁華街だというラシード通りに向かった。

日射しはさっきよりもさらに強くなってきているように感じた。歩いている人も、タクシーで見たときよりぐっと少なくなっていた。

持ってきたイラク観光ガイドの本を見ると、ホテルの近くを流れている幅の広い川は、やはりチグリス川だった。

その土色に濁ったチグリス川に、裸の子供たちが大はしゃぎしながら、次々に橋の上から飛び降りている。

遠くのほうでは、手こぎ舟に乗って投げ縄漁をしている人の姿がたくさんあった。

長い橋を渡って、まっすぐな通りを十分ほど歩くとラシード通りに着いた。

大きなモスクの近くに大きな屋根のあるスークと呼ばれる市場があり、たくさんの店が並んでいた。日陰になっているからだろう、多くの女の人が行き交っている。若い女の人は頭部をヘジャブというスカーフのような布で隠している人が多く、年配の女の人は頭から体全体を黒い布で覆うアバヤという民族衣装を着ている人が多い。

店で売っているものは、絨毯《じゅうたん》や金や銀で作られた装飾品、野菜や肉などが多かったが、驚いたのは極彩色のド派手な女性の下着が堂々と飾って売られていたことだった。

それらの下着を女性たちが選んで買うということはない。買うのは男たちだ。つまり自分の趣味の下着を、自分の妻につけさせるのが男たちの楽しみなのだ。

スークの中を歩いている日本人は俺たちくらいのもので、外国の観光客の姿はなかった。

店で働いているのは髭をたくわえた男ばかりで、俺たちを「ミスター」と呼んでは立ち止まらせてしつこく商品を売りつけてくる。

押し売りにうんざりしてスークから出ると、日射しがさっきより一層強烈になっていて、喉が渇いてしょうがなくなった。飲み物を売っている店はないか探してみたが、どういうわけかどこにもカフェのような店は見当たらないので、俺たちは仕方なくホテルに戻ることにした。

ホテルの近くの橋に来たときだった。十歳くらいの男の子が近づいてきて、バケツに入っているオレンジジュースを買ってくれと言っているようだった。

バケツの中にコップが浮かんでいる。どうやらそれですくって飲むようだ。オレンジジュースといっても、粉ジュースを水に溶かしたものだというのが一目でわかるものだ。

俺が試しに、いくらだと聞いて、手のひらにディナールのコインをいくつか見せると、一番小さいコインを指差した。日本円で五円くらいだ。

「俺、飲んでみるよ」

山科さんが言った。

「やめておいたほうがいいですよ」

俺はアジアの国々で、何回かこの手のものを飲んで腹を下して、ひどい目に遭っているのだ。

「大丈夫だって」

山科さんは、そう言うと、子供が手にしているバケツに手を入れて、浮かんでいるコップでオレンジ色のジュースをすくって飲んだ。

「あれ？　岸本さんは？」

気がつくと、さっきまで一緒にいた岸本さんがいなくなっていた。辺りを見ると、橋の真ん中の手すりの近くでTシャツとジーパンを脱いでいた。

「岸本さん、何やっているんですか」

俺が驚いて訊くと、

「見りゃわかるだろ。俺もメソポタミア文明を生んだ、このチグリス川に飛び込むんだよ。財布が入っているジーパン、見ててくれな」

と言って、パンツ一丁になると、奇声を上げながら橋の上から三メートルほど下の川に飛び込んだ。

「いてて……」

山科さんの情けない声が聞こえた。見ると、腹を押さえて屈みこんでいる。

「腹痛ですか?」

岸本さんが脱ぎ捨てたTシャツとジーパンを抱えて俺が近づいていくと、

「あ、ダメだ。出る——」

山科さんは右手で腹を押さえ、左手を尻にもっていって、屈みながら奇妙な格好をして橋から離れていった。

だから言わんこっちゃない。案の定、下痢《げり》になったのだ。それにしても下痢になるのが早い。どうやら、イラクの雑菌は俺が旅したタイやインドなどのアジアの国々の比ではないようだ。オレンジジュースを飲んだだけでこうなるのだから、土色に濁ったチグリス川の水が口に入ったらどうなることかわかったものではない。俺は川に飛び込んだ岸本さんを見にいった。

すると、ついさっき橋の真下の川に飛び込んだはずの岸本さんの姿はどこにも見えなかった。

しばらく目を凝らして川のあちこちを見ていると、橋からずいぶん下流のほうで岸本さんらしき人が、うつ伏せの状態で浮かんできた。

「岸本さん!」

俺は大声で叫んだ。しかし、岸本さんはうつ伏せになったまま、ゆっくりと下流に流れていった。

「山科さん、大変です。岸本さんが大変なことになっています」

慌てて山科さんのもとに行って言うと、山科さんは泣きべそをかいているような情けない顔を向けた。

「どうしたんですか？」

俺が訊くと、

「出ちまったよ……」

と、山科さんは言った。

近づくと、確かに臭い。ジーパンの尻の辺りが濡れている。下痢をして水のようになった大便を漏らしてしまったのだ。

「そんなことより、川に飛び込んだ岸本さんが大変なことになっているんですよ！」

「どうしたんだ？……」

山科さんは、気持ちが悪いのだろう、顔をしかめながら元気のない声で訊いた。

「下流のほうに流されていっているんですよ！」

「え？」

「早く助けないと、やばいですよ！」

俺は手招きしながら、橋に戻っていった。

「ほら、あそこ」

岸本さんは、すでに橋の下から三十メートルほど下流にいて、うつ伏せの状態のまま浮かんでいる。きっと気を失っているのだ。

「あいつ、何やってんだ」

「とにかく、なんとかしないと」

俺は橋の袂から川べりに降りていって岸本さんを追った。山科さんもついてきた。

「おーい、その人を助けてくれー！」

俺は、岸本さんの近くで手こぎ舟に乗って投げ網漁をしている人たちに向かって叫んだ。

川沿いを走りながら、どれくらい叫んでいただろう、ようやく漁師のひとりが川に浮かんでいる岸本さんに気づいた。漁師は漁をやめると、櫓《ろ》を漕《こ》いで岸本さんに近づいていき、浮かんでいる岸本さんを摑み上げて舟に引き上げてくれた。

岸本さんを乗せた漁師の舟が川岸に着くと、すぐに俺と山科さんとで岸本さんを引きずって舟から川岸に下ろした。岸本さんは白目を剝いて、意識を失っていた。俺と山科さんが交互に顔を叩きながら何度名前を呼んでも、岸本さんは意識を取り戻すことはなかった。

「救急車を呼んでくれ。頼む。ドクターだ！」

俺は、岸本さんを運んできてくれた漁師に英語で何度も同じ言葉をぶつけた。

ようやく俺が言っていることを理解してくれたのか、漁師は近寄ってきた男たちにアラビア語と思われる言葉で何か叫びはじめた。

もちろん、俺はアラビア語はまったくわからないが、身ぶり手ぶりから救急車を呼ぶように言っているように思えた。

じりじりと肌を焼く強烈な日射しのもとで、どれくらい待っただろう。遠くからサイレンの音が聞こえてきた。

やがて救急車の姿が見えると、周りにいたイラク人たちが、救急車に向かって手を上げながら「こっちだ。こっちだ」と言っているように叫んでくれた。

橋の袂で救急車が止まり、中から茶色の軍服のような服を着た若い男ふたりが担架《たんか》を持って、俺たちのほうにやってきた。

救急車から降りてきた若い男ふたりは、岸本さんを担架に乗せて救急車に戻っていこうとしたので、俺たちはこの人の友達だ、一緒に救急車に乗っていいかと訊いた。

若い男ふたりは、オッケーと言った。

岸本さんが運ばれていったのは、バグダッドの中心部にあるアル・キンディ病院という大きな建物の病院だった。この病院の真正面の壁にも、サダム・フセイン大統領の肖像画が掲げられていた。

俺は病院の受付の人のところにいって、プレジデントホテルに電話してくれと頼んだ。

そして、プレジデントホテルに電話が繋がると受話器を取って、勅使河原さんがホテルに戻ったら、アル・キンディ病院にいるのですぐに来てくれと伝えてくれ、そうホテルの受付の男に言った。

電話を切って岸本さんが運ばれた二階の病室に行くと、岸本さんは腕に点滴をされており、まだ意識を失っていた。小柄で痩せているパンツ一丁の岸本さんは、まるで子供のように見えた。

俺が岸本さんの裸の胸に聴診器を当てていた四十代くらいの頬から口にかけて濃い髭を生やした医者に、意識はいつ戻るのかと訊いてみたが、難しい顔をしてわからないと英語で答えた。

原因は何だと訊くと、おそらく体内にチグリス川の雑菌が大量に入ったためにショック症状を起こしたのだろうという。

ともかく今は様子を見るしかないと言い、その医者は岸本さんに白の薄い布をかけると、白いヘジャブを被ったナースを連れて病室から出て行った。

「立花は英語ができるからいいな」

岸本さんのベッドのそばでパイプイスに座っている山科さんが、疲れ切った顔で言った。

「英語の単語を並べてしゃべってるだけですよ。さっきの医者が言ったことが本当にあっているかどうかもあやしいもんです」

「それにしても、岸本のやつ、とんでもないことになっちゃったな」

山科さんが心細そうな声を出して言った。

病室は広く、ベッドが六つあるが、他はすべて空いている。

病室には冷房はないものの、天井に取り付けられている数枚の大きなプロペラが勢いよく回って風を送ってくれているので、外よりはかなり涼しく感じられる。

「現地の子供たちは、何回も川に飛び込んでもなんともないのに、大の大人がたった一回飛び込んだだけで意識を失うなんて思ってもみませんでしたね」

「本当だよなあ。だけど、俺もジュースを飲んだだけで即、下痢して水みたいなクソを漏らすくらいだからな。あの汚い川の水が体に入ったら、俺たち日本人の体は耐えられないんだろうな」

救急車に乗って病院に着いた山科さんは、すぐにトイレに行って大便を漏らしたジーパンを洗い、岸本さんが穿いていたジーパンに穿き替え、自分の洗ったジーパンは病室のベランダの手すりにかけて干している。

「それにしても岸本さん、無茶しすぎますよね」

パキスタンの空港の待合室で子供と揉めたこともそうだが、以前一緒にバイトしていた冷凍倉庫の会社でも、社員と些細《ささい》なことでよくケンカしていた。

「本当は気が小さいくせに、無理してすぐ無茶なことをするんだ、こいつ――」

「でも、山科さんとは岸本さん、気が合うんですよね？」

「気が合うわけじゃないよ。ただ俺と境遇が似てるもんだから、ついこいつに同情してしまうところがあってな」

「どう似てるんですか？」

「俺は静岡の漁師兼土産物屋の長男で、弟が死んじまったからひとりっ子みたいなもんだろ。岸本は山梨のさくらんぼ農家のひとりっ子なんだ。で、ふたりとも高校卒業して家を継ぐために家業の手伝いをしてたんだけど、こんなことをこれから先もずっとやるのかと思ったら、急に嫌になっちゃって、前から憧れてたミュージシャンになろうと思って家出同然で東京に出てきたんだ」

「バンドをやっている人って、そういう人多いんですか？」

「確かに多いな。だけど俺たちだけじゃないんじゃないか。そういう夢を持って東京に出てくるやつって。タレントや役者になりたいとか、カメラマンとかデザイナーになりたいとかさ。みんなそういう夢を持って、東京に出てくるんじゃないか？」

「俺の場合は、東京に行けば、やりたいことが見つかるんじゃないかと思って北海道から出てきたんだけど、なんにも見つからなかったからなあ」

「前にも言ったけど、だからって何もせっかく入った大学をやめることはなかったんじゃないか？」

「いやぁ、所詮二流の大学だから就職先も二流か三流の会社だろうし、そうなったら俺、ずっとぶつぶつ文句言いながら生きていくんだろうなと思ったら、嫌になっちゃったんですよ」

「じゃあ、バイトして小金を貯めては外国に放浪の旅に出ていたのはなんでなんだ？」

「大学生っていう肩書がなくなると、世間てほんとに急に冷たくなるんですよ。アルバイトもなかなかみつからないし——それで、なんていうか日本にいるのが息苦しくなったっていうか、で、ともかく外国に行ってみようと思ったんですよ。そしたら、すっかりハマっちゃって」

「おまえは、度胸あるよなあ」

「ただやけくそになってるだけですよ」

「だけど普通、そこまでやけくそになれないもんだよ。しかし、それにしても暑いな」

　そういえば喉がひどく渇いていた。だが、イラクにきてからというもの、汗というものをかいたことがない。勅使河原さんの話では、汗が毛穴から出る前に暑さで蒸発してしまうからだという。だから、常に口の中を湿らせておかなければ、気がつかないうちに熱射病になってしまうのだそうだ。

　確かに、露出している腕は白い粉を吹いている。毛穴の汗の水分が蒸発して、残った塩分が浮き出てへばりついているのだ。

「一階の売店にミネラルウォーター売っていたから、買ってきますよ」

「悪いな」

　俺は二階の病室を出て、一階の売店に行った。

　受付の前の広いロビーには、患者が数人いるだけだ。

病院の入り口近くの売店には、クッキーやチョコレートといったお菓子と一緒に冷やしていない瓶のペプシコーラ（コカ・コーラは親イスラエルの会社の飲み物とされておりアラブ諸国にはないらしい）やオレンジジュース、ミネラルウォーターも売っていたが、妙なことに気がついた。瓶に入っている飲み物の量がどれも少しずつ違うのだ。

「どうして量が違うんだ？」

白いヘジャブを被っている売店の女の子に指差して英語で訊いてみたが、女の子は恥ずかしそうに笑うばかりで何も答えてくれなかった。英語がわからないのかもしれない。

俺は、ペプシコーラの瓶をふたつ手に取って、ほら、量が違うだろ？　どうしてだ？　とまたゆっくりした英語で訊いてみたが、女の子は恥ずかしそうな顔をしながら広げた両手を揺らして、わからないという仕草をするだけだった。

俺は諦めてペプシコーラを戻すと、ミネラルウォーターを二本手にして、蓋《ふた》が開いた形跡がないかを確認してから買った。

「おい、立花」

お金を払い、二階の病室に戻ろうと階段に向かったところで、勅使河原さんの声がして振り返った。

「あ、どうも」

勅使河原さんの顔は強張っていた。

「何があったんだ？」

「岸本さんが、子供たちの真似をしてチグリス川に飛び込んだんです。そうしたら川の水のバイ菌にやられたみたいで、意識を失って流されていったんです」

「またあいつか。なんだってそんな馬鹿なことを。で、今、どうしてんだ？」

勅使河原さんは、忌々しそうに顔を歪めて言った。

「それがまだ意識が戻らなくて、点滴を受けて寝ています」

「意識が戻らない？」

勅使河原さんの顔が険しくなった。

「はい。医者は、とにかく様子をみるしかないみたいなことを言っていました」

「岸本のところに連れていけ」

「こっちです」

勅使河原さんを連れて岸本さんがいる二階の病室に行った。

「山科さん、勅使河原さんがきました」

「あ、どうも」

勅使河原さんを見ると、山科さんはパイプイスから立ち上がった。

「ずっと、このまんまか？」

パンツ一丁の体に白い薄い布をかけられ、折れそうなほど細い腕に点滴を打たれて意識を失っている岸本さんを見下ろしながら勅使河原さんが訊いた。薄い胸が微かに上下しているのが、かけられている白い布の上からでも見てとれる。

「はい……」

山科さんが申し訳なさそうに小声で答えると、

「立花、もう一度医者に話を聞きたい。いっしょにきてくれ」

勅使河原さんは、そう言うと、足早にまた一階に向かった。そして、診察室に押しかけていってさきほどの医者に会い、岸本さんの意識はいつ戻るのかと勅使河原さんが直接問い質した。

答えは同じだった。わからない──医者はそう繰り返した。原因についても、俺に説明したこととほとんど同じだった。

ただひとつ安心できたのは、命に別条はないということだ。抗生物質が入った栄養剤の点滴を打っていれば、そのうち体力が回復して意識を取り戻すだろうと言うのだ。

いう。

だが、それが明日なのか明後日なのか、それとももっとかかるのかはわからないという。

病室に戻った勅使河原さんは、このまま病院にいても仕方がない。明日の朝から仕事をはじめなきゃならない。だからホテルに帰って体を休めようと言い、俺たちは岸本さんをひとり病院に残してタクシーでホテルに戻ることにした。

ホテルに戻ると、午後二時近くになっていた。俺たちはホテルの一階にあるレストランで昼食を食べることにした。

客は俺たちだけだった。イラク人の客がいないのは、今はラマダンで、七月いっぱいまでイスラム教徒は日の出から日没まで飲食をすることを禁じられているからだろうと勅使河原さんが教えてくれた。

日本人などイスラム教徒以外の人間にはラマダンも断食も関係ないのだが、レストランに俺たちしかいないということは、宿泊している外国人も俺たちだけなのかもしれない。

ボーイが持ってきたメニューを見ると、料理の写真の横にアラビア語と英語の説明書きがあったが、どれがおいしいのかさっぱり見当がつかない。俺と山科さんは、勅使河原さんと同じものを頼むことにした。

　しばらくしてボーイが運んできたのは、ナンのようなパンと、ケバブという羊の肉を炭火で焼いたものと、細長いガラスのコップの底に砂糖が分厚く沈殿している濃い紅茶の『チャイ』と呼ばれる、異常に甘い温かい飲み物だった。

「岸本があんなことになったから、この際、おまえたちに敢えて言っとくけど、おまえたちは遊びにきてるんじゃないんだからな。それとここはイスラム教徒の国で、習慣とかいろんなことが日本とはまるで違うから、わからないことがあったら俺に訊け。いいな」

　チャイを飲みながら勅使河原さんが、不機嫌な顔をして言った。

「わかりました」

　俺と山科さんが声を揃えて言うと、

「それから午前中、建設現場に行ってきたんだけど、フィリピン人のレイバーをこっちに回す余裕はないそうなんだ。だから、しばらくの間は、俺たちだけでロッカーの部品の搬入と組み立てをやらなくちゃならない。きついけど了解してくれ」

　勅使河原さんが言った。レイバーとは、労働者という意味だろう。

　昼食を食べ終えた俺は、勅使河原さんと同じ部屋に戻った。

　すると腹が満たされたからか、それとも岸本さんの騒ぎで忘れていた時差ボケが蘇ってきたのか、目を開けていられないほどの睡魔が襲ってきた。

勅使河原さんに体を揺すられて目を覚ました。時計を見ると、午後七時半を過ぎていた。窓の外は真っ暗だ。電力事情が悪いのだろう。街の灯がまったく見えない。

「晩飯を食おう。山科を呼んでレストランにきてくれ」

「あ、はい」

隣の山科さんの部屋を何度もノックしたが、なかなか出てこなかったので、部屋に戻って電話で起こすことにした。

「もしもし……」

何回目かのコールで、ようやく山科さんが寝ぼけた声で電話に出た。

「晩飯を食べるそうです。さっきのレストランにきてください」

レストランに行くと、またも客は俺たちだけだった。

晩飯のメニューも勅使河原さんに任せた。今度の料理は、見たことがない大きな魚をケチャップやニンニク、タマネギなどと一緒に煮たものと、『マルクーバ』という牛肉の角切りとピーマン、ナス、トマトなどの野菜と一緒に炊いた炊き込みご飯だった。

イラクは、クウェートとの国境近くのほんのわずかなところしか海に面していない。

だから、目の前の魚は、おそらく近くのチグリス川で獲れた魚だろう。

岸本さんを舟に引き上げてくれたあの漁師たちが獲る魚に違いない。俺は食べて大丈夫だろうかと思ったが、ホテルのレストランが出すのだから、腹をこわすような雑菌はいないだろうと思い直し、口に運んでみると、かなりうまいものだった。マルクーバという炊き込みご飯も日本人好みの味だ。

「岸本の意識が戻ったら、病院から連絡がくることになっているんですよね？」

料理を食べ終えた山科さんが、食後のチャイを飲みながら訊いた。

「ああ。だが、まだ病院から連絡はない」

勅使河原さんがぶっきらぼうに答えた。

「もしもですけど、岸本さんの意識が戻っても、働ける状態に戻るまで時間がかかったらどうなるんですか？」

俺が訊くと、

「意識が戻ったときの状態と本人がこれからどうしたいかによるさ。日本に帰りたいと言うんなら帰すし、少し休めば働けると言うのなら、そうするし――」

勅使河原さんもどうしていいのか、決めかねているようだ。

「今は、ともかく意識が戻るのを待つしかないですね」

山科さんが言った。

「ま、そういうことだな。ところで、明日だが、朝の午前四時に出発するから、ちゃんと目覚ましをかけて、時間どおりに出発できるようにしといてくれ。タクシーの手配をしてあるから、それに乗って現場に行く。現場までは、ここからタクシーで二十分くらいかかる。それから昼間は気温が五十度近くになるから、仕事は十時くらいまでしかできない。だから現場の食堂で早めの昼飯を食ったら、いったんホテルにタクシーで戻ってきて昼寝する。そして午後四時になったらまたタクシーで現場にいって、陽が落ちる七時くらいまで作業をする。明日からはそんな感じの毎日になる。何か訊きたいことはあるか?」

勅使河原さんが言うと、

「午前四時に出発って言っても、朝食はどうするんですか? このレストラン、そんな早くから営業してるんですか?」

山科さんが訊いた。もっともな質問だ。朝食抜きで午前四時から午前十時まで仕事をするのはきつ過ぎる。

「心配するな。さっき帝都《ていと》建設の現場に行ってきて、彼らのために作った食堂で朝食と昼食が食べられるように話をつけてきた。朝食と昼食はバイキング形式になっててな、お代わり自由だそうだ」

「飲み水も大丈夫ですか？」

俺が訊いた。気温が五十度近い暑さなんて、まるで想像がつかない。

今日の昼間も五十度近くになっていたんだろうか。いずれにしても、水分補給をちゃんとしないと、すぐに熱射病になってしまうに違いない。

「水の心配もいらない。現場には帝都建設が掘った井戸があって、浄化装置もついているから、その井戸水を井戸の近くに置いてあるポリタンクに入れて作業場まで持っていって、その水をこまめに飲んでいれば熱射病は防げる。ただ、前にも言ったと思うけど、気温が五十度近くになると汗をかかない。というか汗が毛穴から出る前に蒸発してしまうんだ。だから、口の中が渇いたと思ったら、すぐ水を飲め。他になんか訊きたいことはあるか？」

「俺は今のところは何も――」

山科さんが言うと、

「俺も特には――」

と、俺も続けて答えた。

「じゃ、この場はいったん締めるぞ。俺は体質的に酒が飲めないから部屋に戻るけど、おまえたちが、ここでビールを飲みたいのなら注文して、その分は自分たちで払ってくれ」

アルコールを飲むことは本来、イスラム教では禁じられているが、サダム・フセイン大統領が信仰しているイスラム教スンニ派は開明的で、ビールを飲むことは許されているとガイドブックに書いてあった。なんでもイラクはビール発祥の地で、そうしたことも影響しているらしい。

しかし、イラクではスンニ派は少数で、大多数のシーア派の人たちはイスラムの教えを固く守って飲酒はしないということだ。

「どうします?」

俺が山科さんに訊くと、

「まだ眠くないし、イラクのビールってどんな味がするのか飲んでみたくないか?」

と、山科さんが言った。

「そうですね。じゃ、勅使河原さん、俺たち、もう少しここにいます」

俺がそう言うと、

「そうか。だけど、あんまり飲み過ぎんなよ」

勅使河原さんが立ち上がりながら言った。

「立花、今夜は俺の部屋で寝たらどうだ？　岸本のベッド、空いているんだし。あ、勅使河原さん、遅くまで飲むつもりで言っているんじゃなくて、そのほうが勅使河原さんもゆっくりできるんじゃないかと思うんですけど、どうですか？」

山科さんが勅使河原さんを気遣うように言った。

「俺はどっちでもいいが、立花、そうするか？」

「はい。じゃ、そうします」

「わかった。じゃあな」

勅使河原さんは、席を立って行った。

俺と山科さんはボーイを呼んで、ビールを注文した。ボーイは、氷は要るかと訊いた。きっと冷えたビールがないのだろう。そういえば、病院の売店で売っていたペプシコーラも冷やしていなかった。

ホテルの部屋にも冷蔵庫がないくらいだから、イラクでは電力事情が悪いこともあって、冷蔵庫がまだそれほど普及していないのかもしれない。

ボーイが、氷がいくつか入っているジョッキとラベルにアラビア語が書かれた瓶ビール二本を持ってきた。瓶ビールは、やはりまるで冷やされていない。

「岸本さんはあんなことになっちゃうし、仕事はかなりきつそうだし、一緒にイラクに行きませんかなんて声かけて、悪いことしちゃったみたいですね」

俺が氷の入ったジョッキに注いだビールが早く冷えるように、指で掻き回しながら言うと、

「そんなことはないよ。立花だって、イラクのことを詳しく知ってたわけじゃないんだし、岸本のことに関しては、あいつが勝手に馬鹿なことをしただけなんだから、立花にはなんの責任もないさ」

山科さんもビールを注いだジョッキの中に人差指を入れて氷を掻き回しながら言った。

「それにしても気温が五十度近い暑さの中で仕事するって、どんな感じなんですかね」

「想像つかないな」

もういいだろう。そう思ってジョッキのビールを飲んでみると、炭酸はやや抜けていたがやたらとうまく感じて、一気に飲み干してしまった。

俺と山科さんは、ビールをもう一本ずつ注文した。だが、値段を確かめると小瓶のビールなのに、一本が日本円に換算すると五百円もする。俺と山科さんは、これ以上ビールを飲むのをやめにして、『アラック』という透明な酒とミネラルウォーターを

買って部屋で飲むことにした。

ストレートではきつ過ぎるので、ミネラルウォーターで割ると、透明だったアラックが真っ白な液体に変わった。

飲んでみると、どうにも薬臭い。だが、ボトルで千円もしないし、アルコール度数が高いので、酔うのも早いと思い、俺と山科さんは我慢して飲んだ。

話すこともなくなってきたのでテレビをつけてみたが、どのチャンネルに合わせてもサダム・フセイン大統領の動向を伝えるものばかりでうんざりして消した。

それからなんの話をしながら酒を飲んで、いつベッドで横になったのかも覚えていないまま、午前三時に目覚まし時計が鳴って目が覚めた。

喉がひどく渇いて、二日酔いのように頭が痛い。アラックのせいだろう。そんなに飲んでいないのに頭痛がするのは、きっと不純物が混じっているせいに違いない。

俺と山科さんは、残っていたミネラルウォーターを競うように飲んだ。

それから山科さんが先にシャワーを浴び、続いて俺が浴び、勅使河原さんから渡されていた胸に三光商会の文字が刺繍《ししゅう》された青い作業着をスポーツバッグから取り出して着て、一階のロビーに降りていった。

少し遅れて、勅使河原さんもロビーに姿を見せた。勅使河原さんもあまり眠れなかったのだろう、目が真っ赤に充血している。

午前四時になった。外はまだ真っ暗で、タクシーはきていない。勅使河原さんは、外とロビーを何度も往復しながらタクシーが来るのを待った。

午前四時二十分過ぎにようやくタクシーがやってきた。勅使河原さんは、腕時計を指しながら運転手にアラビア語らしき言葉を激しくぶつけはじめた。遅いと怒っているのだろう。でっぷり太った運転手は、目を白黒させながら必死に何か言っている。

「さっき、この運転手、なんて言ってたんですか?」

後部座席に乗り込んだ俺が訊くと、

「わからねえよ。とにかくこっちのやつらは、時間にルーズで、言い訳ばっかりするから嫌になるよ」

助手席に乗っている勅使河原さんは、吐き捨てるように言った。

タクシーは、街灯が消えている真っ暗な街をヘッドライトだけを頼りに走っていった。

やがてうっすらと空が明るくなってくると、バグダッド郊外の砂漠地帯に出た。

「見えるか? あそこが現場だ」

勅使河原さんが指差して言った。目を凝らして前方を見ると、遠くに建設中の建物がいくつか見えてきた。

タクシーが舗装された道路から広大な砂漠の中に入っていった。遠くに見えていた建設中の建物が、はっきり見えてきた。三階建てのかなり大きな建物が五つほどあって、その近くに平屋建てのプレハブがいくつも並んでいる。

やがて地平線から巨大な燃えるような赤い朝日が顔を出しはじめ、灰色の建設中の建物と広大な砂漠を徐々に黄金色から濃いオレンジ色に染めていき、古代メソポタミア文明を思わせるような幻想的な風景が浮かび上がってきた。

アスファルト舗装の道路に一番近い建物の近くでタクシーが止まった。勅使河原さんが、もっと行けと英語とアラビア語で命令したが、運転手は大げさな身ぶり手ぶりで、これ以上は進めないと拒否した。どうやら、この辺りは釘や尖った鉄くずなどが落ちていてタイヤがパンクしたら大変なのだと言っているようだ。

俺がこれまで旅したアジアの国々もそうだが、後進国ではタイヤはとても高価なものなのだ。

勅使河原さんは、しょうがねぇなと毒づきながら車から降りようとしたが、思い出したように運転手に近づいていって腕時計を見せながら、英語とアラビア語を混ぜ合わせて、午前十時に必ずここに来るんだ、今朝のように遅れるな、わかったなと強く何度も念を押した。

タクシーを降りた俺たちは、井戸がある近くのプレハブに向かった。近づくにつれ、プレハブの中から、うまそうな料理の匂いがしてきた。日本語と笑い声も聞こえる。

「いいか、俺たちは下請けの人間だ。帝都建設の社員さんたちにはくれぐれも失礼のないようにな。それから向こうからしゃべってこないかぎり、こっちから話しかけるな。わかったな」

ドアの前で勅使河原さんが真剣な顔つきで言った。

「はい」

俺と山科さんが声を揃えて言うと、勅使河原さんは大きく頷いてドアを開けた。

「失礼します」

冷房が効いているプレハブの中に入った勅使河原さんは大声でそう言うと、上体を四十五度の角度に曲げて深々と頭を下げた。俺と山科さんも仕方なく従ったが、食堂にいる三十人ほどの帝都建設の社員たちはそんな俺たちの姿を一瞥《いちべつ》しただけで、なんの反応も示さなかった。

頭を上げて改めて食堂の中を見回すと、まず目に飛び込んできたのは、部屋の中央の壁に飾られている大きくて立派な額に納められた正装した天皇の写真だった。

俺は、これほど大きな天皇の写真を見たことがなかったし、どうして帝都建設の食堂に飾られているのか不思議だった。

「おい、さっさと朝飯食っちまうぞ」

口を半開きにして天皇の写真を見ている俺と、壁際に並べられている朝食の料理を見ている山科さんに勅使河原さんが小さな声だが鋭い口調で言った。

俺と山科さんは勅使河原さんに倣って、帝都建設の社員たちの邪魔にならないように気を遣いながら、トレイを持って朝食が並べられている壁際に順序良く並び、料理を取っていった。

大きな炊飯器が三つ、味噌汁が入っているこれまた大きな寸胴鍋《ずんどうなべ》が三つある。その他に、納豆や生卵、ゆで卵、筑前煮《ちくぜんに》、塩辛、焼き鮭、焼き海苔《のり》といった和食とコーヒーが入ったポットが三つある。その横にはトースターもあり、食パン、目玉焼き、スクランブルエッグ、ハム、ウィンナー、生野菜サラダ、焼きベーコンが大きな金属製のトレイにきれいに盛られた洋食も用意されている。

俺と山科さんは、わずか一日しか日本食を口にしていないだけだが、それらの朝食がとても懐かしく、おいしいものに見えて、ついトレイに載りきらないほどいろんなものを取った。

　朝食を食べ終えると、俺たちはプレハブから出て、近くの井戸に積み上げてある五リットル入りのポリタンクに水を汲《く》み入れた。

「ロッカーを組み立てるのは、あの建物からだ。あそこまで水を持っていくぞ」

　勅使河原さんが、アスファルト舗装の道路に一番近い建物を指差して言った。そこまで三百メートルほどあるだろうか。歩くと足元が深く沈み、なおかつ滑る砂漠の上を五リットルの水が入っているポリタンクを持って運ぶのは、それだけでかなりの重労働だ。

　こんなことを一日に何度も繰り返さなければならないのかと思うと、それだけでうんざりしてきた。

　目指した建物に着くと、口の中が異様に渇き、建物の入り口に腰を下ろして水を飲んでいると、さっきまでいたプレハブの食堂から帝都建設の人たちが次々に出てきて、広場に集まりはじめた。

　遠くから、独特の節回しのコーランが流れてきた。腕時計を見ると午前五時少し前だ。

　イラクでは、日の出と日の入りの時刻にコーランを街頭放送するらしいが、昨夜は時差ボケで午後七時半過ぎまで寝入っていたので気がつかなかった。

イスラム教徒は一日五回、メッカに向かって礼拝をすることになっているが、あとの三回は個人が適当に時間を選んでやるらしい。

コーランは三分ほどで終わり、広場には日本人とどこのプレハブから出てきたのか多くのフィリピン人が集まってきて整列をはじめた。

帝都建設の日本人の数三十人ほどに対して、フィリピン人は百人ほどだろうか。

整列した先には高さ一メートルほどの演壇《えんだん》があり、そこに近い場所に帝都建設の日本人、その後ろにフィリピン人たちが並んでいる。

演壇の横に高いポールが立てられていて、日の丸の国旗が掲揚された。

そして、国旗掲揚が終わると、四十代で小太りの口髭を生やした帝都建設の人間が演壇に上がり、マイクに向かって挨拶をはじめた。ここの現場責任者だろう。

「みなさん、おはようございます」

それに続いて、整列している帝都建設の社員たちが「おはようございます」と声を揃えて返した。

「えー、工期が予定よりかなり遅れています。各班、それぞれ遅れを取り戻すべく努力し、今日も一日安全第一で作業してください。朝礼は以上です」

演壇の現場責任者と思われる人がそう言うと、間もなくしてスピーカーを通して

『君が代』の演奏が流れてきて、整列している帝都建設の社員たちがいっせいに歌い出した。フィリピン人たちは、さすがに歌わない。

君が代を歌い終わると、フィリピン国歌が流れるのかと思っていたら、それはなく再び演壇にいる帝都建設の人間がマイクに向かって、

「では、続いてラジオ体操です」

と言った。

少しして聞き慣れた音楽がスピーカーから流れてきて、整列している帝都建設の社員とフィリピン人たちが一緒になって、子供のころによく学校でやらされたラジオ体操をはじめた。

「あれ、やんなくていいですか?」

山科さんが訊いた。

「俺たちは、帝都建設の社員じゃないだろうが」

勅使河原さんが、ぶっきらぼうに言った。

「あのフィリピン人たち、日の丸の旗の前に並ばされて、日本人の帝都建設の人たちが君が代を歌っているのを、どう思って聞いているんですかね?」

第二次世界大戦のとき、フィリピンは日本軍に占領されたのだ。そんなことは整列

させられているフィリピン人たちはもちろん、帝都建設の人たちだって知っているはずだ。

国旗掲揚に続く君が代斉唱といい、あのプレハブの食堂の壁に飾られていた、正装した天皇の写真といい、俺の目には帝都建設の人間たちがかつての日本軍と重なって見えた。

「そりゃいい気持ちはしてないだろうな。さ、仕事にとりかかるぞ」

勅使河原さんは、あっさりそう言って立ち上がった。まず、建物の入り口近くにある段ボールで梱包《こんぽう》されたロッカーの部品を、俺と山科さんとでひとつずつ三階に運べという。言われるままにふたりで持ってみたが、結構な重さだった。二十キロはあるだろう。

勅使河原さんは、それをひとりで運ぶと言って肩に担いで運びはじめた。

俺と山科さんも勅使河原さんに続いたが、狭い階段は長さ二メートル近くあって、重さ二十キロはあるロッカーの部品を担いで上るのは思った以上にきつかった。

だが、勅使河原さんは意地になっているのか、駆け足に近い速さで階段を上っていった。建物の中は、密閉されていたからか熱気が充満している。何もない三階の部屋に着いて梱包されたロッカーの部品を床に置くと、勅使河原さんは窓という窓を開け、すぐに階段を降りていった。

俺と山科さんも勅使河原さんが置いた場所の近くに梱包されたロッカーの部品を置くと、すぐに勅使河原さんを追いかけるように階段を降りていった。

しかし、勢いがあったのは二回までだった。梱包されたロッカーの部品を三ケース担ぎ終えたときには、体が熱をもって足がもたつき、思うように歩けなくなってしまった。

「水だ。水を飲まないと、やばいぞ」

勅使河原さんはそう言うと、一階の入り口に置いてあるポリタンクの水を喉を鳴らしながら飲み、そのあとで首に下げていた手ぬぐいを水に浸し、絞らずにそのまま頭から被った。

俺と山科さんも、勅使河原さんと同じことをした。ポリタンクの水は、お湯のように温かくなっていた。それでもその水をふんだんに飲んで少しすると、さっきまでのことが嘘のように体が軽くなり、足ももたつかなくなった。

しかし、それよりも驚いたことは、水に浸して頭から被った手ぬぐいが、三階まで二往復しただけで、すっかり乾いてしまったことだった。午前五時台でこうなのだ。気温は、まだ四十度くらいだろう。これで五十度近くになったら、いったいどうなってしまうんだろう。そう思うと、恐ろしい気がしてきた。

三つのポリタンクの水はすぐに空になった。俺と山科さんは、また井戸まで行き、ポリタンクに水を満たしては建物のところまで運び、梱包されたロッカーの部品を三階の更衣室の部屋に運ぶ作業を繰り返した。

三階の更衣室に納めるロッカーの数は百個だという。それをなんとか終えることができたのは、作業開始から四時間が経過したころだった。

「少し休もう」

勅使河原さんが言った。肩が痛いのだろう。しきりに肩をさすっている。俺と山科さんも肩と足にガタがきていた。

陽炎が立ち上って揺らめいて見える遠くの建設中の建物の近くで、手押し車でコンクリートやその他の資材を運んでいるフィリピン人たちの姿は見えるが、帝都建設の社員たちの姿はどこにもない。彼らはプレハブの中にいて、必要に応じて建設現場を見回りに出るだけのようだ。

何度か井戸に水を汲《く》みに行きがてら、帝都建設の事務所になっているプレハブを覗いてみたが、社員たちは快適そうにデスクワークをしていた。

冷房の室外機が大きな音を出していたから、きっと食堂のプレハブのように冷房がちゃんと効いているのだろう。そう思うと、俺は無性に腹が立ってきた。

「さ、昼飯の時間まで作業を続けるぞ」

勅使河原さんが言った。

次は二階の更衣室に、梱包されたロッカーの部品を搬入する。俺と山科さんは重い腰を上げた。

ようやく昼食の時間になって、再び食堂のプレハブに行った。灼熱《しゃくねつ》の外から冷房が効き過ぎるくらいに効いている食堂の中は、まるで天国のようだ。昼食の料理は朝食のメニューにラーメンやそば、うどん、焼きそば、パスタなどの麺類が加わっていたが、もっと豪華なものになっているだろうと勝手に期待していたので少しがっかりした。

勅使河原さんの話によると、プレハブの中にいる帝都建設の社員たちは事務仕事が主だから、朝食はしっかり取るけれど昼食は軽い麺類で充分だから、こういうメニューになっているということだった。

しかし、夜は巻き寿司や煮魚、野菜炒めなどの和食のほか、ステーキやチキンなど肉類の洋食メニューにエビチリやマーボー豆腐といった中華料理も加わって、かなり充実しているということだが、自分たちは残念ながら食べられないということだ。

俺と山科さんは、昼間は冷房の弱いホテルには戻らず、ここで体を休めることはできないかと勅使河原さんに提案したが、食堂は一時になると冷房を切るので建設中の建物の中のように温度が急上昇するから無理だという。

岸本さんが病院から戻ってきたのは、救急車で運ばれてから五日目の夜だった。治療費や入院費は自腹で払うことになったのだが、かかった費用は十万円弱だったという。イラクの物価からすれば、たった四日間の入院でおよそ十万円というのは、驚くほど高いが文句を言ったところではじまらない。命が助かっただけでもよしとしなければならないだろう。

岸本さんはもともと身長百六十センチほどの小柄な体格で痩せてはいたが、さらにやつれて目は落ち窪み、頬骨《ほおぼね》が浮き出ていた。そんな病み上がりの状態で働けるのだろうかと心配になったが、岸本さんは明日から現場に行くと言った。

しかし案の定、体力の回復していない岸本さんはすぐにへばってしまい、怒鳴られてばかりいた。

建設現場での作業は、日を追うごとにきつく感じるようになっていった。建物の内でも外でも、とにかく暑いのだ。灼熱というのは、こういうことを言うのだろう。

三光商会の作業着の上着は半袖なのだが、露出した肌は日焼けで赤く腫れ、水をしょっちゅう飲んでいないと頭痛とめまいがし、足がつってくる。おまけに、三日に一度くらいの割合で砂嵐が二、三時間吹き荒れ、それが止むまで窓を閉め切った建物の中でじっとしているしかないのだ。

作業を終え、ホテルに帰って作業着を脱ぐと、作業着の裏面は汗の塩分で真っ白になっている。そんな毎日だから、せっかくの休日の日曜日もどこかに出かける気力もなく、ホテルの部屋で体を休めるしかなかったが、疲労は溜まっていく一方だった。

イラクにきて一ヵ月、俺たちは週六日間、ホテルと現場を行き来し、灼熱の太陽と砂嵐が吹き荒れる中、ひたすら梱包されたロッカーの部品を建物の中に搬入し、それを組み立てるという拷問《ごうもん》のような単純作業を繰り返した。

唯一の楽しみは食べることだったが、最初はあれだけ豪華だと思っていた帝都建設の食堂の料理やホテルで出される夕食にも飽きてきて、食欲も落ちていった。

そんなある日、勅使河原さんが現場を変えると言い出した。バグダッドの建設工事が遅れているために、更衣室に設置するロッカーを搬入する建物がなくなったというのだ。

次の現場はアマラだという。アマラはバグダッドから南へ、およそ五百キロ下ったところにあるイランとの国境の町だ。そこに行く移動手段は車しかなく、およそ十時間はかかるらしい。タクシーで行くことになったのだが、日中、高温になっているアスファルト舗装の道を走るとタイヤが焼けてパンクする恐れがあるので、アスファルトの熱が冷める夜の十時に出発することになった。

バグダッドの街を抜けると、道路には街灯というものがまったくなくなり、恐ろしさを感じるほどの漆黒の闇に包まれた。そんな真っ暗闇の中を俺たちを乗せた古びたタクシーは、車のヘッドライトだけを頼りに、ただひたすら走った。

アマラに到着したのは午前八時ごろだった。宿泊先は、またしてもチグリス川近くに建っているプレジデントホテルという名のホテルだった。

バグダッドのホテルとは、比較にならないほど古くて小さなホテルだったが、アマラにはこの一軒しかホテルはないという。どうやらイラクでは、その街で一番大きなホテルに『プレジデントホテル』という名前をつけることになっているようだ。そして、このホテルの入り口の上の壁にもサダム・フセイン大統領の大きな肖像画が飾られている。

部屋割りはこれまでと同じで、勅使河原さんと俺、山科さんと岸本さんとがそれぞれツインの部屋を利用する。だが、二階の部屋に入ってみると、バグダッドのホテルの部屋の三分の一程度の広さで、ベッドとベッドの間が三十センチほどしかない狭さだった。冷蔵庫はもちろんテレビもない。天井の送風機もなく、クーラーはあるにはあるが、つけてみると、けたたましい音が鳴って熱風しか出てこなかった。おまけに狭苦しいトイレとシャワー室は部屋の出入り口の近くにあって、クリーム色のビニールカーテンで仕切られているだけで、プライバシーもへったくれもない。さすがにこの部屋をふたりで使うのは息が詰まる。

俺たちは、勅使河原さんにシングルルームをひとつずつにしてもらえないかと訴えたが、このホテルにはシングルルームはないし、ひとりにひと部屋与える余裕はないとにべもなく断られた。

不服そうにしている俺たちに勅使河原さんは、

「その代わり、ここの現場はフィリピン人のレイバーたちをたくさん雇えるんだ。おまえたちは作業する必要はなくて、フィリピン人たちが怠けないように監視しているだけでいいんだから、我慢してくれ」

と言った。

荷物を部屋に置いてレストランで朝食を取ることにしたのだが、レストランもバグダッドのホテルのレストランとは比較にならないほど小さくて、受付にいた若い男がボーイを兼ねていた。客はここでも俺たちだけで、天井に取り付けられている、今にも壊れそうな送風機のプロペラが力なく回転しているだけで、少しも涼しくない。

ボーイが見せたメニューにはアラビア語が書かれているだけで、料理の写真もなければ英語訳もない。

ボーイは英語を話せたので、勅使河原さんが、お勧めはなんだと訊いた。若いボーイは、まだ朝食の時間なので、チャイとトースト、それにスクランブルエッグか目玉焼きのどちらかを選ぶメニューしかないと流暢《りゅうちょう》な英語で答えた。

俺たちそれぞれが卵の好きな焼き方を選んで注文すると、調理場に行ったボーイがチャイを運んできた。

「イラク人なのか？」

チャイを受け取りながら俺が英語で訊くと、ボーイ兼受付の若い男は、

「自分はエジプト人です」

と愛想よく答えた。どうりで、イラク人とは顔つきも肌の色も違うわけだ。

「どうしてエジプト人が、イラクのホテルで働いているんだ？」

また俺が訊くと、

「自分は大学生で、今は夏休みなので、親戚が経営しているこのホテルでアルバイト

をしています」

と言った。

「名前は？」

「ムハンマド・アリー・イブラヒム。呼ぶときは、ムハンマドと言ってください」

ムハンマドは、そう言ってまた調理場に戻っていった。

「山科、岸本、今、立花とあのボーイが何を言っていたかわかったか？」

勅使河原さんが、ふたりに訊いた。

「ああ、あのボーイが自分の名前を言っているなということはわかりました。なあ？」

山科さんが岸本さんに確認した。岸本さんは、ただ頷いただけだった。

そんなふたりに勅使河原さんは、

「英語なんて、単語を並べればなんとか通じるもんだ。明日から、おまえたちはフィリピン人たちを監督する立場なんだから英語くらいしゃべれないと、やつらにナメられるぞ」

と真面目な顔をして言った。

朝食を食べ終えると、勅使河原さんは、自分はこれからタクシーで建設現場を見てくるので、その間おまえたちは部屋で休んでいろと言った。

しかし、部屋のベッドで横になってもクーラーの音がうるさいうえに、そこから出てくる熱風でどうにも眠れない。俺はクーラーを止めて、窓を開けてみた。すると、近くのチグリス川から少しだけ涼しい風が部屋に入ってきた。

そのまままうとうとしたが、しばらくすると口の中がひどく渇いて目が覚めた。時計をみると十一時を少し回っていた。慌てて残っていたミネラルウォーターを口に入れたが、ぬるま湯になっていた。

部屋を出て、受付のムハンマドのところに行き、今の気温は何度だと訊くと、ちょうど五十度だと言った。尋常じゃない暑さだ。バグダッドもこの時間はかなり暑かったが、これほどではなかった。

俺の声が聞こえたのだろう、山科さんと岸本さんも二階の部屋から出てきた。

「立花、部屋のクーラー、もう少し効くようにならないかって訊いてくれないか」

山科さんが顔をしかめて言った。

「暑くて頭がくらくらして眠るどころじゃないぜ」

ミネラルウォーターを口にしながら、岸本さんが言った。

「わかりました」

俺がムハンマドにもっとクーラーが効くようにできないのかと訊くと、ムハンマドは外の気温が五十度もあればクーラーが効かないのは当然だと言った。夜になれば、四十度くらいになるのでクーラーが少しは効くようになるという。

じゃあ、昼間はどうすればいいんだと訊くと、クーラーをつけないで窓を開けておくしかないという。ムハンマドが言ったことを山科さんと岸本さんに伝えると、気温が五十度を超えるなんて、そんな馬鹿な国があるかよ、と岸本さんは泣きべそをかいたような顔をして毒づいた。

十二時近くになって、勅使河原さんがホテルに戻ってきた。レストランで昼食を食べながら仕事の打ち合わせをするから、山科さんと岸本さんを呼んで来てくれという。

「午後四時になったらタクシーで現場に行って、陽が落ちる七時まで作業する。食欲はないかもしれないが、無理してでも食べないと体がもたないぞ」

勅使河原さんは、そう言って、トマトやタマネギやジャガイモと牛肉を煮込んだイラク料理とパンを四人分注文した。

「それからフィリピン人のレイバーだけどな、あいつらは犯罪者で、フィリピンの刑務所に入っていたやつららしい。現場に行ったら、おまえたちに護身用の棍棒《こんぼう》を渡すから、いつもそれを手に持っておけ」

運ばれてきた料理を口にしながら勅使河原さんが言った。

「それ、どういうことですか？」

俺が訊いた。山科さんも岸本さんも緊張した顔になっている。

「どういうことって、なにがだ？」

勅使河原さんが訊き返した。

「どうして、刑務所に入っていたフィリピン人たちがイラクに労働者としてやってきて、日本の建設会社に雇われているんですか？」

また俺が訊くと、

「フィリピンのマルコス大統領が、外貨獲得のためにやっていることらしい。ま、犯罪者といっても殺人とか重罪を犯したやつらじゃなくて、ひったくりとか空き巣、詐《さ》欺《ぎ》みたいな軽い罪のやつらばかりだから、凶暴なやつはいないってよ。だけどな、だからって、やつらにあんまり無理させて怒らせるなよ。多勢《たぜい》に無勢《ぶぜい》だからな」

と、勅使河原さんが言った。

「多勢に無勢って、俺たちは何人のフィリピン人を監督するんですか？」

山科さんが訊いた。

「ひとりで四人のフィリピン人を監督する。建物は三階建てだから、おまえらそれぞれひとフロアずつ分かれて作業する。俺は順番に見回りをする。いいな？」

「これまで建設会社の人とフィリピン人との間で何か事件が起きたことはないんですか？」

それまで黙っていた岸本さんが口を開いた。気のせいだろうか。岸本さんは、体がひと回り小さくなったように思う。

「うん。ここの現場は巽建設という帝都建設と並ぶ大手ゼネコンが建ててるんだが、所長が池上さんと言ってな。この人がかなり強引なやり方をするらしいんだ。例えばバグダッドの現場では、フィリピン人たちの労働賃金は日給制だったんだが、ここの池上所長は半年前から工期を早めるために時間給で払うことにしたらしいんだ。そうしたら、金欲しさに無理して働いたフィリピン人の何人かが熱射病になって死んだんだってよ。で、それが原因で暴動が起きたことがあったそうだ。暴動はすぐに治まったが、ある日、朝礼で演壇に上がろうとしていた池上所長のところに、ナイフを隠し持っていたフィリピン人が走っていって腹を刺したそうだ」

「で、どうなったんですか？」

「もちろん、そのフィリピン人は巽建設の社員たちに取り押さえられたけど、池上所長はタクシーで病院に行って一ヵ月の入院で傷を治して復帰したそうだ」

「その池上所長を刺したフィリピン人はその後、どうなったんですか？」

俺が訊くと、

「たぶん、フィリピンに帰されたんじゃねぇか」

と、勅使河原さんが言った。

「その話、誰から聞いたんですか？」

「うちの会社に、今回の仕事をくれたフジ商事の人が、アマラの現場に来てたな。さっきその人から聞いたんだ」

そんな物騒な話を聞かされた俺たちは、ますます緊張した。

「ま、だから、フィリピン人たちの扱いは慎重にやってくれ。それから、もうひとつ困った問題が起きた」

勅使河原さんは、頭を掻きながら言い淀んだ。

「なんですか？」

俺たちが声を揃えて訊くと、

「実は飯のことなんだ——前の現場のときのように、巽建設の食堂では飯を食うことができないんだ」

と、勅使河原さんが言った。

「どういうことですか？」

また俺たちが口を揃えて訊くと、

「どうもこうも、池上所長にずいぶん頼んでみたんだが、日本から持ってきている食料は社員分の量しかなくて余裕がないって言うんだよ」

勅使河原さんは弱り切った顔をしている。

「そんな……だったら帝都建設はどうして大丈夫だったんですか」

山科さんが納得がいかないという口調で訊いた。

「それは知らないよ。ただ、推測だけど、帝都建設は財閥系のゼネコンで、どこかおっとりしているが、巽建設は戦後にのし上がってきたゼネコンだからな。いろんな面でシビアなんだよ」

巽建設の池上所長のフィリピン人たちの扱い方もそういうところからきているのだろう。

「じゃ、俺たち朝飯も食わないで働くってことになるんですか？」

俺が訊いた。

「いや、このホテルの調理場にパンが入っているガラスケースがあってな。さっき、そこからいくらでもパンを持っていっていいってムハンマドと話をつけたから、朝食はそれで我慢してくれ」

勅使河原さんが勘弁してくれと言いたげな笑みを浮かべて言うと、

「こんなバグダッドより暑いところで、しかも朝はパンだけ食って働けって、そりゃないっすよ」

岸本さんが体を斜めにして、不貞腐《ふてくさ》れた口調で言った。

「だったらどうしろってんだよ。いいか、ここは日本じゃねぇんだ。コンビニなんかねぇんだから仕方ないだろ」

勅使河原さんは、岸本さんには強く出る。

昼飯を食べ終えると、それぞれの部屋に戻って四時まで横になりながら、時間が過ぎるのを待った。

「テシさん、ちょっと訊いていいですか？」

俺は昼寝しようにも暑過ぎて眠れないので、前から疑問に思っていたことを訊いてみることにした。

「なんだ？」

目をつぶったまま、勅使河原さんが口を開いた。いつのころからか、「勅使河原さん」と呼ぶのが面倒になった俺たちは、「テシさん」と短くして呼ぶようになっていた。

「まだ行っていない三つ目のモスルの現場は、なんていう建設会社がやってるんですか？」

「慶応建設だ。それがどうかしたか？」

慶応建設といえば、帝都建設や巽建設と並ぶ大手ゼネコンだ。

「今回のこのイラクのあちこちで学校だのを建設しているプロジェクトって、ＯＤＡっていう政府開発援助ってやつの一環なんですよね？」

「ああ、前にもそう説明したろ」

「きっと、すごいお金が動いていますよね？」

「学校施設だけで六百億円を超えている」

「六百億円!?　もちろん、それって税金ですよね？」

「他にもプロジェクトはいろいろある。それらを全部入れたら一千億円以上になるらしい。立花、おまえ、何が言いたいんだ？」

勅使河原さんが目を開けて、顔を向けた。

「いや、イラクの建設会社を使うわけでもなく、労働者もイラク人じゃなくてフィリピンの犯罪者たちを使うって、なんかおかしくないですか？　結局、儲かるのは学校の建物を建てている日本の建設会社ですよね？」

「建設会社だけじゃないさ。このプロジェクトに関わるすべての日本の会社と政治家たちが、おいしい思いをするんだよ。その中には、もちろん、うちみたいな小さな会社も入っているけどな。そもそも今回のODAプロジェクトは、要は日本に石油を売ってくれているイラク政府のご機嫌を取るためなのさ」

「イラク政府のご機嫌を取るためって、どういうことですか？」

「一年ちょっと前、サダム・フセインが新しく大統領になったんで、引き続き石油を売って欲しいと思っている日本政府が、ご機嫌取りのために何か必要なものはありませんか？　困っていることはないですか？　ってお伺いを立てたのさ。そうしたらイラク政府が、じゃあ、学校が足りないから造ってくれって言ってきたんだよ。それが今回のODAプロジェクトの内幕さ。もちろん、選ばれた大手建設会社には、建設省から天下っている元官僚がたくさんいるわけだけどな。そして、その建設会社からは、多額の政治献金が政治家に渡るってわけだ。フィリピン人労働者のことだって、さらに私腹を肥やそうとしているフィリピンのマルコス大統領と仲良しの日本の政治家たちが、建設会社とうまく話をつけたんだろうよ」

政官財の癒着《ゆちゃく》の構造については、新聞やテレビでいろいろ言われていることだから、それほど驚くことではないのかもしれないが、実際に莫大な税金が注ぎこまれている現場を目の当たりにすると、なんともやり切れない気持ちになるものだ。

「立花、うちの会社が今回のこのロッカーを組み立てて納入する仕事をいくらで請け負ったと思う？」

現場はバグダッドと今いるアマラ、それにモスルの三ヵ所で、俺たち三人に三ヵ月でそれぞれ三百万円もの報酬をくれる仕事だ。かなり儲けが出る仕事だろうとは思うが、いくらで請け負ったと思うかと訊かれると、まるで見当がつかない。

「ここだけの話、一億円だ」

「一億円!?」

俺は思わず声を上げた。

「驚いたろ？」

「はい。びっくりしました」

あのロッカーは一個、しても一万円くらいのものだろう。バグダッドの現場に納入するロッカーは、五百個だと聞いている。たぶん、アマラとモスルもそう個数は変わらないはずだから、全部で千五百個。ということは千五百万円だ。

いや、まとめて仕入れただろうから、かなり買い叩いているはずで、もっと安いだろう。もっとも、イラクまでの輸送費は結構かかるかもしれないが、それを加えても一億円の三分の一もかかっていないに違いない。

「今、オマーンにはうちの社長の安倍《あべ》さん、バーレーンには専務の大川《おおかわ》さんが行っているんだけどな、安倍さんは同じような建物に事務机を納める仕事で、大川さんはトイレを備え付ける仕事をしている。なあ立花、日本は世界各国にODAをやっているし、これからも増えるから、うちの会社にも仕事はどんどん入ってくる。おまえ、外国を放浪するのが趣味なんだろ？　どうだ、うちの会社に入らないか？　そうすりゃあ、いろんな国に行けるし、給料だって一流企業の倍、いやそれ以上払うぞ」

悪い話じゃない。いや、こんなにいい条件の就職先は滅多にないかもしれない。俺は心がかなり動いた。

だが、勅使河原さんの会社の儲けは、所詮は国民の税金をごまかして手に入れているようなものだ。俺はそこに抵抗を感じていた。

「山科さんと岸本さんにも声かけるんですか？」

「いや、あのふたりを誘う気はない。だから、今の話は立花の胸に納めといてくれ」

「どうして、あのふたりは誘う気にならないんですか？」

「どうしてって――いい年してミュージシャンになりたいなんて夢みてるようなやつは、使い物になんねぇよ。とくにあの岸本ってのは、体も貧弱で体力はねぇし、そのくせ生意気で根性も曲がってるときてる。まるで話にならねぇ。おとなしく田舎に帰って、さくらんぼ農家を継いだほうがいいと思うぞ」

やはり勅使河原さんは、岸本さんのことをかなり嫌っているようだ。さっきの不貞腐れた態度と物言いといい、そもそもバグダッドに到着した初日にチグリス川に飛び込むという無茶をして意識を失い、四日も入院して仕事が遅れたことといい、よほど頭にきているのだろう。

それにもともと体力に恵まれていないから仕方がないが、力がないためにへばってばかりいて、怒鳴られている。岸本さんは岸本さんでそれがおもしろくないのだろう。

「どうして俺だけ誘ってくれるんですか？」

「治安の悪いアジアの後進国をひとりで放浪して歩くような度胸のあるやつが、うちの会社には合ってるからだよ。ま、返事は今すぐしなくていい。考えておいてくれ」

午後四時になり、四人はタクシーに乗って、アマラの現場に向かった。

外は猛烈な暑さで、町は誰ひとり歩いていない。現地の人間でも、さすがにこの暑さでは外に出ないのだろう。

アマラは小さな町で、タクシーに乗って五分足らずで広大な砂漠に出ると、すぐに建設現場が見えてきた。ここの現場も三階建てのビルばかり五つあった。たぶん、砂嵐がしょっちゅう吹き荒れるこんな砂漠にエレベーターを使用するような高い建物を作ってしまうと、メンテナンスが大変だから、エレベーターの要らない三階建ての建物ばかり作るのだろう。

アスファルト舗装された道路に一番近い建物のところでタクシーを降りると、勅使河原さんは午後七時に迎えにくるように運転手に言った。

それにしても、気温が五十度ともなると暑いというより〝痛い〟という感じになってくる。ここは砂漠だから町中よりもさらに温度が上がっているのは間違いなく、気温は五十度を超えているだろう。タクシーのドアの取っ手を素手で触ると、皮膚がくっついて火傷《やけど》し、手の皮が剝がれてしまうから気をつけろと勅使河原さんが言っていた。

俺たちは、すぐに井戸がある場所に行き、近くに積まれてある五リットル入りのポリタンクを手に取ると、代わる代わる井戸水をすくい上げ、まず頭から水をかぶってから、ポリタンクに井戸水を詰めていった。

「このポリの水もフィリピン人のレイバーに運ばせるから、おまえたちはここで待っててくれ。すぐやつらを連れてくるから」

勅使河原さんは、そう言って井戸から少し離れたところにあるプレハブの中に入っていった。

ここもバグダッドと同じで、井戸の一番近くにあるプレハブの中を窓から覗いてみると食堂で、調理師たちが料理を作っていた。

巽建設の社員たちはクーラーが効いているここで、俺たちが食べることのできない和洋中のいろんな料理を食べるのだ。

だが、バグダッドと違ってプレハブから食べ物の匂いはまったく漏れてこなかった。気温が五十度を超えると、匂いも蒸発して消えてしまうのかもしれない。

そして、ここの食堂の中央の壁にも、大きな額に入った天皇の写真が飾ってあった。

井戸は日陰になっているところにあるのだが、そこにいても暑い。さきほど頭から水をかぶったばかりなのに、もう乾きはじめている。

俺たちは水を飲み、また頭から井戸水をかぶって、勅使河原さんを待った。

しばらくして、俺たちがいる場所から少し離れているプレハブから出てきた勅使河原さんが、護身用だという四、五十センチほどの長さの丸い棍棒を持ってきて、俺たちに配った。

棍棒の手元に穴が開いており、その穴に細いロープが通されている。そのロープに右手を入れて持つのだという。

「いいか。何度も言うけど、これはあくまで護身用だからな。フィリピン人が暴力をふるってきたときだけ使うんだぞ」

勅使河原さんは険しい顔をして言った。

「あ、あいつらだな」

勅使河原さんが、百メートルほど離れた場所に建っている建物のほうを見て言った。視線を追うと、陽炎が立ち上って揺らめいて見える砂漠の中を、浅黒い肌をしたフィリピン人たちがこっちに向かって歩いてくる。

その真ん中にいて、フィリピン人たちを従えるようにして歩いているのは、巽建設の作業着と思われる制服にヘルメットを被った男だ。

「あれ？　あの人、池上所長みたいだな――」

勅使河原さんが小声で言った。

「待たせたね。こいつらを預けるから、ま、うまく使ってくれ」

俺たちの目の前で止まった、上着に巽建設の会社名の刺繍が入った薄いベージュ色の作業着を着た四十代の男が言った。手に棍棒を持っている。身長は百七十五センチ以上はあるだろう。体格も筋肉質で、がっしりしており、目つきが鋭い。

「ああ、これは所長自らおいでいただきまして、どうもどうも、助かります」

勅使河原さんは、さっき噂をしていたばかりの池上所長にまるで喜劇役者のように大げさに平身低頭している。

孫請け仕事をしている会社の人間は、元請けの会社のお偉いさんに対して、ここまで媚《こ》びへつらわなければならないのか。この池上所長のせいで、俺たちは満足な飯にありつけなくなっているというのに、文句のひとつも言わないどころか、滑稽なほど卑屈な態度を取っている勅使河原さんが俺には情けなく思えた。山科さんも岸本さんも、きっと同じ気持ちだろう。

池上所長が従えるようにしている十二人のフィリピン人たちは作業着を着ている者はおらず、ジーパンにTシャツというラフな格好をしている者ばかりだ。年齢も二十代、三十代、四十代とバラバラで、俺たちも緊張していたが、フィリピン人たちも心なしか不安そうな顔をしているように見えた。

それに比べて自分の後ろにいるフィリピン人の仲間に腹を刺されたというのに、池上所長はそんなことなどなかったかのように実に堂々としている。

「こいつらは甘い顔をするとすぐサボる。びしびし厳しく使わないと作業はどんどん遅れるからな。ま、じゃ、あとはよろしく――」

池上所長は、それだけ言うと、その場を去って行った。

「どうもありがとうございました！」

勅使河原さんは大声で言い、池上所長の後ろ姿に深々と頭を下げて見送ると、

「じゃ、おまえたちはポリタンクに水を入れて、あの建物まで運べ」

と今度は、まるで別人のような尊大な態度でフィリピン人たちに英語で命じた。

建物までフィリピン人たちが水を運ぶと、勅使河原さんは、次は建物の近くに積んである、段ボールで梱包されたロッカーの部品を三階から順に二階、一階へとそれぞれ百個ずつ運び入れろと命じた。

俺たちは監視しているだけでいいのでとても楽だったが、重そうに顔を歪めてロッカーの部品を運び入れているフィリピン人たちの姿をただ見ているのは忍びない気がした。

それぞれの階に梱包されたロッカーの部品を運び入れると、今度は梱包を外して部品を取り出し、組み立てる作業に入った。

三階は山科さん、二階は岸本さん、一階は俺が担当することになった。

組み立て方は、部品にそれぞれ図解入りの説明書が入っているので、それを見てやれば間違うことはまずない。

フィリピン人たちは、最初は戸惑っていたが徐々に慣れてきて、ロッカーを組み立

てるスピードが上がってきた。

俺はロッカーの組み立てもせず、ただフィリピン人たちがサボらないように監視しているだけだから楽といえば楽だが、クソ暑い室内で何もしないというのも退屈なもので、時間がなかなか経ってくれなかった。

そんな俺とは対照的に、陽気な南国育ちのフィリピン人たちは、この異常な暑さもそう堪《こた》えていないようで、とにかくよくしゃべる。四人のうち、ふたりは着ていたTシャツを脱いで、それをタオルのようにして時折顔を拭いている。

彼らは英語だと話の内容が知られると思っているのか、ロッカーの組み立て作業をしながらタガログ語でぺちゃくちゃとしゃべりどおしだった。

作業している建物の中に真っ赤な夕日が差し込み、遠くからコーランの街頭放送が聞こえてきた。腕時計を見ると、午後七時になろうとしていた。

コーランの街頭放送が終わって静かになると、今度はたくさんの動物の甘えたような妙な鳴き声が聞こえてきた。

開けてある窓から外を見てみると、遥かかなたにある地平線に沈もうとしている巨大な黄金色に輝く夕日を受け、濃いオレンジ色に染まっている砂漠の中を何頭ものロバに似た動物が鳴き声を上げながら、こっちに向かってくるのが見えた。バグダッドでは見ない動物たちだった。

「あれはなんだ?」

近くでポリタンクの水を飲んでいる、上半身裸の三十歳くらいのフィリピン人の男に聞いた。

「ワイルド・ドンキー」

フィリピン人の男は、にやにやしながら答えた。

ワイルド・ドンキーということは、野生のロバということか。その野生のロバたちが妙な鳴き声を上げながら、井戸の周りに集まってきている。

「水を飲みにくるのか?」

さっきのフィリピン人の男に訊くと、

「水だけじゃない。恋人を求めてやってくるんだ」

と言ってウィンクした。

俺は脳内翻訳を間違えたのかと思った。

「恋人を求める?　どういう意味だ?」

俺が訊くと、もうひとりポリタンクの水を飲みにきた、さきほどの男と同い年くらいのフィリピン人の男が、こういうことだよと言って、ワイルド・ドンキーだと教えてくれた男の背後に回ってタガログ語で何か言った。

すると、あの動物たちはワイルド・ドンキーだと教えてくれたフィリピン人の男が、腰を折ってロバの格好をして鳴き声を真似た。

と、今度は背後に回っていたフィリピン人の男が、ロバの格好をした男の尻に股間を当てて前後に腰を動かしはじめた。

ロバ役のフィリピン人の男は、ますます甘えた鳴き声を出し、腰を前後に動かしているフィリピン人の男も興奮した声を上げはじめた。

それを見ていたもうひとりの二十代のフィリピン人も寄ってきて、笑いながら手を叩いている。

つまり、あの野生のロバたちは人間とのセックスを求めてやってくるというのだ。

「ロバの相手は、おまえたちフィリピン人なのか?」

俺が驚いて訊くと、

「もちろんそうさ。ロバとのセックスは最高だぜ」

と、ロバとのセックスを真似て見せたフィリピン人の男が、にやけた顔で眉毛を上下させて言った。

「冗談だろ」

俺が顔をしかめて言うと、

「本当だよ。あんたも一度やってみろよ。最高だから」

今度はロバの役をやっていたフィリピン人の男が言うと、フィリピン人たちは声を上げて笑った。

「おまえたち、そんな話はもうやめろ」

それまで黙っていた、一番年長の四十代と思われるフィリピン人の男が、若いフィリピン人の男たちを叱りつけるように言うと、フィリピン人の若い男たちは笑うのをやめた。

「さっき、彼らが言ったことは本当なのか？」

俺が四十代のフィリピン人の男に訊くと、

「俺たちフィリピン人全員がそんなことをしているわけじゃない。一部の元気すぎる若いやつだけだ」

と言った。

「おい、タクシーが迎えにきた。帰るぞ」

勅使河原さんが、部屋の入り口から顔だけ見せて言った。

「今日の仕事は終わりだ。明日の作業は朝の五時からやる。その時間にここに集まってくれ。いいな？」

建物の入り口を出たところで、勅使河原さんがフィリピン人たちに英語で言った。フィリピン人たちは、オッケーと答えると、自分たちの寝泊まりしている場所へ帰っていった。

タクシーでホテルに帰り、シャワーを浴びて、レストランで晩飯を食べた。みんな疲れ切っていて、ほとんど会話はなかった。

疲れているうえにホテルのレストランで出される料理は、主食が炊き込みご飯のマクルーバかナンのようなパンの二種類、おかずが羊肉の炭火焼ケバブか川魚を野菜で煮込んだ料理、それと牛肉と野菜の煮込みの三種類しかないと聞いて、余計に元気がなくなった。

俺は魚料理を食べたのだが、ここのレストランの味はバグダッドのホテルよりかなり落ちる。きっと他の料理もバグダッドのレストランのものより不味いだろう。俺は暗澹《あんたん》たる気持ちになった。

晩飯を食べ終えると、あとは何もすることがなく、起きるのは午前三時半ごろなので眠るしかない。だが、クーラーからは熱風しか出てこないし、窓を開けっ放しにしても風が入ってくることもなく、ただただ暑くて眠るに眠れない。やっとうとうとしても、すぐに口の中がひどく渇いて目が覚め、水分を補給しないと熱射病になってしまう。

翌朝、まだ暗いうちから目覚まし時計で起こされた。勅使河原さんが、最初にシャワーを浴びて、次に俺がシャワーを浴びる。

ふたりとも寝不足で目が真っ赤だ。俺は隣の山科さんと岸本さんの部屋をノックして起きたかどうか確かめ、四人揃ったところで一階のレストランの奥の調理場にあるガラスケースに入っているパンを取りに行った。

しかし、ガラスケースの中にパンがひとつもなかった。

「どうしたらいいんですか？」

山科さんが勅使河原さんに言った。

「ムハンマドを起こそう」

勅使河原さんが受付に行って、呼び鈴を何度も鳴らしたが、ムハンマドは一向に起きてくる気配がなかった。

すると、短気な岸本さんが、

「ムハンマド、起きろ、この野郎！」

と、日本語で何度も大声で叫んだ。

「――どうしたんですか？」

しばらくして、ムハンマドが目をこすりながら不機嫌な声を出してやってきた。

「パンがない。朝、俺たちが勝手に取っていくから入れておけって言ったろ！」

勅使河原さんが英語で怒りながら、身ぶり手ぶりを交えて言った。

「忘れていました。明日からそうします」

ムハンマドはあくびをしながらそう言うと、受付の奥にあるのだろう、自分の部屋に戻って行こうとした。

「おい、てめえ、俺たちの朝飯はどうすんだよ！」

勅使河原さんから説明を聞いた岸本さんが、日本語で怒鳴り続けた。

「岸本、もうやめろって」

山科さんが諌《いさ》めると、

「テシさん、まさか朝飯なしで、俺たちに働けって言うんじゃないでしょうね！」

岸本さんは今度は勅使河原さんに食ってかかった。

「なんとかするよ」

勅使河原さんが鬱陶《うっとう》しそうに言うと、

「どう、なんとかするんですか？　だいたい、一番長く働くのが午前中なのに、朝飯があんな薄っぺらなパンだけってどういうことですか？　こんなんじゃ体がもちませんよ。巽建設の池上所長にかけあって、俺たちも食堂で飯を食べられるようにしてくださいよ！」

岸本さんは強硬に言った。

「わかったよ。今日もう一度頼んではみるけど、どっちにしろ今朝は無理だ。タクシーの運転手に言って、どこかに食べ物が手に入るところがないか訊いてみよう」

勅使河原さんも悪いと思っているのだろう、諭すような口調で言った。

やがてタクシーがきて、勅使河原さんが片言のアラビア語と英語、それに身ぶり手ぶりを交えて、どこかで食べ物が手に入らないかと訊くと、運転手はオッケーと言った。

タクシーに乗って、昨日と同じ道をしばらく走ると、運転手は昨日とは違うところでアスファルト舗装の道路から砂漠の中へ入っていった。

「おい、こんなところに店はないだろ」

勅使河原さんが戸惑いながら言うと、運転手はアラビア語でなにやらまくしたてて、前を見ろと指差した。

見ると、うっすらと明るくなった砂漠の中に土色のレンガを積み上げただけの家がぽつんと立っているのが見え、黒い布を頭からすっぽり被った女の人が、家のすぐそばにある大きな土窯のようなところで火を焚いていた。

運転手はその女の近くに車を止めて降りていき、何か話しはじめた。そして少しすると、一枚の平べったくて薄いナンのようなパンを持ってきた。どうやら食べてみろと言っているようだ。

勅使河原さんがそのパンを受け取って、みんなに分けた。食べてみると、焼き立てのそのパンは、ホテルのパンとは比べものにならないほどおいしい。

「うまいな。これ」

勅使河原さんが言うと、みんなして頷いた。

「おい、これをもっとくれ。いくらだ？　もっともらいたい」

勅使河原さんはタクシーから降りて、運転手と一緒にパンを焼いている女のところに行った。

俺たちもついていってみると、女はナンのような形に練ったパン生地を熱くなっている窯の内側に張りつけて焼いていた。

俺たちは、そうしてできたパンをひとり三枚ずつ手に持ってタクシーに戻り、現場に向かった。

現場に着いたのは、午前五時少し前だった。タクシーを降りると、まず井戸水を汲んでからその場で、さっき手に入れたパンを食べた。

「うわ、なんだよ、これ」

突然、岸本さんが口に入れていたパンをぺっぺっと吐き出した。

「どうしたんだ」

山科さんが訊くと、

「これ、見ろよ」

岸本さんが、みんなに見えるようにパンを差し出した。割ったパンの中にハエが数匹入っているのが見えた。

「そんなもんおまえ、ハエが入っているとこだけ千切《ちぎ》って捨てて食えばいいだろ。チグリス川に飛び込んだ勇敢な青年が、ハエを食ったくらいでそんなに騒ぐなよ」

勅使河原さんが、皮肉な笑みを浮かべて言った。

「こんなもん食えないですよ！」

岸本さんは、吐き捨てるように言うと、パンを地面に叩きつけた。

確かに気持ちのいいものではないし、日本にいたら俺も間違いなく口には入れない。しかし、ここはイラクなのだ。我慢するしかない。俺は小さくパンを千切っては、ハエが入っていないかどうか確かめながら口に運んだ。山科さんも同じ思いなのだろう。パンを割って中身を慎重に調べ、口に運んでいる。

遠くからコーランの街頭放送が流れてきた。それが終わると、建物と建物の間に広がっている広場に巽建設の社員たちとフィリピン人たちが集まってきた。この光景もバグダッドの現場と同じだ。人数の割合も巽建設の社員が三十人ほどで、フィリピン人が百人ほどだ。

全員が演壇に向かって整列し、演壇に上がった池上所長が直立不動の姿勢を取ると、壇上横の高いポールに日の丸の旗が掲揚された。

そして日の丸の旗がてっぺんまで上がると、君が代の演奏がスピーカーから流れ、巽建設の社員たちがいっせいに歌いはじめた。その巽建設のうしろで整列しているフィリピン人たちは、バグダッドの現場と同じで歌わないで立っているだけだ。

君が代の斉唱が終わると、これもまたバグダッドの帝都建設のときと同じように、ラジオ体操の音楽がスピーカーから流れてきて全員で体操をはじめた。一連のそうした光景は、バグダッドで何度も見ている。

しかし、毎回抱く、なんとも言えない、この気持ち悪さはなんなのだろう――俺は、半年ほど前、こうした中でフィリピン人のひとりが、あの壇上にいる池上所長をナイフで刺しに行ったという事件をまた思い出し、どういうわけか、そのフィリピン人の気持ちがほんの少しわかるような気がしていた。

俺たちは、来る日も来る日も灼熱と砂嵐の中で、フィリピン人労働者に段ボールで梱包されたロッカー部品を建物の中に搬入させ、それを組み立てさせるという単純で過酷な作業を強いた。

そんな中でも、フィリピン人たちとのコミュニケーションは少しずつ増えていき、俺はいろんなことを知った。

例えば、イラク人の男たちは、大便や小便を外でしゃがんでするのだという。あのイラク人の男たちが着ている、ぶかぶかのロングシャツワンピースのようなガラベーヤという民族衣装は、そうするのに便利な形になっている。言われてみれば、砂漠近くの道端でよくしゃがみ込んでいるイラク人の男を見かける。あれは大便や小便をしていたのだ。熱く乾き切った砂漠で、大便や小便をしてもすぐに乾いてしまって臭いも消えるだろうし、衛生上は問題ないのかもしれない。

そしてイラク人は大便をしたあと、紙の代わりに砂漠の砂を手に取って、それでケツを拭くという。だが、砂漠の砂の中には『サンドフライ』という、とても小さなハエのような虫が棲んでいて、イラク人の真似をすると肛門からその虫が水分を求めて腸に入り込んで大変な腹痛を起こすらしい。実際、フィリピン人の何人かが真似てやってみたら、ひどい目に遭ったという。

さらに俺はもっと驚くことをフィリピン人たちから聞いた。彼らはフィリピンの刑務所に入っていた犯罪者だと聞いていたが、ひったくりや詐欺といった犯罪をしたのではないと言うのだ。

フィリピンのマルコス大統領が、その絶大な権力を利用して様々な不正を行い、莫大な富を手に入れていることに多くの国民は腹を立てている。そのことを人々は集まっては言い合い、憂さ晴らしするのだが、それを秘密警察に密告する人間がいる。報奨金がもらえるからだ。

ここにいるフィリピン人は全員がそうやって捕らえられた人間たちで、いわゆる犯罪を行った人間などひとりもいないらしい。

俺は半年ほど前に起きたという、巽建設の池上所長をナイフで刺した事件のことも訊いてみた。それも俺が勅使河原さんから聞いていた話とはかなり違っていた。

確かに働き過ぎて熱射病になったフィリピン人は三人いたという。そんな彼らを病院に連れていってくれと仲間が頼んだのだが、池上所長がそれを聞き入れてくれなかったから、三人とも死んでしまったと言うのだ。

俺はフィリピン人たちの寝泊まりしている建物を見にいったことがあるが、トタンで作られた粗末なもので、気温が五十度を超す上、凄まじい砂嵐が吹き荒れるなかでとても寝起きができるような建物ではない。あんなところに熱射病にかかった人が放置されたら、ひとたまりもなく死んでしまうだろう。つまり、その三人は池上所長に殺されたようなものだ。それで、死んでしまったその三人のうちのひとりの兄が、池上所長に復讐しようとして殺人未遂事件を起こしたのだとフィリピン人たちは言った。その男は、その場で巽建設の人間たちに取り押さえられ、フィリピンに帰されたと聞いているのだが、それはどうなんだと訊くと、フィリピン人たちは何を言っているんだと、みんなして声を荒らげた。

取り押さえられたその男は、次の日、建設中だった建物の屋上から何者かに突き落とされて死体で見つかったと言うのだ。

俺が、まさか巽建設の人間が殺したと言うかと訊くと、フィリピン人たちは、じゃあ誰がやったんだ？　自殺したとでも言うのか？　と、怒りと恨みが入り混じった複雑な表情をして言った。

どこまで本当なのだろう？　どっちの話が本当なのだろう？　日本の一流企業の巽建設の人間が殺人など犯すだろうか。

いや、事故死だということにすれば、目撃者もいないのだ。こんな場所では、何が起きても簡単に隠ぺいできるのも事実だ。だいたい、あの朝礼はなんだ。第二次世界大戦中、侵略したことがあるフィリピン人たちを整列させて日の丸の旗を掲揚し、君が代を斉唱する神経が俺にはわからない。

九月になっても五十度を超える暑さが和《やわ》らぐことはなかった。俺たちは、どんどん食欲がなくなっていき、あばら骨が見えるほど痩せ細り、ひどくはないが頭痛も恒常的になってしまった。

朝食の件は、勅使河原さんが何度となく巽建設の池上所長に掛け合ったが、断られ続けた。

だが、ある日、勅使河原さんは粘り強く交渉した末に、日本の米と炊飯器、それとカップヌードルを大量に譲り受けてきた。俺たちは、すぐにご飯を炊き、カップヌードルに熱湯を入れて、ラーメンライスとして食べたのだが、そのおいしさに感動を覚えたほどだった。

米を研ぐのは、シャワーとトイレがある部屋の片隅で、便器のそばに腰を下ろしてやるのだが、汚いなんて思わなくなっていた。

しかし、毎日そればかり食べるわけにはいかなかった。飽きるということもあるが、米とカップヌードルの量に限りがあるからだ。そこで、俺たちはラーメンライスを数日おきに食べることにして、あとはホテルのパンで我慢することにした。

そんなある日のことだ。いつものように長い昼休みをホテルでとっていると、いきなりドアが激しく叩かれた。

いったい何事だと腹を立てながらドアを開けると、黒いベレー帽に焦げ茶色の制服を着た、目つきの鋭い男が右手に拳銃、左手に身分証のようなものをかざして部屋に入ってきた。隣の山科さんと岸本さんの部屋も同じように騒がしくなっている。

「秘密警察だ」

男が英語で言った。

「なんだ？　俺たちは、日本人だぞ」

勅使河原さんが食ってかかるように言った。

だが、男は、黙れと英語で勅使河原さんを一喝して拳銃を向けた。

そして、俺と勅使河原さんの荷物が入ったバッグを乱暴に掴むと、逆さにして中にある物をすべて床に落とした。

男は床に散らばった荷物を見つめていると急にしゃがみ込み、俺がバッグの中に小さく四つ折りにして隠し持っていた雑誌の一ページを見つけて広げて見せた。

それは、アメリカの雑誌『プレイボーイ』に掲載されていたアメリカ人女性のヌード写真で、自慰のために持ってきたものだ。日本を出るとき、勅使河原さんから、イスラム教の国のイラクには女性が肌を露出している雑誌は持ち込めないと言われていた。

しかし、いよいよ旅立ちの日が近くなったある日、山科さんと岸本さんとで居酒屋で酒を飲んだとき、みんなそれぞれオナニーをするときのために、女性のヌード写真一枚くらいは隠し持っていこうと妙に真剣な顔で約束をしたのだった。

「これはだれが持ってきた？」

男はそう訊きながら、バッグの中から一緒に落ちてきたパスポートを拾い上げると、

「おまえだな？」

と、拳銃を俺に向けた。

「イエス」

俺は両手を宙に浮かせて答えた。その両手は恐怖で震えている。勅使河原さんは口を開け、唖然としている。

「おまえ、イラクにきた目的はなんだ？」

男は、パスポートをめくりながら訊いた。

「観光です」

俺が恐る恐る英語で答えると、

「アマラのどこを観光した？　言ってみろ！」

男は激しい口調で迫ってきた。

「チグリス川……」

アマラの観光地が思いつかず、苦し紛れに答えると、

「嘘をつくな。働きにきたんだろ。しかし、パスポートを見ると二週間の観光ということになっているな。入国してとっくに二週間経っているじゃないか。おまえは、不法滞在ということになる。それに、こんなイスラムの教えに反した写真まで持ち込んでいる。逮捕する」

男はそう言うと、腰の後ろから手錠を取り出して、俺の両手首にかけた。

「ちょっと待ってくれ。その男をどこに連れていくんだ？」

勅使河原さんが、手を合わせながら訴えかけるように訊いた。

「バグダッドの警察署だ。さ、部屋を出ろ」

男は、拳銃で俺の背中を突いた。

部屋を出ると、山科さんと岸本さんも両手首に手錠をかけられ、同じ制服を着た別の秘密警察の男に拳銃を突きつけられていた。

山科さんも岸本さんも恐怖で顔を強張らせて、目をおどおどさせている。

「テシさん、助けてくださいよ……」

山科さんが、呆然と立ちすくんでいる勅使河原さんに蚊の鳴くような声で言った。

「必ずなんとかするから、そいつらに絶対に逆らわないで大人しくしてろ。いいな」

勅使河原さんの言葉を背中で受けながら、一階の受付まで行くと、ムハンマドが俺たちを見ていた。

俺たちと目が合うと、ムハンマドは肩をすくませながら、広げた両手を宙に浮かせ、お気の毒にという顔をして見せた。

そのとき俺は、秘密警察に密告したのはムハンマドだと確信した。

そして思い出した。昨夜、レストランで晩飯を食べていると、ムハンマドがまたカップヌードルをひとつ売ってくれと言ってきたのだが、俺たちはにべもなく断った。思えばそもそも、ムハンマドにカップヌードルを一個あげて食べさせたのがいけなかったのかもしれない。

カップヌードルを生まれて初めて口にしたムハンマドは、俺たちが声を上げて笑ったほど大げさな仕草をして、ワンダフルと連呼して感動していた。

それからというもの、ムハンマドは事あるごとに、カップヌードルを売ってくれと言うようになった。

しかし、俺たちは断りつづけた。何も意地悪な気持ちからではない。俺たちにとって、カップヌードルは日本の白いご飯と同じくらい大切な朝食だからだ。

それにムハンマドは、レストランの調理場のガラスケースを空にしたままのときがよくあって、そのたびに俺たちは建設現場の途中にある家の女の人から、例のハエ入りパンを買わなければならない羽目になった。

そんなとき、特に岸本さんは、激しくムハンマドに怒りをぶつけた。それやこれやをムハンマドは面白くなく思っていて、俺たちにいつか復讐してやろうと考えていたに違いない。

そうして復讐の機会をうかがっていたムハンマドは、俺たちが建設現場に行っている間に部屋のベッドメイクや掃除をしながら、俺たちの荷物を調べ、隠し持っていたヌード写真を発見して、これで復讐できると考えて秘密警察に密告したのだ——俺の推理が正しいかどうかは確かめようがないが、そうとしか考えられない。

秘密警察に手錠をかけられた俺たち三人は、ジープの幌《ほろ》をかけた荷台に乗せられ、五十度を超える炎天下、バグダッドに移送された。ジープの荷台では、俺の部屋に踏み込んできたほうの秘密警察の男が拳銃を構えたまま、俺たちに睨みを利かせている。俺たちが、水が飲みたいと言うと、いちいち舌打ちをしてボトルの水を回し飲みさせたが、少しでもしゃべろうものなら秘密警察の男は、黙れと激しく怒鳴りつけた。

十時間かかってバグダッドに着いたときは夜中で、俺は暑さと疲れのせいだろう、意識が朦朧としていた。俺たちを乗せたジープは、町中の看板も何もない建物の前で止まり、秘密警察の男が降りろと言った。

運転していた男と荷台に乗っていた男に俺たちは挟まれる格好で、建物の中に連れて行かれた。建物の中には、俺たちを逮捕した秘密警察の男たちと同じ制服を着ている人間が数人いた。一階の奥に、重たそうな鉄扉があった。そこを秘密警察の男が開けると、薄暗い長い廊下を挟んだ両側に鉄格子《てつごうし》の牢屋がいくつも並んでいるのが見えた。

俺たちは、一番手前の牢屋の前で手錠を外されて、部屋の隅に汚れた便器があるだけの牢屋の中に押し込められた。

重たい鈍い音がして鉄扉が閉められると、他の牢屋にも人が入れられているのかどうかわからないが、室内は妙に静かだった。

俺はコンクリートの壁を背にして床に座った。山科さんも岸本さんも無言で同じ格好をして座っている。三人とも疲れ切って、口を開く元気もないのだ。

いつの間に眠ったのか、目が覚めると、どこからか陽の光が入り牢屋内が明るくなっていた。

眠っている間に誰かが置いてくれたのか、それとも最初からあったのかわからないが、水の入ったボトルが一本、牢屋の隅に置いてあった。

俺は、そのボトルを手にして口に含んだ。下痢をするかもしれないと思ったが、そんなことはもうどうでもよかった。なるようになれ——そんな気分だった。

「テシさん、本当になんとかしてくれんのかな」

後ろにいた山科さんが、弱々しく声をかけてきた。手を伸ばしている。水をくれと言っているのだ。

「なんとかしてもらわないと困りますよ」

俺は山科さんにボトルを手渡しながら言った。

「このまま何年も出られなかったりしてな」

山科さんの隣にいる岸本さんが、右側の唇を吊りあげるようにして言った。この人は、苦境に立たされたときに限って、心にもないことを口にする。強がっているのが見え見えだが、こんな状況でもこういう態度を取られると、無性に苛立ってくる。

「警察にチクったの、ムハンマドだな」

山科さんが言った。

「たぶん――」

俺が答えると、

「あの野郎、帰ったらボコボコにしてやる」

岸本さんが、自分の太ももを拳で叩いて言った。

「おまえたった今、このまま何年も出られなかったりしてなって言ったばかりじゃないか」

山科さんが、岸本さんを冷ややかな目で見ながら言った。

「それにそんなことしたら、警察に訴え出られて、また牢屋にぶち込まれますよ、きっと」

俺も投げやりな口調で言うと、

「じゃあ、おまえら、このまま泣き寝入りするってのかよ」

岸本さんが息巻いた。

「ヌード写真を持っていたのもまずかったんだろうけど、二週間の観光ビザで入ったのに、その期間が過ぎたにもかかわらず、しかも働いていたっていうのが、もっとまずかったんじゃないですかね」

俺が岸本さんを無視するようにして言うと、

「俺もそう思う。こんなことになったのは俺たちにも責任はあるけど、テシさんのほうが責任大きいよな」

山科さんが言った。

「そうだよ、そもそもテッシーが悪いんだよな。だいたいよ、午前五時から午前十時まで五時間も働かせるのに、朝食がパンだけっておかしいだろ。テッシーは、俺たちと一緒にイラクに来る前に三回も来て現場を見てるんだし、食べ物は、すげえ大事なことなんだから、ちゃんと手を打っておけって話だろ」

岸本さんが、また調子づいてきた。岸本さんは、勅使河原さんの前では、俺や山科さんと同じく『テシさん』と呼ぶのだが、いないときは『テッシー』と小馬鹿にしたような呼び名で呼ぶようになっていた。

「そういや、腹減ったな」

山科さんが言った。

「そうですね。晩飯、食べてないですからね」

俺が言うと、突然、岸本さんが立ち上がって、

「おい、だれかいねえのか。腹減ってんだよ。朝飯でねえのかよ。おい、ブレックファースト、ブレックファースト！」

と、鉄格子越しに叫び出した。

「岸本さん、やばいって」

「岸本、やめろ。大人しくしてろって、テシさんに言われたろ」

厚い鉄扉の向こうの秘密警察がいる部屋までは聞こえないとは思ったが、万が一にでも聞こえたらどんな仕打ちをされるかわからない。

岸本さんだって、聞こえるとは思っていないからこそ、強がって叫んでいるのだ。それでも念のため、俺と山科さんは、二人がかりで岸本さんの口を押さえて黙らせた。

しかし、少しすると、

「ビビることねえって。秘密警察だかなんだか知らねえけど、俺たち日本人はイラクのために学校を建ててやってんだぜ。そんな俺たち日本人にひどいことをしたら日本政府が黙っていないってことくらい、秘密警察のやつらだってわかっているさ」

岸本さんがまた図に乗ってきた。俺は、岸本さんの性格が心底嫌になってきた。

「岸本さん、日本がこの国にやってることって、そんな感謝されるようなもんじゃないですよ」

「どういうことだよ」

岸本さんが不満げな顔で俺を見た。

「帝都建設や巽建設が建てている学校のＯＤＡプロジェクトって、イラクの石油が欲しいがためのご機嫌取りなんだそうですよ」

「ご機嫌取り？　立花、もっとわかりやすく説明してくれよ」

山科さんが言った。

俺は、勅使河原さんから聞いた、今回のイラクでのＯＤＡのからくりを話した。

「ということは、テッシーの会社も相当な額の金が入ることになっているんだよな。でなきゃ、身元もよく調べず俺たちみたいな人間に、ひと月百万円なんて大金を払うわけないもんな」

岸本さんは、騙されたとでも言いたそうに悔しそうな顔をしている。

「テシさんの会社にいくら入るか、訊かなかったのか？」

山科さんが、俺の顔を覗き込むようにして訊いた。

「訊いたけど、ただ笑って、答えてくれなかったんですよ」

心苦しかったけれど、山科さんと岸本さんには言うなと言った勅使河原さんとの約束を守った。本当のことを教えたら、このふたりは勅使河原さんに敵意と不信感を持つだろう。そうなれば、ろくなことにならないに決まっている。

「そりゃあ、そんなことすんなり教えてくれるわけないか」

山科さんが納得すると、

「なあ、だったら俺たちがもらう金、もっとテッシーに吹っかけてみてもいいんじゃねえか？」

岸本さんが狡賢《ずるがしこ》そうな顔つきになって言った。だが、俺も山科さんも反応しなかった。

「なんだよ、おまえらさっき、俺たちがこうして牢屋に入れられる羽目になったのは、観光ビザの延長手続きがされていなかったからじゃないかって言ったじゃねえか。こんな目に遭わせた慰謝料ってことで、テッシーに俺たちに払う金をもう少し上乗せしてくれって言ったってバチ当たんねえだろ」

「なあ、立花、他に俺たちが知らなくて、おまえだけ知っていることってあるか？」

山科さんは岸本さんの言い分を無視して俺に訊いてきた。

「ああ、あのフィリピン人たちですけど、彼らは犯罪者っていっても、マルコス大統領の悪口を言っただけで、俺たちみたいに秘密警察に捕まった人たちばかりだそうです」

「ほんとかよぉ」

岸本さんが語尾を上げて、まるで信用できないという口調で言った。

「いや、言われてみると、あいつら、そんなに悪そうな顔をしているやつはいないよな。それに態度だって悪くないし、しゃべってばっかりいるけど作業だってちゃんとやるしな」

山科さんが言った。

「だけどよ、半年くらい前に巽建設の池上所長をナイフで刺したやつがいたって、テッシーが言ってたじゃねえか」

無視されていた岸本さんが負けじと口を挟んできた。

「そのこと自体は事実だけど、なんでそんなことになったのかとか、その後のことなんかをフィリピン人たちから聞いたんだけど、信じられない話でしたよ」

「信じられないって、どんな話なんだ？」

山科さんが言うと、岸本さんも近寄ってきて、目で言えよと言った。

俺が聞いた話を教えると、

「まさか、巽建設の人間が殺したって言うのかよ？」

　岸本さんが喉をごくりと鳴らして言った。

「その話が本当なら、巽建設の社員が事故にみせかけて殺したとしか考えられないな」

　山科さんが顔を強張らせている。

「仮にそうだったとしても、現場を誰も見ていないんだし、証明する手立てはないですよね」

　俺が言うと、岸本さんは引きつった笑いを浮かべて、

「俺はそんなの信じねえな。フィリピン人のやつら、きつい仕事やらされているから日本人を憎んでて、そんな出鱈目な話を作ったに決まってるって。だいたいよ、ロバとセックスするやつらの言うことなんか信じられっかよ」

　と言った。俺たちは、タクシーが現場に迎えにくるのが大幅に遅れたとき、井戸の近くの建物の陰でフィリピン人たちが本当に野生のロバとセックスしているのを目撃している。あのときの光景はあまりにも衝撃的で、俺は吐き気を催した。しかし、彼らがそういう行為をするからといって、嘘ばかりついているということにはならないだろう。

「岸本さん、戦争中、日本が短い間だったけどフィリピンを占領したことは知ってますよね？」

俺が訊くと、岸本さんは、

「ん？　——ああ、知ってるよ、そのくらい」

と目を泳がせて答えた。

「結局、日本は戦争に負けてフィリピンからも撤退したわけだけど、占領中、日本軍がフィリピン人たちに皇民化教育ってのをやっていたの、知っていますか？　毎朝、建設現場で日の丸の旗の前に整列させられて、君が代斉唱を聞かされているのって、かつて日本軍がフィリピン人にやっていた皇民化教育と同じだと思いませんか？」

俺は食堂の壁に飾られている天皇の写真を思い出しながら、

「帝都建設にしても巽建設にしても、フィリピン人のことを奴隷のようにしか思ってないんじゃないですかね。いや、彼らは、フィリピン人だけじゃなくて、同じ日本人でも孫請けの俺たちを差別しまくっているでしょ？」

と続けて言った。

「確かにな。金払うから同じ飯食べさせてくれって言っても、自分たちの会社の人間以外はダメだってんだからな。飯どころか、ビンビンに冷房が効いている、あの食堂のプレハブの中で休ませてもくれないって、あいつら本当にひでぇよな」

山科さんが言った。

「そんな巽建設の責任者に文句ひとつ言えないテッシーって情けないよな」

岸本さんが小馬鹿にした口調で言った。

「岸本、そういうテシさんに、俺たちは雇われてんだぜ」

いい加減に、へんに強がった物言いはやめろよ――山科さんの顔にそう書いてあるような気がした。

それからどれくらい経っただろう。突然、鉄扉が開いた。怯えながら見ていると、俺たちを牢屋に押し込んだ秘密警察の男がやってきて牢屋のカギを開け、出ろと言った。

これから何が起きるのかわからず、俺たちは恐怖で体が震えたが、手錠をかけられることもなく鉄扉の外に出された。

「おーい、こっちだ」

建物の入り口近くで、半袖の白いワイシャツに水色のネクタイをした、小太りで口髭を生やした三十代半ば過ぎのサラリーマン風の日本人が俺たちに向かって手招きしている。

俺たちが近づいていくと、

「入管で手間取って遅くなった。労働ビザを取るには時間がかかるから、観光ビザを取り直してさらに二週間延長しといた。これで、今までのように働いても黙っていればわからないから心配するな」

と、サラリーマン風のその男は俺たちに、それぞれのパスポートを差し出した。

「あの、あなたは？」

俺が訊くと、

「ああ、俺はフジ商事の竹下《たけした》だ。勅使河原君から、君たちを助けてやってくれって電話があったもんでね。腹減ってるだろ。さ、こんなところから早く出よう」

と、竹下さんは言った。俺たちは、事態がよく飲み込めないまま竹下さんのあとに従った。

外に出ると、目が潰れるのではないかと思うほど日射しが強くなっていた。

それでも気温はアマラよりずいぶん低く感じる。外から自分たちが入れられていた建物を見てみたが、何の変哲もない三階建てのビルで、およそ警察署には見えなかった。

「ここは普通の警察署じゃないんですか？」

俺が訊くと、

「イラク人なら震えあがるほど怖がる秘密警察の建物さ。反政府的な言動をしたイラク人がここに入れられたら、そりゃひどい拷問を受けるって話だよ」

と、竹下さんは言った。

「俺たちは日本人だから拷問受けなかったってことですか？」

岸本さんが訊いた。

「いや、逆らえば、やつらはどこの国の人間だろうと何をするかわからないよ」

竹下さんは平然とした顔をしている。

「じゃ、どうやって話をつけてくれたんですか？」

山科さんが訊くと、

「君たちを捕まえた男を呼び出して、たいした額じゃないが賄賂《わいろ》を渡して、なかったことにしてくれって言っただけさ」

と、竹下さんは事もなげに言った。

「それだけですか？」

「ああ。独裁国家ってのは、上から下まで腐っているもんさ。たいていのことは金で片がつく」

タクシーが走ってくるのが見えた。竹下さんは手を上げてタクシーを止め、俺たち三人を後部座席に座らせて、自分は助手席に座ると、運転手に流暢なアラビア語で行き先を告げた。

タクシーで十五分ほど走ると、俺たちがバグダッドにいたときに宿泊していたプレジデントホテルの近くで竹下さんは車を止めるように運転手に言った。

「ここのレストランが、俺はバグダッドで一番うまいと思ってるんだ」

竹下さんはそう言って、飾りも何もないビルの一階の小さな店の中に入っていった。

店内は冷房がちゃんと効いていて、俺たちはそれだけでうれしくなった。

竹下さんが何が食べたいと訊いたので、羊肉を焼いたケバブ、牛肉や魚と野菜を煮込んだもの、炊き込みご飯のマルクーバ以外ならなんでもいいと答えた。

「ま、イラク料理はそんなにバラエティーに富んでいないから、今、君たちが言った料理とたいした味つけは変わらないかもしれないけど我慢してくれよ」

竹下さんはそう言うと、ボーイを呼んで注文した。

しばらくしてボーイが料理を運んできた。『クッバ』という油で揚げたパンの中に、挽肉《ひきにく》とタマネギをカレー味で炒めたものを入れたものと、『タプスィー』という野菜をトマトスープで煮込んだボリュームたっぷりの料理で、とてもおいしいものだった。

昼食を食べ終えると、竹下さんは俺たちを近くのビルにあるフジ商事の事務所に連れて行った。まだ陽が高いので、アマラまで行ってくれるタクシーはないから、陽が落ちるまで事務所で休んでいろという。

フジ商事は、小さいものはボールペンから大きいものはタンカーまで、売れるものならなんでも扱うという日本を代表する総合商社だが、イラクの事務所はとても小さいものだった。

日本人は竹下さんひとりだけで、あとはイラク人の女性ふたりとイラク人の男性がひとりいるだけだった。

竹下さんは、ここの責任者のようだ。女性はふたりとも二十代とのことでヘジャブを被っていたが、どちらも甲乙つけ難い美人だった。男性は三十代初めで、ビジネススーツを着ている。

竹下さんは事務所を見渡せる壁際の自分のデスクに座ると、アマラのホテルにいる勅使河原さんに電話をかけ、俺たち三人を無事に秘密警察から釈放させることができたことや陽が落ちてからタクシーで帰らせることを手短に言って電話を切った。

室内は天井の送風機のプロペラが勢いよく回り、そのうえ冷房も効いているからとても快適だった。

事務所の出入り口の上の壁に、額に入った天皇の写真が飾ってあった。帝都建設や巽建設の食堂の壁に飾ってあるものと同じものだ。ちょうど竹下さんのデスクの正面の位置にある。

「あの天皇の写真、バグダッドの帝都建設とアマラの巽建設の食堂にも同じものが飾ってあったんですけど、どうして飾っているんですか？」

竹下さんのデスクの横のソファに腰を下ろした俺が指差して訊くと、

「どうしてって――君は左翼なのか？」

竹下さんは、苦笑いしながら訊いてきた。

「いいえ、俺は学生運動とかやったことないし、ノンポリです」

「ふーん。俺はこれでも大学時代はバリバリの左翼の学生運動家だったんだよ。そんな俺が、天皇陛下の写真を飾るようになるなんて、若いころだったらおよそ想像できなかっただろうな」

竹下さんは自嘲の笑みを浮かべている。

「会社の方針なんですか？」

「いや、そうじゃない。ただ、海外、それも先進国ならそうでもないけど、後進国に駐在することになると、不思議とみんな天皇陛下の写真を飾りたくなるんだよなあ」

竹下さんは照れくさそうに言った。

「どうしてですか?」

俺がなおも訊くと、竹下さんは、そうだなあと言ってから少し間を置いて、

「なんて言えばいいのかな。日本の常識がまったくといっていいほど通じない国に行くと、自分がしようとしていることに自信が持てなくなって、おかしいのは自分なんじゃないかと思うようになるんだよ。そういうとき、心の支えになるのって外国人だと宗教だと思うんだが、日本人の場合、だいたいの人はなんちゃって仏教徒だから、仏教の教えは心の支えにはならないんだよな。じゃあ、自分は日本人なんだという誇りをどうやって持つかって考えたとき、天皇陛下のあの写真がとても有効でね。裕仁《ひろひと》天皇の写真を見ると、そうだ、俺は日本人なんだ。がんばらなきゃって不思議と思えてくるんだ。だから、帝都建設の人たちも巽建設の人たちも、同じように天皇陛下の写真を飾っているんじゃないかな」

と言った。

「現場の朝礼で、日の丸の旗を上げて、君が代の斉唱するのもそういうことなんですか?」

山科さんは黙って聞いている。岸本さんはソファの背もたれに体をあずけ目をつぶ

っている。

「ああ。あれは軍隊的過ぎて、ちょっとな。しかし、君が代を斉唱すると、一丸となって事に当たるぞという気持ちにはさせられるのは確かだな。オリンピックで金メダル取ると、日の丸の旗が掲揚されて、君が代が流れると感動するだろ？　あれと同じさ」

俺は、わかったようなわからないような、複雑な気分だった。

それから俺たちは、知らぬ間に眠っていたようだ。

竹下さんに体を揺すられて目が覚めたときには、窓の外はすでに暗くなっていて、イラク人の従業員たちの姿はなかった。すでに帰宅したのだろう。

事務所の壁掛け時計を見ると、午後八時になっていた。竹下さんは、事務所の前でタクシーを待たせているという。

「これはラフマジンといって、イラク風ピザみたいなもんだ。タクシーの中で食べるといい」

そう言って竹下さんは、大きく膨らんでいる紙袋と数本のミネラルウォーターを俺たちにくれた。俺たちは、竹下さんに感謝の気持ちを伝えてタクシーに乗り込んだ。

タクシーが走り出して少しすると、さっそく紙袋を開けて『ラフマジン』を食べてみた。挽肉がたっぷり入ったトマトソースをイラクの薄いパンに塗って焼いたもので、かなりスパイシーだが、とてもおいしいものだった。

アマラに着いたのは午前七時ごろで、すでに空は明るくなっていた。プレジデントホテルに入るとムハンマドの姿はなく、受付には枯れ木のような細い体をした年寄りの男がいた。

「ムハンマドはどこだ！」

真っ先に受付に向かった岸本さんが鼻息を荒くしながら、年寄の男に食ってかかるように日本語で言った。

年寄の男は、アラビア語で何か答えたが、岸本さんにも、俺と山科さんにも意味がわかるはずもない。

「ムハンマドを呼んでこいって言ってんだよ！」

岸本さんの興奮は収まらない。受付の年寄の男は、怯えた顔で同じ言葉を繰り返した。

「ムハンマドならエジプトに帰ったみたいだぞ」

騒がしさで、俺たちが帰ってきたのがわかったのだろう、勅使河原さんが二階の部屋から階段を降りてきながら言った。

「いつですか？」

岸本さんが鼻息を荒くしながら、勅使河原さんに近づいていって訊いた。

「今朝早くみたいだな。昨日、おまえたちが秘密警察に引っ張られていったあと、俺がムハンマドに、チクッたのおまえだろって言ったら、あの野郎、目を泳がせながら違うって言い張ってな。だからあの三人は明日にでも戻ってくるぞって言ってやったら、びびりまくってたよ。で、今朝その爺さんにムハンマドはどうしたって訊いたら、大学の夏休みもそろそろ終わるからエジプトに帰ることにしたって言って出ていったそうだ」

岸本さんは、舌打ちしながら悔しそうにしている。

「ま、なにはともあれ、三人とも無事に帰ってこれて安心したよ。フジ商事の竹下さん、よくしてくれただろ？」

「ええ、まあ」

俺と山科さんは生返事をした。俺と山科さんは、勅使河原さんに対して複雑な気持ちを抱いているのだ。岸本さんにいたっては、もっと厄介な感情を持っているだろう。

「今回のことは、ビザの手続きをしっかりしなかった俺にも責任はある。すまなかった」

勅使河原さんは、俺たち三人の胸の内を見透かしたように謝罪すると、

「長旅で疲れたろ。俺はこれから現場にいくけど、おまえたちは、午後からでいいよ。部屋で休んでいてくれ」

と言って、俺にカギを手渡してホテルを出ていった。

俺たちは顔を見合わせた。

「テッシーが、ああ言ってるんだ。遠慮なく休ませてもらおうぜ」

岸本さんが勝ち誇ったような顔をして言うと、

「そうだな」

山科さんが部屋のカギを年寄の男から受け取り、俺たちは二階のそれぞれの部屋に行った。

ベッドでうとうとしていた俺が、岸本さんと山科さんの激しく言い争う声で目を覚ましたのは、昼の十二時近くだった。

ふたりの声は益々《ますます》激しさを増していき、体が壁にぶつかる音まで加わってきた。

俺はベッドから飛び起きて、ふたりがいる隣の部屋へ行ってドアを叩いた。

「どうしたんですか？　なにやっているんですか？」

ドアを叩きながら大声で言うと、少しして部屋の中が静かになった。

「開けてください。ふたりとも大丈夫ですか」

と、突然ドアが開いて、岸本さんが勢いよく出てくると室内に向かって、

「勝手にしろ。馬鹿野郎！」

息を切らしながらそう叫ぶと、階段を駆け降りてレストランのほうに行った。岸本さんの顔を一瞬見ただけだが、口元から血が出ているようだった。

「大丈夫ですか？」

部屋の中に入ると、山科さんがベッドの上であぐらをかいて、頬のあたりを痛そうな顔をしてさすっていた。岸本さんに殴られたのだろう。

「ケンカですか？」

「まあな」

「原因はなんですか？」

「しょうもないことさ。ま、あいつにとっては重大なことかもしれないけどな。立花、頼みがあるんだけど聞いてくれないか」

「なんですか？」

「岸本をこの部屋からテシさんの部屋に移らせてくれないか。つまり、テシさんの部屋からおまえがこっちにきてもらえないか」

「俺はいいですけど、テシさんがなんて言うか――」

「俺とおまえで頼めば、テシさんもわかってくれるだろ」

「わかりました」

俺が山科さんの部屋から出ると、ちょうど勅使河原さんが建設現場から戻ってきたところだった。俺は部屋で勅使河原さんに、岸本さんと山科さんがケンカしたことと山科さんの提案を伝えた。

「そうだな。岸本は暴走する癖があるから、俺の目が届くところにいさせたほうがいいかもな。昼飯を食いながら、岸本に俺から言おう」

俺と勅使河原さん、山科さんの三人がレストランに行くと、岸本さんはレストランの隅の席でチャイを飲んでいた。

イラクに来た当初、チャイは甘過ぎて飲めたものではないと思ったものだが、今ではチャイの甘さがちょうどよくなっている。暑過ぎると、甘いものを体が欲するようになるのだろう。そういえば、フィリピン人たちは昼食に缶に入っているココアの粉をお湯で溶かし、その中に炊いたご飯を入れて食べていた。俺はひと口だけ試してみたが、とても食えたものではなかった。だが、フィリピン人たちは、これを食べれば暑くても元気が出ると言っていた。

「山科と派手なケンカしたんだってな？」

岸本さんの向かいに座った勅使河原さんが口火を切った。

岸本さんは、顔を背けて、何も答えようとしない。

勅使河原さんの隣の席で山科さんも居心地悪そうに下を向いている。

エジプトに帰ったムハンマドの代わりに注文を取りにきたのは、受付の年寄の男だった。

しかし、俺たちが注文する前に、受付の年寄の男は、ケバブオンリーと言った。

どうしてだと勅使河原さんが訊くと、受付の年寄の男はアラビア語と英語を交えながら、身ぶり手ぶりで説明した。推測だが、魚や野菜がないということのようだ。

またシェフが怠けて買い出しに行かなかったということなんだろうか。最近、こういうことがよくある。

ここのレストランのシェフはひとりだけで、滅多に調理場から出てくることはないが、何度か見たことがある。五十歳過ぎと思われる太った男で足が悪く、その足を引きずって歩く姿を見られたくなくて調理場から滅多に出てこないのかもしれない。

「ケンカの原因はなんだとか、今すぐここで仲直りしろなんて言う気はない。飯を食ったら、岸本は俺の部屋に自分の荷物を持って移ってこい。代わりに立花が山科の部屋へ行け。それでいいな」

「はい」

俺と山科さんは声を出して返事をしたが、岸本さんは軽く頷いただけだった。

九月中旬の日曜日、俺と山科さんは晩飯を食べてから、ホテル近くのカフェに行ってみることにした。

カフェといっても店内は装飾が施されているわけでもなく、もちろん女性が働いているわけでもない。飲み物もチャイかビールかアラックだけだ。客は中年のイラク人の男たちだけで、テーブルの八割がたが埋まっており、ほとんどの人がチャイを飲んでいる。

店には冷房はないが、チグリス川が運んでくれる風が開けっ放しにしている窓から入ってきて、ホテルの部屋にいるよりずいぶん涼しく感じる。

「あと一ヵ月ちょっとで日本に帰れますね」

氷の入ったジョッキにビールを注ぎながら俺が言うと、

「うん。だけど、まだ一ヵ月以上もあるのかと思うと、うんざりするけどな」

氷の入ったジョッキにビールを注ぎ終え、浮かんできた氷を指で掻きまわしながら山科さんが言った。氷は別料金を取られる。郊外の製氷工場から朝・昼・晩の三回、運んできてもらい、クーラーボックスに保管しているということだ。

「品川の冷凍倉庫のあの寒さが恋しいですよね」

以前、山科さんたちと一緒にアルバイトをしていた品川の冷凍倉庫の中は、マイナス二十五度だった。真夏でも分厚い防寒着を身につけて冷凍品の仕分け作業をするのだが、寒くてたまらなかったものだ。だが、今はあの凍るような寒さが懐かしくて仕方がない。

「俺、日本に戻ったら、田舎に帰ろうと思っているんだ」

山科さんが意外な言葉を返してきた。

「田舎に帰るって、バンドはもうやめるんですか？」

「実はそのことで、岸本とケンカになったんだ」

「そうだったんですか」

「岸本は、今回のこのイラクの仕事でもらった金で、もう一度メンバーを集めてバンド活動しようぜって言ったんだけど、俺は田舎に帰って家業を継ぐって言ったんだ。そうしたら、あいつ、そりゃないだろってつっかかってきてな」

「岸本さん、山科さんを頼っているところがあるから、がっかりしたんでしょうね」

「頼っているんじゃないさ。お互い傷を舐め合っている関係なんだよ、俺たち」

山科さんは、唇の左の方を少し吊りあげて、自嘲の笑みを浮かべている。

「どういうことですか?」

「俺たちはバンドを組んでは解散し、新しいメンバーを見つけてはまた解散しってことばかり繰り返してきたんだ。だけど、岸本と俺だけはいつも残った。なんでだかわかるか?」

「気が合うからじゃないんですか?」

「そうじゃない。俺のギターとあいつのドラムが下手過ぎて、他のメンバーに見限られて、俺とあいつだけが残るんだ。いつもそうだったんだ。だけど、それを認めたくなくて、岸本と俺は離れていったメンバーたちとは音楽の方向性が違うだの、性格が合わなかったからだのと慰め合っていただけなんだよ」

山科さんは、切なそうな表情をしている。俺は黙って聞いているしかなかった。

「東京に出てきてすぐにわかったよ。俺のギターの腕じゃとてもじゃないけど、プロのミュージシャンになんてなれないってな。だって、メンバーを探すのにいろんなアマチュアバンドがやっているライブハウスを見て回ったけど、みんなとんでもなくうまいやつらばっかりで、唖然とさせられたもんなあ。そんななかでもプロになれるやつなんて、ほんのごくごくわずかだからな」

「でも、山科さんと岸本さん、ずいぶん長くバンド続けてたじゃないですか」

「親とケンカして家出同然で東京に出てきたからな。すぐ尻尾《しっぽ》巻いて帰るわけにはいかなかったし、なにより認めたくなかったんだよ。自分たちの腕の未熟さをさ。岸本だって同じ気持ちだったはずだ」

「山科さんは、曲も作っていたじゃないですか。そっちで勝負するって道もあるんじゃないですか？」

「何言ってんだよ。曲作りのほうが、もっと打ちのめされたよ。東京でがんばってるバンドのやつらが作ってる曲は、いつ売れてもおかしくないすげぇいい曲ばっかだからなあ」

「田舎に帰るって、イラクに来る前から決めてたんですか？　それともこっちに来てからですか？」

「イラクに行くことを決めてから、少ししてだ。実は、日本に帰ったら、バイト先の寺沢《てらさわ》さんも一緒に田舎に連れていくつもりなんだ。俺、彼女と結婚することにしたんだよ」

「寺沢さんて、冷凍倉庫の会社で事務員している人？」

俺はショックを受けていた。寺沢さんは、俺と同い年の二十四歳だから、山科さんより二歳年下になる。

「うん。実は俺たち、結構前から付き合っててな。で、今回、冷凍倉庫のバイトをやめてイラクに三ヵ月間働きに行くって言ったら、彼女に猛反対されてさ。だけど、三百万円もらったら田舎に帰って、その金で結婚式を挙げようって言ったら、わかってくれたんだ。立花、そうなったら俺の実家に遊びにきてくれよな」

寺沢さんと山科さんが付き合っていたとは知らなかった。

実は、俺も寺沢さんのことが好きで、一度思い切って交際を申し込んだのだが、自分には好きな人がいるからとあっさり断られたのだ。

俺が冷凍倉庫のバイトをやめて高田馬場の寄せ場に通うようになったのは、寺沢さんにふられたことも理由のひとつだった。

「必ず遊びに行きます。岸本さんも寺沢さんと結婚すること、知ってるんですか？」

「うん。なんかあいつ、彼女に気があったみたいだな。あいつとケンカになったとき、なんとなくわかったよ」

岸本さんも寺沢さんに気があるということは、一緒に働いていたときから俺も感じていた。それだけ寺沢さんは、魅力がある女性なのだ。

俺や岸本さん以外にも、彼女と同僚の独身男のほとんどは彼女を狙っていたはずだが、寺沢さんは山科さんを選んだ。言われてみると、当然な気もする。山科さんは容姿も性格もいい。ましてや、音楽バンドのリーダーをやっている。若い女性にモテる要素をすべて持っているのだ。

「それにしても、昨日の岸本さんには参りましたね」

俺は話題を変えた。これ以上寺沢さんの話を続けていると、自分も寺沢さんに告白してふられたということを、山科さんに勘付かれそうな気がしたからだ。

「まったく、あいつは何を考えてんだかな。いきなりフィリピン人たちを殴りだすんだもんな」

岸本さんと山科さんがケンカしてから、ちょうど一週間になる。ふたりはまだ仲直りはしておらず、一切口をきかないでいる。

それはともかく、一緒の部屋にいる勅使河原さんが、最近、岸本さんが小さな声でなにやらしきりにぶつぶつ呟《つぶや》くようになって、様子がおかしいと言うようになっていた。

そして、昨日のことだ。午前中、二階で作業を任されている岸本さんが、突然フィリピン人たちに、「おまえら、俺を馬鹿にしてんだろ。この野郎ッ！」と叫び、いつも手に持っている棍棒で次々に殴りかかって大騒ぎになったのだ。

騒ぎを聞きつけて、一階にいた俺も三階にいた勅使河原さんと山科さんも二階に駆けつけたのだが、岸本さんはフィリピンたちに押さえつけられながらも手足をばたつかせて、「俺を馬鹿にするな。馬鹿にするんじゃねえ！」と叫び続けていた。

駆けつけた俺たちが、押さえつけているフィリピン人たちに岸本さんを解放させたのだが、岸本さんの目は完全にイッちゃっていて、犬が威嚇《いかく》するときのような唸り声をしばらくの間上げ続けていた。

ようやく興奮が収まったのは、それから三十分ほどしてからだった。騒ぎが収まってから勅使河原さんがフィリピン人たちに、岸本さんのことを馬鹿にしたのかと訊いてみたが、そんなことは言っていないと全員が否定した。彼らの表情から、嘘をついているようには思えなかった。

「テシさん、岸本さんの精神状態、もう限界にきているかもしれないって言ってましたね」

「この異常な暑さの中に、もう二ヵ月もいるんだからな。少しくらい頭がおかしくなってきてもおかしくないっちゃないよな。立花も、まだ頭痛とめまい、続いてるだろ？」

「はい。それに寝ていると、足が突然つるときがありますもんね」

同じ部屋で寝ている山科さんもそうなるときがあって、そうなったときはお互いに足の裏の筋とアキレス腱を伸ばし合って治している。

恒常的な頭痛とめまいとこむら返りは、いつも脱水症状の手前にいるということに他ならない。勅使河原さんも滅多に口に出さないが同じ状態にあるようだ。しかし、岸本さんの場合は、別の次元で深刻な状態にあるとみて間違いないだろう。

「俺たちも、限界が近づいているのかもな」

「そうですね。体重計がないからはっきりとはわからないけど、たぶん日本にいたときより十キロくらい痩せたんじゃないですかね」

初めて三光商会の作業着を着たときはサイズがぴったりだったが、今は上も下もぶかぶかなのだ。それに鏡に映る顔を見ても、ほっぺたの肉は削《そ》げて頬骨は浮き出ているし、目も大きく落ちくぼんでいる。山科さん、勅使河原さん、岸本さんも同様だ。

「日本に帰ったら、一週間くらいぶっ続けでぐっすり眠りたいな」

「そうですね」

そんな話をしていて、俺と山科さんのジョッキのビールが半分ほどになったときだった。

「おまえたち、砂漠でビルを建てている日本人か？」

白いガラベーヤを着ている四十歳過ぎと思われる、頬から口元にかけて髭を生やした痩せたイラク人の男がビールを片手に、訛りのきつい英語で話しかけてきた。

「そうだけど、何か用か？」

俺が答えると、

「おまえたち日本人はかわいそうだな」

と、そのイラク人の男が言った。

「かわいそう？　どうしてだ？」

「だってそうだろ。日本から、わざわざ遠い俺たちの国にきて、暑い砂漠でビルを建てなきゃならないんだからなあ」

イラク人の男は小馬鹿にした笑みを浮かべている。

「俺たちは、あんたたちイラク人のために学校を建ててやっているんだぞ」

俺が抗議するように言ったが、

「何を言っているんだ。俺たちのためなんかじゃない。日本人は俺たちの国の石油が欲しくて、俺たちにサービスしているだけだろ」

と、イラク人の男に言い返されて反論ができなくなった。

「なあ、どうして日本人は、そんなに働かなきゃならなくなったのか、教えてやろうか？」

俺が黙っていると、イラク人のその男は、ビール瓶に口をつけて飲んでから、

「おまえたち日本人は大昔、アッラーの教えを守らなかったために、アッラーの怒りを買って、俺たちより何倍も働かなきゃならない民族にさせられたんだ。ところが俺たちアラブ人は、ちゃんとアッラーの教えを守った民族だから、アッラーはご褒美に石油をくれて、俺たちを少ししか働かなくてもいいようにしてくれたのさ。だから今でも俺たちは、若いうちに五年間だけ軍隊に入れば、そのあとは一生国からお金をもらえて働かなくてもいいんだ。どうだ。羨ましいだろ？」

と言って声をあげて笑った。

まともに相手をする気になれない馬鹿馬鹿しい話だと思う一方で、なかなかうまいことを言うものだという気もしなくもなかった。

バグダッドでもアマラでも兵士以外の若い男の姿を見ることはまずない。志願してなのか強制的なのか知らないが、イラクの若い男のほとんどが兵士になっているのは、目の前の酔っ払いが言っているとおりなのだろう。

「立花、この男、何て言っているんだ？」

山科さんが訊いたので教えると、

「こんな酔っ払いを相手にケンカして、またとっ捕まったら大変だ。帰ろう」

山科さんと俺は、ジョッキに残っているビールを一気に飲み干して、カフェを後にした。


次の日の月曜日から、俺たちはまた毎日毎日、建設現場とホテルの往復を繰り返し、ロッカーの組み立て作業に明け暮れた。

変わったことといえば、アマラの町を兵士を乗せた軍用トラックや戦車が日に日に多く走るようになってきたことくらいだ。俺たちは、砂漠で軍事演習でもするのだろうと思っていた。

そして、フジ商事の竹下さんが延長してくれた観光ビザが、すでに切れていた九月二十二日のことだ。

いつものように午前五時に建設現場に行くと、巽建設の社員たちが忽然と姿を消していた。広場に集まっているのは、フィリピン人たちだけだ。

勅使河原さんが、フィリピン人たちに巽建設の人たちはどうしたんだと訊くと、昨夜遅くにマイクロバスが何台もきて、それに乗ってどこかへ行ってしまったと答えた。

いったいどういうことなのか？　俺たちは、すぐに巽建設の社員が食事をする井戸の近くのプレハブを見に行ったが、そこにも誰もいなかった。壁に飾ってあった天皇の写真がなくなっているだけで、テーブルやイス、調理道具はそのままだ。

社員が寝起きしているプレハブ小屋も見に行ったが、カギがかかっている状態で、ノックをいくらしても誰も出てこなかった。

「テシさん、これ、いったいどういうことなんですか？」

山科さんが詰め寄るようにして訊くと、

「俺にだってわからねえよ。とにかく今日は仕事はやめだ。ホテルに戻って、フジ商事の竹下さんに連絡を取ってみよう」

勅使河原さんもさすがに戸惑いを隠せずにいる。

「ホテルに戻るといっても、タクシー、もういないですよ」

俺が言うと、

「歩いたって一時間もかかるわけじゃないだろ。とにかく何か起きたんだ。ホテルに戻るぞ」

勅使河原さんはそう言うと、憤然と歩き出した。

ホテルに戻ることができたのは、午前六時少し前だった。勅使河原さんが受付の年寄の男を呼び出して電話を借り、バグダッドにいるフジ商事の竹下さんにかけたが、なかなか通じなかった。

イラクの通信事情は悪く、まず電話局の交換手を呼び出して、かけたい相手の電話番号を言い、交換手がその相手を呼び出すことができてはじめて会話ができる仕組みになっている。

「こんな早い時間だから、まだ会社にきていないんじゃないですか?」

俺が言うと、

「俺がかけたのは、竹下さんが借りているアパートの部屋の番号だ」

勅使河原さんは喧嘩腰で言った。

「それってどういうことですか? 竹下さん、まだ寝ていて電話の呼び出し音に気がつかなかったってことか、それとももしかすると、竹下さんももうバグダッドにいないってことなんじゃないですか?」

山科さんが、勅使河原さんに食ってかかるように訊いた。

だが、勅使河原さんは黙ったままだ。

「もしかすると、戦争がはじまったんじゃないですかね」

俺が言った。ここ最近、やたらと兵士を乗せた軍用トラックや戦車が数多く町を通っているのは、戦争の準備だったのではないだろうか。

「日本のうちの会社に電話してみよう」

勅使河原さんが、また電話をかけた。交換手に日本に電話をしたいと言い、電話番号を伝えると、どういうわけか受話器を置いた。

「どうして切ったんですか？」

俺が訊くと、

「イラクからの国際電話は国内よりもさらに繋がりにくくて、まずイラクの電話局の交換手が日本のかけたい相手の電話番号を呼び出すのに時間がすごくかかる。だから、一度電話を切って、繋がるのを待つしかないんだ」

勅使河原さんは苛立ちながら言った。

俺たちは、いつ電話が鳴ってもいいように受付の前のソファに座って待った。

イラクと日本の時差は六時間で、日本のほうが六時間進んでいる。今午前七時になろうとしているところだから、日本は午後一時ごろということになる。

俺の隣に座っている岸本さんは、さっきからなにかぶつぶつとつぶやいている。顔を盗み見ると、岸本さんは宙の一点をじっと見つめて、口を小さく動かしている。精神状態がおかしくなっているのは明らかだ。

ホテルの受付の電話のベルは一向に鳴る気配がなかった。

そして二時間ほど経ったころだった。遠くのほうから、花火大会で花火を打ち上げたときのような大きな破裂音が断続的に聞こえてきた。

「ちょっと外を見てきます」

俺が外に出ようとすると、

「やめろ。それより、部屋に行って荷物をまとめよう」

勅使河原さんが怖い顔をして言った。俺たちは言われたとおり、部屋に行って荷物をまとめることにした。

「やっぱり、戦争がはじまったんじゃないですかね」

荷物をまとめながら俺が言うと、

「俺もそう思う。巽建設のやつら、昨夜のうちにその情報を手に入れて逃げたんだろうな。くそ」

山科さんが吐き捨てるように言った。

ホテルの受付の電話が鳴ったのは、午後二時過ぎだった。日本は午後八時だ。電話回線が繋がるのに七時間もかかったことになる。

その間、俺たちはここのところ毎日食わされているケバブを昼食に食べた。魚や野菜を使った料理が作れなくなったのも、戦争がはじまったことに関係しているのかもしれない。

「俺だ。日本でイラクについての報道は何かあるか？」

勅使河原さんの話し方からして、電話の相手は三光商会で働いている奥さんだろう。

「——わかった。その他にわかっていることは？　そうか。わかった。すぐに帰る。じゃあな」

勅使河原さんと奥さんとの会話は、とても短いものだったが、勅使河原さんの顔は電話が繋がる前よりもいっそう切羽詰まったものになっている。

「何かわかりましたか？」

俺が訊いた。

「イラクの軍隊がイランに攻め入って、戦争をはじめたそうだ」

勅使河原さんの顔は青ざめている。やはりそうだったのだ。

「今俺たちがいるアマラは、イランの国境と接しているんでしたよね？」

山科さんが言った。

「ああ。ここにいたら危ない。逃げるぞ」

「逃げるって、どうやって」

「四時になれば、タクシーの運転手がいつものようにやってくるだろ。あいつに頼んでバグダッドの空港まで行くんだ」

もっと早く来て欲しいと思ったが、勅使河原さんはいつも来るタクシーの運転手の連絡先を知らないのだ。

外でタクシーを拾っても、まだ陽があるうちは、バグダッドまで走ってくれるタクシーはいないだろう。いつものタクシーの運転手に無理を言うしかない。

「イラク人は、戦争がはじまったこと、知らないんですかね」

山科さんが不安そうに言った。

「たぶん、知らされていないんだろうな。知っていれば、受付の爺さんが何か言うだろ」

勅使河原さんはそう答えると、奥の部屋にいる受付の年寄の男を呼び出して、自分たちはバグダッドに行くのでこれまでのホテル代を清算してくれと言ったが、年寄の男はのんびりした声でオーケーといって、古い電卓で計算をはじめた。その様子から見ても、戦争がはじまったことを知っているとはとても思えない。

ホテル代の支払いを終えた勅使河原さんと俺たちは、そのまま受付の前のソファでタクシーが迎えにくる午後四時になるのを待った。

時間が経つほどに、遠くから聞こえてくる不気味で腹に響くような爆発音が頻繁になってきた気がする。それに加えて、戦闘機の音なのだろうか。空から轟音が響いてきた。

「フジ商事の竹下さんも戦争がはじまることを知ってたんですかね」

山科さんが訊いた。

「たぶん情報は入ったんだろうけど、この国はそもそも通信事情が悪いからな。こっちに連絡しようにも通じなかったんだと思う」

勅使河原さんは、そう信じたいというニュアンスで答えた。

「じゃあ、巽建設の池上所長はどうなんですか？　あの人はきっと、昨日の夜には戦争が起きることを知ったから、それで社員たちと一緒にさっさと逃げたんでしょ？　フィリピン人たちも俺たちも置き去りにして」

山科さんが悔しそうに顔を歪めて言った。

「夜だろうと、ここまではそんなに遠くはないし、ちょっと寄って教えてくれてもよさそうなもんだよな」

勅使河原さんが不貞腐れたような顔をして言った。

「やつらが建てていた学校とか、どうなっちゃうんですかね」

山科さんが言うと、

「戦争がはじまってしまったんだ。今回のプロジェクトは中止になる。あの建物はイラン側の報復攻撃を受けて壊されるかもしれないし、イラクが戦争に勝ったとしてもあのまま放置されて、そのうち砂嵐で自然と壊れていくだろうな」

勅使河原さんが言った。帝都建設や巽建設が建てたあの学校は、まさに砂上の楼閣《ろうかく》というわけだ。

「テシさんの三光商会の仕事はどうなるんですか？」

俺が訊くと、山科さんも不安そうな顔をして勅使河原さんの顔を見つめた。

岸本さんだけひとり、下を向いて何やらぶつつつぶやいている。

「ここまでやった分は、当然、帝都建設と巽建設に請求するさ。しかし、残った、できなかったモスルの慶応建設の分はキャンセルということになるだろうな」

勅使河原さんは投げやりな口調で言った。

「じゃ、俺たちへの支払いはどうなるんですか？」

山科さんがすかさず訊くと、

「ここまでやってくれた分はちゃんと払うよ。だけど、ここで撤退が決まったんだから、あとの一ヵ月分は無しってことになる。仕方ねえだろ。それより今はとにかく無事に日本に帰ることが先決だ」

勅使河原さんは苛立ちを露わにして答えた。

突然、大きな地響きとともにホテル全体がぐらりと揺れた。少しすると、外から女の人の泣き叫ぶ声が聞こえてきた。

受付の年寄の男が怯えた顔をして何か叫びながら外に出ていった。俺たちもついていった。すると、ホテルから十メートルも離れていないところの道路沿いに建っている民家が、黒い煙を上げていた。おそらくイラン側からロケット弾が飛んできて、民家の建物に当たったのだろう。民家の前で、黒いアバヤを着た女の人が泣き叫んでいた。それを見た受付の年寄の男は頭を抱えながら、わめきたてた。

目の前の道路は、戦車と兵士を乗せた軍用トラックが長蛇の列をなしていた。

空に目を向けると、戦闘機が何機も耳をつんざくような轟音を立てて飛び、遠くのほうで爆発音が断続的に続き、黒煙がいくつも上がっていた。おそらくイランの町に空から爆撃しているのだろう。

戦争がはじまっている――頭では理解しているし、実際に目の前でロケット弾が落ち、戦車や兵士を乗せた軍用トラックが走り、空には何機も戦闘機が飛んでいる。

しかし、現実感がわかない。映画を見ているようだ。何気なくホテルを振り返ると、入り口の上の壁に飾られているサダム・フセイン大統領の大きな肖像画が目に飛び込んできた。この男が戦争を仕掛けたのだ——そう思うと、無性に腹が立ってきた。

突然、空気を鋭く裂く耳障《みみざわ》りな音が聞こえてきた。音がする方向に目を向けると、ロケット弾が目の前の道をゆく軍用トラックに命中した。

軍用トラックは、赤い閃光を上げて爆発し、白煙に包まれたが、その白煙の中からいくつもの人間の一部が道端に飛び散ってきた。

俺たちのすぐ近くに千切れた手や足、胴体、頭部が土埃を上げて転がってきた。どういうわけか、気持ち悪さも感じず、作り物にしか見えなかった。

吐き気を催す異臭も一瞬だけで、五十度を超える乾いた暑さのせいだろう。すぐに臭いは消えてなくなった。

爆撃された軍用トラックを挟む形で走っていた他の軍用トラックの荷台に乗っている兵士たちが殺気立った形相で、アラビア語でわめき散らしている。

イラク軍の進行方向と逆方向から、タクシーが走ってくるのが見えた。いつも俺たちを乗せて建設現場に行くタクシーだ。

「みんな、行くぞ！」

勅使河原さんが、タクシーに向かって走り出した。

今もっともやらなければならないことは、一刻も早くイランとの国境の町である、このアマラから逃げ出すことだ。俺と山科さんも勅使河原さんのあとを追って走ったが、岸本さんだけ普通に歩いている。

「岸本、何やってんだ。早くしろ！」

タクシーの助手席に座っている勅使河原さんが、まだ外を歩いている岸本さんに向かって叫んだ。俺と山科さんも、すでに後部座席に座っている。

「バグダッドインターナショナルエアポート、レッツゴーだ。行け！」

岸本さんがやっとタクシーに乗って俺の隣に座ったのを確認した勅使河原さんが、運転手に叫ぶように言った。

運転手は、アラビア語と英語を交えて、そんな遠くまでは行けないというようなことを身ぶり手ぶりで言っている。勅使河原さんは、イラク紙幣のディナールの札束を見せて、これを全部やるからとにかくバグダッド国際空港まで行けと怒鳴った。

すると、運転手は諦め顔になって、オッケー、オッケーと繰り返し、タクシーを走らせた。

「戦争がはじまったこと、知っているか？」

タクシーが走りはじめて少ししてから、勅使河原さんが英語で運転手に訊くと、運転手は、あれは戦争じゃない、訓練だと英語で答えた。

おまえは、ロケット弾が飛んできて、イラク軍の軍用トラックに命中したのを見ただろうと勅使河原さんが言っても、あれは何かの間違いだというようなことばかりを言っている。やはり、この国の人々は何も知らされていないのだ。

ようやく道路の反対側を走っていた戦車や兵士を乗せた軍用トラックの姿が途切れると、遠くに巽建設が建てていた学校が見えてきた。

「現場にいるフィリピン人たちは、どうなるんですかね？」

俺が助手席の勅使河原さんに訊くと、

「知らねえよ。フィリピン大使館がなんとかするだろ」

と、ぶっきらぼうに答えた。

建設現場に近づいてきたが、フィリピン人たちの姿は見えなかった。陽炎が揺らめいて、建設中の建物が蜃気楼《しんきろう》のように思えた。

「俺たちも空港じゃなくて、まず日本大使館に行ったほうがいいんじゃないですか？」

山科さんが訊いた。

「大使館員は、もうこの国から引き上げたそうだ。大使館のやつらは、俺たちが観光ビザでこの国に入って、そのビザがもう切れているから、俺たちがまだイラクにいることを把握していなかったんだろう」

俺は山科さんの顔を見たが、山科さんも諦め顔になっていた。隣にいる岸本さんはといえば、さっきからずっと小さな声でぶつぶつとつぶやき続けている。耳を澄まして、岸本さんがつぶやいている言葉を聞き取ってみた。

そして、ようやく何を言っているのかわかったとき、俺は背筋が寒くなった。

俺は絶対に帰らない——岸本さんは、ずっとそう繰り返しているのだ。

アマラの町を離れてずいぶん経ったが、陽炎が立ち上っているアスファルト舗装の一本道の周囲は、延々と砂漠が広がっているだけで、景色は何も変わらない。

時折、牛かロバだろうと思われる動物の白骨化したものが道端に転がっているのが見えた。夜、走っていた車とぶつかって死んだのだろう。

イラン側の反撃が次第に強くなってきた気がする。戦闘機が飛んできてしばらくすると、空気を切り裂く耳障りな音が聞こえ、その直後に大きな打ち上げ花火のような爆発音が轟き、砂漠の向こうのイラクの町から黒煙が次々に上がるのが見えてきたからだ。

遠くの地平線に巨大な黄金色に輝く太陽が沈もうとしているころのことだった。

「タクシーを止めてくれ」

岸本さんが言った。車のエンジンの音が大きすぎて、勅使河原さんは聞こえていないのか、何の反応もしなかった。

「タクシーを止めてくれよ。腹が痛いんだ。クソしてぇんだよ！」

岸本さんは叫ぶように言った。声もおかしかったが、顔つきも変で目が完全に、イッちゃっている。

「テシさん、岸本さん、腹が痛いそうです。タクシー、止めてくれって言ってます」

後部座席で山科さんと岸本さんに挟まれて座っている俺が、助手席の勅使河原さんに顔を突き出して大声で言った。

「我慢できねぇのかよ」

勅使河原さんが、勘弁してくれよと言いたげな顔を向けた。

「クソが漏れそうだ。止めてくれ」

岸本さんは顔を苦しそうに歪めている。

「しょうがねぇなあ」

勅使河原さんは、運転手に車を止めるように言った。

しかし、運転手は、戦闘機が飛んでいるのでタクシーをここで止めるのは危ないというようなことを、アラビア語と英語を交えて大げさな身ぶり手ぶりで訴えた。

「痛い。腹が痛い。本当にもうクソが漏れる」

岸本さんは、さらに苦しそうな顔をして言った。

「いいから、ストップ。ストップだ！」

勅使河原さんが運転手に怒鳴った。運転手は仕方ないという顔をしてタクシーを止めた。すると岸本さんはドアを開けて外に飛び出し、

「俺は絶対に帰らない！」

と叫びながら、巨大な夕日を浴びてオレンジ色に染まる砂漠へ走っていった。

「おい、岸本、どこ行くんだ。おい！」

勅使河原さんが窓を開けて叫んだ。だが、岸本さんは同じ言葉を何度も絶叫しながら何かに取り憑かれたような速さで走っていき、声も体もどんどん小さくなっていった。

「岸本、おい、戻ってこい。岸本ぉ！」

反対側のドアからタクシーを降りた山科さんが、砂漠へ走って行く岸本さんを追って走り出そうとした。

「山科、やめろ！　あいつを追いかけて行くんだったら、おまえも置いていくぞ！」

勅使河原さんが怒鳴りつけた。

「テシさん、今なんて言ったんですか？　岸本を置いていくって言うんですか？」

山科さんが、助手席にいる勅使河原さんのところに詰め寄って言った。

「あんなところまで車を走らせたら、砂が深くてタイヤが埋まって、動けなくなる。あとは、おまえが追っていって、岸本を連れ戻してくるしかない。しかし、そんなことができるか？　見ろよ、あいつ、あんなところまで行っちまっているんだぞ」

勅使河原さんが、岸本さんが走っていったほうを眩しそうに見て言った。

岸本さんの姿は、夕日でさきほどより濃いオレンジ色に染まっている砂漠の中で、点のように小さくなっている。

「岸本さん、ずっとぶつぶつひとり言を言ってたじゃないですか。それって、さっき叫んでいた言葉と同じなんです。俺は絶対に帰らないって、そればっかり言ってたんですよ。さっきホテルの受付の前のソファにいたときも、このタクシーに乗ってからも、ずっとぶつぶつ同じ言葉を繰り返していたんです」

俺が言うと、

「それって、俺のせいか？　そうなのか？　……」

山科さんは自問するようにそう言いながら、もう見えなくなった岸本さんの姿を茫《ぼう》然《ぜん》と目で追っていた。

山科さんのせいかどうかはわからない。いや、今になって思うと、岸本さんはイラクに来てから少しずつ精神を病《や》んでいった気がする。確かに、山科さんが日本に帰ったらバンドをやめて田舎に帰ると言ったことに大きなショックを受けたのは間違いないだろう。だが、それだけが原因で、ああなったとは言えない気がする。

「山科、早く乗れ！　そうしないと俺たちまでここで死ぬ羽目になるぞ！」

勅使河原さんが叱りつけるように言った。山科さんが魂が抜けたような顔をして戻ってきて後部座席に座ると、運転手はすぐにタクシーを走らせた。

イラン軍の戦闘機がまた飛んできて、遠くの町に爆弾を投下している。ちょうど岸本さんが走っていった方角だ。黒煙がいくつも上がっている。

その後、俺たちが岸本さんの姿を見ることは二度となかった。

第三部

恩讐の果て

「つまり、立花さんは三十四年前、イラクの砂漠で失踪した岸本孝明が生き延びていて、自分たちに復讐するために日本に戻ってきて爆弾テロ事件を起こしたのではないかと言うんですね？」

俺がイラクで体験したことを話し終えると、隣に座っている柿沼が冷静な口調で訊いた。

「ええ。最初に爆弾テロが起きた京浜東北線の車両の座席は、私がいつも座る席だったんです。そして、二回目の爆弾テロで池上所長が殺されました。イラクで生き延びた岸本さんが、私と池上所長に復讐するために日本に帰ってきてやったとしか考えられないでしょう」

「では、次は山科善則さんと勅使河原一さんが狙われるということになりますね」

「いや、そのふたりに復讐はできません。山科さんと勅使河原さんは、もう亡くなっていますから。もし狙われるとしたら、フジ商事の竹下さんかもしれないですね」

「亡くなっている？　まだふたりとも若いですよね。病気か何かですか？」

「十五年ほど前、勅使河原さんは仕事で行ったアフリカで悪性のマラリアにかかって、現地で命を落としてしまったんです。もうひとりの山科さんは、三十四年前、イラクからもう少しで脱出できるというときに、事故に遭って死にました」

「事故に？」

「ええ……」

俺は遠くを見るようなまなざしを宙に向けた。

俺たちがバグダッドの空港『サダム国際空港』に着いたのは真夜中だったが、空港の中は大勢の人が集まっていた。三百人はいただろうか。全員フィリピン人だった。おそらく日本の建設会社で労働者として働いていた人間たちだろう。アマラで俺たちと一緒に働いていたフィリピン人たちはひとりもいなかったが、いずれやってくるのかもしれないと思っていた。

だが、搭乗手続きを行うカウンターはどこも閉まっていて、兵士たちが自動小銃を構えていた。勅使河原さんは、兵士たちのところに行ってパスポートを見せ、日本に帰りたいのだが、どうすればいいのかと訊いた。すると兵士のひとりが、空港はどこも閉鎖されている。国内線も国際線も飛ばないと答えた。

じゃあ、どうすればいいんだと勅使河原さんが食ってかかるように言うと、その兵士は明日の朝、ヨルダン行きのバスがここにくるから、外国人はそのバスに乗ってヨルダンの空港に行けと言った。

俺たちは空港で朝になるのを待ったが、とても眠るどころではなかった。暑いということもあったが、戦争は制空権を掌握《しょうあく》したほうが圧倒的に有利になる。いつ今いる空港がイラン軍の攻撃を受けてもおかしくないのだ。

しかし、ここにきたのは正解だ。朝になれば、ヨルダン行きのバスが出るという情報は、おそらく外国人が多く集まるこの場所でなければ知り得ないものだったはずだからだ。

バスが来たのは、夜が明けてすぐだった。古いバス二台で、赤十字国際委員会の赤い十字のマークがついていた。このバスならイラン軍から狙われる心配はない。

「さ、行くぞ」

勅使河原さんが立ち上がった。

「ちょっと待ってください。山科さんがトイレからまだ戻ってきてなくて——」

山科さんは、昨夜から何度もトイレに行っていた。下痢が止まらないらしい。

岸本さんが失踪した精神的なショックのせいなのか、飲んだ水に雑菌が入っていたからなのか、原因はわからない。さっきもトイレに行くと言って、俺にパスポートなど一切合切の荷物が入っているスポーツバッグを預け、もしバスが来ても待っていてくれよなと言ってトイレに行ってから、もうずいぶん経っている。

「見ろ。この人数だ。早くしないと、バスに乗れなくなるかもしれないぞ」

勅使河原さんが充血した目を剝いて言った。フィリピン人たちは、すでに我先にと雪崩《なだれ》を打ってバスに向かって走り出している。とても二台のバスでは乗り切れそうもない人数だ。

もしこの二台のバスに乗れなければ、もう日本に帰ることはできなくなってしまうだろう。俺は後ろ髪を引かれる思いで勅使河原さんのあとを追い、フィリピン人たちに負けまいとバスに急いだ。

そしてやっとバスに乗ったところで後ろを振り返ると、山科さんがトイレから出てくるのが見えた。俺は山科さんを大声で呼んだ。山科さんは、俺と勅使河原さんの姿を見つけて追ってきたが、フィリピン人たちが邪魔をして前に進めずにいた。フィリピン人たちも必死なのだ。

「山科さんの荷物は、ちゃんと俺が持っています。ヨルダンで合流しましょう！」

俺は勅使河原さんと一緒に、一台目のバスから声を限りに何度も同じ言葉を大声で叫んだ。

結局、山科さんは、俺と勅使河原さんが乗った一台目のバスには乗れず、後方の二台目のバスに乗ることになった。どちらのバスも、もうこれ以上は人が乗れないというくらいに、すし詰め状態になっていたが、空港にいた全員が二台のバスに乗り込むことができたようだ。

しかし、走り出してから五分ほどしたときだった。突然、地響きとともに、俺と勅使河原さんが乗っているバスが大きく揺れ、フィリピン人たちが大きな声でわめき出した。

俺たちは、バスの中央付近の座席に座っていたのだが、窓から外を見てみると、後ろを走っていたバスにロケット弾が当たって黒煙を上げ、形をなくしたバスの近くで、大勢の乗客たちが血まみれになって倒れているのが見えた。

俺は山科さんの名前を何度も叫んだが、どうすることもできなかった。フィリピン人たちもバスを止めるように運転手に叫んでいた。だが、運転手はその声を聞き入れることはなく、バスを走らせ続けた。赤十字のマークがついているバスを狙ってロケット弾を撃つなんて考えられない。明らかに誤爆だ。だが、バスが原形を留めないほどロケット弾をまともに食らったのでは、乗客たちの命はひとたまりもない。おそらく助かった人間などひとりもいないはずだ。事実、山科さんが日本に帰ってくることはなかった。

　山科さんが死んだいきさつを話し終えた俺は、大きく息を吸い、ゆっくり吐き出した。

「そうでしたか。わかりました。あとは、我々に任せてください。すぐに岸本孝明の行方を追います。大変貴重な情報をありがとうございました」

　柿沼は、相変わらず淡々とした口調で言った。

　柿沼の車から降りて、マンションの部屋に戻った。

　午後九時を過ぎていた。台所から焼酎と水差しを持ってきて、リビングのソファに座り、水割りを作って飲んだ。

　それにしても、あの岸本が生きていたとは驚きだ。だが、どうして三十四年も経った今なのだ？　イラクに置き去りにした俺たちに復讐する目的で日本にやってくるには、それだけの歳月が必要だったということなのか？

　冗談じゃない。岸本が勝手に帰らないと叫んで砂漠に走っていったのだ。逆恨みも甚《はなは》だしい。そのために、まったく関係のない人が死んでしまったのだ。

脳裏に笠井澄子の顔が浮かんだ――彼女は、俺の指定席に座ったがために被害に遭ってしまったのだ。

だが、仕掛けられた爆薬の量は分析した結果、成人ひとりの命を奪うほどのものではなかったことが判明している。つまり、岸本は、俺の命まで奪うつもりはなく、重傷を与えようとしたということだ。それとも単に爆薬の量を間違えたということだろうか？

いや、それは考えにくいのではないか。岸本は、復讐の予告をしたのではないか？予告――急に胸騒ぎがしてきた。時計を見ると、いつの間にか午後十一時になろうとしていた。麻里亜はまだ帰ってこない。朝から、いや正確には日曜日の夜から姿を見ていない。携帯電話を手に取って、麻里亜の携帯電話にかけてみた。

しかし、「こちらは、NTTドコモです。おかけになった電話は電波の届かない場所におられるか、電源が入っていないためかかりません」というメッセージが流れてきた。いつもなら留守番電話に繋がるのに妙だ。胸の鼓動が激しくなってきた。

こんな夜遅くに迷惑だろうとは思ったが、辻村の携帯電話にかけてみた。辻村の息子の携帯電話の番号を教えてもらおうと思ったのだ。

四回目のコールで、辻村が出た。

「立花だ。夜分遅くにすまない。駿くんの携帯電話の番号を教えてくれないか」

『いったいどうしたのよ。こんな時間に……』

もう眠っていたのだろう、辻村は不機嫌な声で言った。

「娘が、麻里亜がまだ帰ってこなくてね。もちろん携帯電話にかけてみたんだけど、留守電にも繋がらないんだ。いや、駿くんと一緒にいるのならそれでいいんだけど、これまでこんなことなかったもんだから、ちょっと心配になってね」

辻村に過保護だと笑われるのを覚悟して言った。

しかし、辻村は笑うどころか、

『留守電になっていないっていうのは変ねえ。わかったわ。駿の携帯電話の番号を言うわよ』

と心配そうな声になって、息子の携帯電話の番号を教えてくれた。

辻村との電話を切って、すぐに教えてもらった辻村駿の携帯電話にかけた。

だが、辻村駿の携帯電話は留守番電話になっていた。

「立花です。麻里亜がまだ帰ってこないもので、もしかしたら君と一緒にいるかと思って電話した。君と一緒にいるのならそれでいいんだが、こんな時間になっても連絡がないのは珍しいものでね。もちろん、麻里亜の携帯電話にもかけたんだが、繋がらず、留守電にもならないんだ。そんなことは、これまでにないことなものだから、ちょっと心配になってね。すまないが、このメッセージを聞いたら連絡をくれないか。じゃ」

電話を切って少しすると、辻村から電話がかかってきた。

『駿、電話に出た?』

辻村の声は強張っている。

「いや、留守番電話になっていたから、メッセージを入れておいた」

平静を装って言ったつもりだが、声が緊張しているのが自分でもわかった。

『留守電になっているということは、オペをしているんだわ。それ以外のときは必ず電話に出るもの』

辻村は不安げに声を落として言った。

「そうなのか?」

ということは、麻里亜は辻村駿と一緒にいないということになる。

『友達とどこか電波が届かないような——例えば、山とか人里離れたところに遊びに行くようなことは言ってなかったの?』

「そういうときは、必ず俺に言って行くよ」

『そう……』

「なあ、日曜日に君と麻里亜が焼き鳥屋にきて飲んだろ。あの帰りに麻里亜、次の日――今日だけど、どこかへ出かけるようなこと言ってなかったか？」

『ええと……』

辻村は、ちょっと間を置いて、

『ううん。別に何も言ってなかったと思うわよ。どうして？』

と訊き返してきた。

「麻里亜は今日、朝早くに家を出たみたいなんだ。でも、地方に出張する以外は、あんまり朝早くから出掛けることってないもんだから」

『あたしと一緒だった日曜日の夜、あの後自宅で麻里亜ちゃんを見てないの？』

辻村は責めるような口調で訊いた。

「俺が家に帰ってきたときは、もう寝てたみたいで麻里亜の部屋の電気はついていなかったんだ――すまん。こんな遅くに、君にまでへんな心配させちゃって」

『何言ってんのよ。あたしの娘にもなる子のことだもの。それにしても麻里亜ちゃん、どうしちゃったのかしらね』

「きっと、電源を切っておかなきゃならない状況にあるんだろ。そのうち帰ってくるさ。君、明日早いんだろ。俺も明日は生放送の立ち会いだから、そろそろ寝るよ。お休み」

辻村との電話を切ったものの、なかなかベッドに入る気にはなれずにいた。

午前零時になっても麻里亜は帰ってこなかった。もう一度、麻里亜の携帯電話にかけてみた。だが、さきほどと同じメッセージが流れるだけだった。

次の日の朝、目覚まし時計の音と携帯電話の呼び出し音の両方で目を覚ました。時計を見ると午前八時ちょうどだった。携帯電話の着信表示は、辻村駿になっている。

「留守電のメッセージを聞いてくれたんだね」

目覚まし時計の音を止めて、電話に出ると、

『はい。昨夜は、長時間かかる手術があったものですから、電話に出られなくて申し訳ありませんでした』

辻村駿は固い声を出している。

「そうか。じゃあ、昨日は麻里亜とは一緒にいなかったんだね?」

『ええ、昨日は会っていません。麻里亜さん、まだ帰ってきてないんですか?』

「ちょっと待ってくれ。部屋を見てみる」

部屋を出て、玄関に麻里亜の靴がないか見てみたが、いつも履いているパンプスは

なかった。念のため、向かいの麻里亜の部屋をノックしてみたが、返事はない。

「開けるぞ」

いないだろうと思いながらも、ひと声かけてドアを開けた。やはり、麻里亜の姿はなかった。そのままリビングに行ってみたが、麻里亜の姿も帰ってきた形跡もない。

「まだ帰ってきていないようだ」

『携帯電話の電源を切っているなんて、どうしたのかな……』

辻村駿が不安そうな声で、ひとり言のようにつぶやいた。

「君も麻里亜の携帯電話にかけてみたのかい？」

『ええ。何度もかけてみました』

「君のほかに麻里亜の行動を知っていそうな人をだれか知っているかい？」

『はい。麻里亜さんの仕事仲間の何人かは。でも、さっき全員に連絡を取ってみましたが、麻里亜さんがどこかへ出かけるというような話を聞いている人はいませんでした』

「そうか。麻里亜は、おっちょこちょいなところがあるからな。どこかで携帯電話を落として壊したということも充分にあり得る。忙しいのに心配かけてすまんな」

『あ、いいえ。また何かありましたら、すぐにご連絡ください』

「ああ、わかった。じゃ」

辻村駿には意識して落ち着き払った声で言ったが、不安は募るばかりだった。

朝食を食べながらテレビでニュースを見ていたが、連続爆弾テロ事件の犯人に関する新しい情報は何もなかった。もちろん、岸本孝明の捜査は極秘のうちに進められているのだから、彼の名前が出ることがないのは当たり前だ。

不意に、柿沼が言った言葉が脳裏に蘇ってきた。

『立花さん、あなたの周りで何か変わったことはないですか？』

柿沼に、殺された池上昭次が働いていた会社を調べて欲しいと言ったときに柿沼が訊いてきたのだ。

まさか麻里亜まで岸本の今回の復讐に巻き込まれたのでは——俺は、その考えを打ち消そうと頭を強く振った。

「立花さん、大丈夫ですか？」

パーソナリティーの川島の声で我に返った。

「ん？　なんだ？」

川島に顔を向けると、その隣にいるアシスタントの小林香《こばやしかおる》も心配そうな顔で俺を見ていた。

「立花ちゃん、さっきから川島が話しかけているのに返事もしないし、顔色も悪いぞ。なんかあったのか?」

俺の左隣にいる武山が言った。右隣にはサブライターの松本《まつもと》がいて、向かい合って座っているディレクターの小向《こむかい》と原稿をチェックしている。

「そりゃ悪かった。ちょっと考え事していたもんでね」

苦笑いしながら言った。麻里亜のことが気がかりでならないのだ。

マンションを出たのは、午前九時だったが、麻里亜からも辻村駿からも連絡はなかった。もちろんその間、俺は何度も麻里亜の携帯電話にかけてみたが、繋がらないままだった。

俺が受け持っている番組の『昼どきラジオ』は、正午から午後二時までの生放送で、放送がはじまる二時間前から打ち合わせをすることになっている。

マンションを出た俺は、京浜東北線のいつもとは別の車両に乗った。駅のホームには多くの警察官が目を光らせていた。また同じ電車に爆弾を仕掛けられるとは思わないが、あの指定席が不吉に思えたのだ。

「本番、十分前だ。そろそろスタジオに行くか」

武山が言うと、スタッフ全員が立ち上がった。『昼どきラジオ』が使うスタジオは、関東放送の中でも一番広い第二スタジオで、打ち合わせ室から歩いて五分とかからない。

『それでは、本番一分前です。よろしくお願いしまーす』

副調整室からディレクターの小向の元気な声がスタジオに響いた。

「よろしくお願いしまーす」

パーソナリティーの川島と向かいの席に座っているアシスタントの小林香が、トークバックボタンを押して声を揃えて返した。

生放送のパーソナリティーは、どれだけ長くやっていても緊張することがなくなるということはないようだ。音声カフに添えている川島の指が微かに震えている。

『本番、そろそろ参りまーす。前テーマ、流れまーす』

軽快なテーマ曲が流れた。分厚いガラス越しにこっちを見ているディレクターの小向が、『待て』と言わんばかりに、右手の手のひらを広げて宙に浮かせている。テーマ音楽が流れて十秒ほど経つと、

『はい、キュー！』

小向は宙に浮かせていた右手をくるりと回して言うと、広げていた手のひらを『ど

うぞ』とばかりにパーソナリティーの川島に差し伸べた。

「昼どきラジオの時間がやってまいりました。ラジオの前のみなさん、こんにちは。関東放送アナウンサー、川島雄介と――」

川島がアシスタントの小林香にアイコンタクトを取ると、

「みなさん、こんにちは。アシスタントの小林香です」

小林香がタイミングよく続けた。いつもの見慣れた光景だ。だが、俺は上の空だった。

それからの放送内容はよく覚えていない。そんな俺が我に返ったのは『リクエストコーナー』で、川島が聴取者から送られてきたメールを読んだときだった。

「はじめまして。私は長い間、中東のある国に仕事で行っており、先日ようやく帰国したのですが、帰国したらすぐに聞きたいと思っていた歌をリクエストさせていただきます。その歌は、私が若いときに大ヒットしたもので、サブタイトルが〝シルクロードのテーマ〟というものでした。ご存知の通り、シルクロードは東方と西方を結ぶ交易路のことで、中東に仕事で行き、先日帰国した私にぴったりの歌、久保田早紀《くぼたさき》さんの『異邦人』です。よろしくお願いします――この方はペンネーム、Y・Yさんとだけありまして、お名前もご住所も書いてないんですよ。これでは、せっかくリクエストを採用された方に差し上げている千円のQUOカードをお届けできません。えー、ペンネームY・Yさん、この放送をお聞きでしたら、すぐにお名前とご住所をお書きになったメールをまた番組あてにお送りください。では、お聞きいただきましょう。久保田早紀さんの『異邦人』――」

やがて、シンガーソングライターの久保田早紀が作詞作曲した『異邦人』のイントロが流れ、歌声が響いてきた。そのとたん、俺は歯医者で麻酔を打たれたときのように、顔がしびれていく感覚に襲われた。

『子供たちが空に向い両手をひろげ　鳥や雲や夢までもつかもうとしている
その姿はきのうまでの何も知らない私　あなたにこの指が届くと信じていた
空と大地がふれあう彼方　過去からの旅人を呼んでる道
あなたにとって私　ただの通りすがり　ちょっとふり向いてみただけの異邦人
――』

俺は思わず立ち上がっていた。この歌だ。大井町駅で止まっていた京浜東北線の電車が爆破される少し前、ホームで耳にした口笛は、この『異邦人』という歌だ。あのときなんの曲なのか思い出せなかったのは、口笛が短かったうえに、この歌を口笛で吹くのはなかなか難しく、微妙にメロディーが違って聞こえたからだ。

二度目に同じ口笛を聞いたのは、電車爆破事件があった夜、行きつけの焼き鳥屋に行った帰り道だった。そして、俺だけではなく、麻里亜も同じ口笛を聞いている。初めて自宅に辻村駿を連れてきた一昨日の日曜日だ。辻村駿を見送りにマンションのロビーまで行ったときに、麻里亜は近くで誰かが口笛を吹いていたのを聞いたといい、俺が聞いたのと同じメロディーを鼻歌で歌ったのだ。

「立花さん、どうしたんですか？」

アシスタントの小林の隣に座っている、サブライターの松本が驚いた顔をして俺を見上げて言った。川島も小林も同じように驚いた顔で俺を見ている。

「松本、今のメール、おまえの〝ツクリ〟か？」

そんなはずはないと思いながらも訊いてみた。〝ツクリ〟というのは、聴取者からの面白いメールやハガキ、ファクスがこないときや常連のリスナーばかりのものだったときに、放送作家が聴取者からきたように装って書くフェイクのことだ。

「違いますよ」

松本は即座に否定した。

俺は軽いめまいを覚えながら、

「川島、さっきのメール、貸してくれ……」

と言った。声が少し震えているのが自分でもわかった。

「どうぞ——立花さん、大丈夫ですか？　顔色、すごく悪いですよ……」

川島が訝しい顔をしながら、印刷されたさきほどのメールを差し出した。

「元のメールあるよな？　これ、ちょっと預からせてくれ。俺、ちょっとトイレに行ってくる」

俺は呆気に取られた顔をしている松本や川島、アシスタントの小林がいるスタジオを出てトイレに行った。

そして、個室に入って便座に座り、さっきのメールをじっくり読み返した。

間違いない。このメールを送ってきたペンネーム、Y・Yは、おそらく山科善則本人だろうと俺は思った。

シンガーソングライターの久保田早紀が作詞作曲した『異邦人』は、一九七九年に発売され、翌年の一九八〇年にかけて大ヒットした歌だ。ちょうど、俺たちがイラクに行った頃だ。

その『異邦人』のメロディーを俺と麻里亜の近くで口笛で吹いていた人間は、いったい誰なのか？　今回の連続爆弾テロ事件と関係はあるのか？　あると考えたほうが自然だろう。

俺はこれまで、連続爆弾テロ事件の犯人は岸本だと考えていた。しかし、そうではない。『異邦人』という歌が好きだったのは岸本ではなく、山科だったのだ。

バンドのリーダーをしていた山科は、リードギターと作詞作曲もやっていた。その山科が俺に言ったことがある。一曲でいい、何年経っても色褪せない歌を作ることができたら、自分はもう他に何も望まない。例えば、久保田早紀が作詞作曲して歌っている『異邦人』のような曲だ——山科はそう言っていた。そして、その『異邦人』を山科は、ホテルの部屋や建設現場でもよく鼻歌で歌っていた。

このメールにも書いてあるように『異邦人』のサブタイトルは奇《く》しくも〝シルクロードのテーマ〟だ。シルクロードとは、東方と西方を結ぶ交易路のことだ。山科の鼻歌を聞きながら俺は、中東の国のイラクにいる自分たちは、まさしく〝異邦人〟だと思ったものだ。

そうなのだ。生きていたのは岸本ではなく、山科なのだ。山科が、俺や巽建設の池上所長に復讐するために日本に帰ってきて、今回の連続爆弾テロ事件を起こしたのだ。「俺は、おまえのそばにいるんだぞ」——そう伝えようとして、『異邦人』のメロディーを俺の近くで口笛で吹き、敢えてまたこうして自分だとわかるように俺が台本を書いている番組にリクエストしてきたに違いない。

しかし、山科が生きているなんてことが本当にあるだろうか？　戦争がはじまったイラクから脱出しようとして山科が乗ったバグダッドの空港からヨルダンに向かう赤十字国際委員会のバスは、イラン軍が発射したロケット弾が命中して原形を留めないほど破壊されたのだ。

だが、よく考えてみると、岸本もそうだが、山科の遺体を俺も勅使河原も見てはいない。ふたりがイラクで奇跡的に生き延びることができたという可能性を否定することはできないのだ。

岸本がどこにいるのか、柿沼はもう突き止めただろうか？　――柿沼に電話して確かめたい衝動にかられたが、ここで新たな憶測に過ぎない情報を与えてしまうようなことになれば、捜査を混乱させることになりかねない。俺は自分で山科が日本に帰国しているかどうか確かめてみることにした。

『昼どきラジオ』の生放送の立ち会いを終えると、関東放送近くにあるレンタカー店に直行した。行き先は、山科の実家がある静岡県下田《しもだ》市だ。山科の実家は、国道一三五号線沿いの白浜《しらはま》海岸近くで、『山科』という土産物屋を営んでいると言っていた。

時刻は午後二時半になろうとしている。平日のこの時間なら、下田までは急げば三時間ほどで着く。この季節の日の入りは午後七時ごろだから、下田に到着してもまだ外は明るいはずだ。

車を飛ばして東名高速に乗って厚木《あつぎ》に行き、小田原厚木《おだわら》道路で小田原に出ると、真《ま》鶴《な》道路を通って国道一三五号線に沿って南下した。

　銀色に輝く太平洋の穏やかな海を横目にしばらく行くと、白浜海岸の手前に土産物『山科』と書かれた看板が見えてきた。

　その店の前で車を止めた。最近改装をしたのか、外観は新しい。

　店内に入ると客はおらず、アジや金目鯛《きんめだい》などの干物が並んでいるそばで四十代半ばの男女が暇そうにしていた。

　山科は長男で下に弟がいたのだが、弟は高校二年のときに急性白血病で死んだと言っていた。ということは、この中年の男女は親族か従業員ということなのだろうか。

「すみません。つかぬことをお訊きしますが、こちらは山科善則君のご実家が経営しているお店ですよね？」

　そう言うと、そのふたりは一瞬互いに顔を見合せて、

「どちらさまですか？」

　と、男性のほうが不審そうな目を向けて訊いてきた。

「失礼しました。私は、山科善則君の高校の同級生で、立花遼一といいます」

もちろん嘘だが、ふたりはほっとした顔になった。

「ああ、そうでしたか。確かにこの店は、よっちゃん、あ、いや善則の両親がやっていた店なんですが、実は十年前に両方とも亡くなりまして、それで善則の従弟《いとこ》の俺と女房が引き継いでやっているんです。二階が住まいになっていたんですが、そこも改装して俺たちが住んでいます」

山科のことを「よっちゃん」と呼ぶところをみると、子供のころから仲がよかったのだろう。

「善則君のご両親、亡くなったんですか？」

「ええ。伯父が運転していた車が交通事故を起こして、助手席に乗っていた伯母も一緒に……」

男は声を落として言った。

「そうでしたか。それは知らなかったこととはいえ、失礼しました。じゃあ、善則君は？」

軽く頭を下げながら言うと、

「善則は、二十歳のときにミュージシャンになるんだって言って東京に行ったきり、ずっと音信不通のまんまですよ。どこで何をしてんだか、まったく親不孝もいいところだ」

山科の従弟だという男は、憤りを隠さずに言った。俺もそうだったが、山科も岸本もイラクに行くことを親には内緒にして行ったのだ。三人とも親から縁を切られたようなものだったし、そのうえイラクに働きに行くなどと言ったら、何を言われるかわかったものじゃないというのが、三人の共通した思いだった。

そして、勅使河原と俺は、イラン・イラク戦争が勃発してヨルダンにバスで逃げ、なんとか日本に帰国できたのだが、勅使河原から岸本が行方不明になったこと、山科がイラクで死んだことは黙っていてくれないかと言われたのだった。

本当のことを言ったところで、誰も喜ばないし、第一それらを証明する手立てがないだろうとも言われた。確かにそのとおりだと思った俺は、勅使河原の申し入れを受け入れた。

いや、もっと正直に言えば、勅使河原も俺も、岸本と山科の死をなかったものにしたかったのだ。

勅使河原はいくらアクシデントだったとはいえ、事が公になれば、会社の重役として社会的・道義的責任を取らされる可能性はあると考えたろうし、俺は俺で、イラクに行こうと誘ったのは自分だという自責の念に押し潰されそうだった。そこでふたりは、互いに口をつぐむことで、岸本と山科の死を忘れようとしたのだ。

この従弟の話に嘘はないだろう。やはり山科が生きているということはないのかもしれない。

だが、せっかくここまで来たのだ。山科がもし生きていたとしたら、立ち寄る場所はどこかないだろうか？ ——そうだ。墓だ。なんらかの方法で、山科が両親がすでに亡くなっていることを知ったとしたら、墓参りをするに違いない。

「善則君のご両親が眠っているお墓があるお寺を教えていただけませんか。高校生だったとき、善則君のご両親には、とてもお世話になりましたから、せめてお墓に手を合わせていきたいんですが——」

「それはありがとうございます。善福寺《ぜんぷくじ》というお寺です。一三五号線、この前の道を熱海《あたみ》の方向に走ると、山側に案内板が見えてきますので、すぐにわかります」

「ありがとうございます。じゃ、失礼します」

俺は、店をあとにして善福寺に向かった。山科の従弟が言ったとおり、車を熱海方面に五分ほど走らせると、案内板が見えた。左折して、上り坂になっている道に入った。

善福寺の駐車場に車を置いて、山門に入っていった。善福寺は太平洋が一望できる、眺めのいい場所に建っている。

「すみません。私は、この先で土産物屋さんをやっている山科さんのところの善則君の同級生なんですが、善則君のご両親のお墓の場所を教えていただけませんか?」

庭を掃き掃除している住職らしい男性に訊いた。六十歳は過ぎているだろう、恰幅が良く、柔和な顔をしている。

「ああ、いいですよ。ご案内しましょう。どうぞ、こちらへ」

住職は、微笑みを浮かべて、快く案内してくれた。

「ご住職は、消息不明になっている山科善則君に会ったことはありますか?」

住職の後ろについて行きながら訊くと、

「ええ。歳が近いので、子供のころ一緒に遊びましたから、よく知っていますよ」

と、住職は答えた。

「そうですか。では、つかぬことをうかがいますが、最近、私と同じように善則君のご両親のお墓にお参りにきた人はいませんでしたか?」

前を行く住職の背中に訊くと、

「さあ——」

住職は束の間、足を止めて宙を見ていると、

「あ、そういえば一昨日のもう少し遅い時間でしたが、山科さんのお墓の近くに男の人が立っているのを見ましたねぇ」

と言った。

「その人は、山科善則君ではなかったですか?」

俺は胸の鼓動が速くなるのを感じながら訊いた。

住職は歩き出しながら、

「いや、彼じゃないでしょう。もし彼だったら、私に話しかけてくるでしょうからね。いや、でもあれか。東京に行ったまま消息不明になっていましたから、私に見られてはまずいと思うかもしれませんね。しかし、一昨日の人は、はっきりと顔を見たわけじゃありませんから、なんとも言えません」

そう言ってまた歩き出し、少しすると、また足を止めて、

「ここが、山科さんのお墓です」

と手で示した。

「ありがとうございます」

「じゃ、私はこれで」

住職は踵を返して去っていった。

俺は、山科家代々の墓と刻まれている墓石の前でしゃがんで、両手を合わせて目をつぶった。

山科さん、あなたは岸本さんと一緒に生きているんですか？　ふたりして日本に帰ってきているんですか？　もしそうなら、どうしてもっと早く帰ってこなかったんです。何故、今になって俺を憎むんです？　イラクを脱出するとき、空港のトイレからあなたが戻ってくるのを待たずにバスに乗ったことを恨んでいるんですか？　違いますよね？　連続爆弾テロ事件を起こしたのは、山科さん、あなたじゃないですよね？

——そう心の中で問いかけて、目を開けて立ち上がろうとしたときだった。山科家の墓の横にタバコの吸殻が一本落ちているのが目に入った。拾ってみると、フィルターのところにアラビア文字が印刷されていた。胸の鼓動が一気に激しくなった。

山科さんなのか？　住職が一昨日、この墓の近くで見たという人は、やはり山科さんだったのだろうか？　このタバコの吸殻は一昨日、ここにやってきた人が線香の代わりに山科さんの両親が眠る墓に手向け、風に吹かれて落ちたものかもしれない。いや、もしかすると岸本さんの可能性もある。死んでしまった山科さんに代わって墓参りにきたということだって考えられる。このタバコが山科さんのものか岸本さんのものなのか調べる方法はないものだろうか？　——ある。三十四年前に山科さんから預かったものがあるではないか。それからDNAを抽出し、このタバコのフィルターからもDNAを抽出して、ふたつのDNAが一致するかどうか鑑定すればいいのだ。不一致ならば、このタバコを吸った人間は岸本さんかもしれない。そうだ。そのDNA鑑定は、辻村駿に頼もう。彼が勤めているK大学病院なら、短時間で、しかも正確にDNA鑑定ができるはずだ——俺は、拾ったタバコの吸殻をハンカチに包んでレンタカーがある駐車場に向かった。

車のドアを開け、エンジンをかけようとしたときだった。ジーンズのポケットに入れてある携帯電話が振動した。麻里亜からのメールだった。すぐさま開いた。

そのとたん俺は、顔から一気に血の気が引いていくのが自分でもわかった。

『娘をあずかっている』——そう書かれていたのだ。それだけではない。メールには映像が添付されていた。恐る恐る添付されている映像を再生した。

すると、広くて薄暗い室内で、目隠しと猿轡《さるぐつわ》をされた上下黒のパンツスーツ姿の女性がイスに座らされている映像が映し出された。両手はイスの後ろに回されて縛られ、イスの背もたれと胴もロープで縛られている。携帯電話を持っている俺の右手は小刻みに震えていたが次第に制御できないほどに激しくなり、それに合わせるように心臓の鼓動も激しさを増していった。

俺は、激しく震えている右手に左手を添えてなんとか震えを抑えながら、携帯電話の画面を見つめた。

カメラが女性の顔にズームした。間違いなく麻里亜だ。何かを必死に訴えようとしてもがいているが、どうにもならないでいる。

映像は一分ほどで終わり、画面は真っ暗になって消えた。

怒りと恐怖で体中の血が逆流した。やはり、麻里亜は巻き添えになっていたのだ。

上下黒のパンツスーツ姿ということは、麻里亜は辻村と焼き鳥屋にきた日曜日の夜の帰り道で拉致《らち》されたということになる。

おそらく犯人は、俺のマンションの近くで待ち伏せし、麻里亜がひとりになったところを襲って車で連れ去ったのだろう。

携帯電話がまた振動した。またメールが届いた。

『このメールのことをもし警察に知らせたら、その時点で娘の命はないと思え。一日、時間を与える。おまえの娘がなぜこんな目に遭うのか考えろ』

メールを読み終えるとすぐに麻里亜の携帯電話にかけたが、繋がらなかった。メールを送ったあと、すぐに電源を切ったのだ。

『麻里亜を拉致したおまえは、いったい誰だ。もし、麻里亜に何かしてみろ。俺はおまえが誰であろうと、絶対に許さない。すぐに麻里亜を解放しろ』

俺は怒りと恐怖で震える指でメールを打ち、麻里亜の携帯電話に送った。

さっきのメールではっきりした。犯人は、山科か岸本のどちらかだ。いずれにしろ、山科もしくは岸本のどちらかが、京浜東北線の電車爆破事件で運良く被害に遭わなかった俺に再度復讐するために麻里亜を拉致したのだ。直接手を下すより、娘を巻き添えにすることのほうが苦しめることができると考えたのだろう。

それにしても卑怯だ。あまりにもやり方が汚すぎる。だが、彼らのどちらかが三十四年もの間、戦争続きのイラクで生き延び、イスラム過激派のテロ組織の一員になっているとしたら、日本人の常識や正義など、まるで通じない人間になってしまっているとしてもなんら不思議ではない。だが、俺はなんとしても麻里亜を助け出さなければならない。麻里亜が助かるなら、自分の命などどうなったって構わない。俺は、自分の命に換えても絶対に麻里亜を助け出してみせる――俺は、そう心の中で繰り返していた。

さっき送ったメールに対する返信はなかった。俺はふたりのどちらかが持っているだろう麻里亜の携帯電話に、またメールを送った。

『頼む。麻里亜にだけは手出ししないでくれ。麻里亜を帰してくれるのなら、俺はどんなことでもする。頼むから、麻里亜を返してくれ』

だが、いつになっても麻里亜を拉致した犯人は、まるで俺を嘲笑《あざわら》うかのように何の反応も返してこなかった。

俺はレンタカーを飛ばして、自分のマンションに向かった。

その日は、とうとう麻里亜を拉致した犯人から、なんの連絡もこなかった。むろん、俺は何度も麻里亜の携帯電話にかけてみたが、繋がらないままだった。

俺は何も食べず、一睡もしないまま朝を迎えた。

午後八時に、K大学病院からDNA鑑定の結果が出たという連絡を受けて出かけていった。それによって、山科家の墓の近くに落ちていたタバコは、山科が吸ったものだということがはっきりした。ということは、麻里亜を拉致したのは、山科である可能性が高くなったということだ。

マンションに戻り、信じられない思いで鑑定書を見つめていると、携帯電話にメールが届いた。

『おまえの娘が、なぜ俺に拉致されたかわかったか？　娘を帰して欲しければ、俺の言うとおりにすることだ。明日の夕方、宅配便でおまえにプレゼントを渡す。楽しみに待っていろ』

犯人は完全に俺を弄《もてあそ》んでいる。だが、麻里亜を人質に取られている以上、どうすることもできない。できることといえば、ひたすら麻里亜の無事を祈ることだけだった。

翌日の午後五時過ぎ、チャイムが鳴った。

俺はソファから立ち上がり、玄関に行ってドアスコープを覗いた。ドアの外には、宅配便の制服を着た若い男が立っていた。

「立花遼一さんのお宅ですか?」

腹立たしいほど爽やかな笑顔で、宅配便の若い男が訊いた。

「そうです」

「お届け物です。ご確認とサインをお願いします」

ドアを開けると、宅配便の若い男は小包みを差し出して、伝票にサインを求めた。

差出人の名前と住所を見た俺は、目を見張った。名前の欄に『山科善則』と書かれてあり、住所は、『品川区勝島《かつしま》一丁目二十六ノ三あけぼの荘二〇二号室』となっていたのだ。

その住所のアパートは、イラクに行く前、山科さんが住んでいたところだ。何度か遊びに行ったことがあるが、当時でもかなり古びた木造アパートだった。

あれから三十四年も経っている。もう、とっくに取り壊されているだろう。動悸が少しずつ速くなるのを感じながら、リビングに戻って小包を開けたとたん、思わず息を呑んだ。一辺が十センチほどの立方体のプラスチック容器とリード線が複雑に絡んで繋がった携帯電話が入っていたのだ。

C4爆弾——京浜東北線の電車爆破事件が起きた際に、インターネットで調べてみたC4爆弾の写真のうちのひとつとほぼ同じものだから間違いない。携帯電話に着信があれば、起爆装置が作動する仕掛けになっているのだろう。

爆弾と一緒に、ワープロで書かれた手紙が一枚入っていた。

『送った爆弾をカバンに入れて、今日の午後七時、品川駅から山手線《やまのてせん》外回りの先頭から五両目の車両に乗れ。その爆弾は起爆装置を解除しようとしたとたん、爆発する。爆弾が届けられたことを警察に知らせたことがわかれば、その時点で娘を殺す。娘を助けたければ、指示どおりにしろ。家を出るとき、おまえの携帯電話から娘の携帯電話に電話し、通話状態のままにしておけ。もしおまえがおかしな行動をとったら、即座に爆弾を爆発させ、娘も殺す。山科』

手紙を持つ手の震えが止まらない。

山科さんが自分を殺さなかったのは、これをさせるためだったのか――俺は慄然《りつぜん》となった。

午後七時の山手線は、帰宅ラッシュの真っただ中だ。そんな状態の山手線のほぼ真ん中の車両に、このＣ４爆弾を俺に持たせて乗り込ませて走行中に爆発させたら、威力によっては死傷者は優に千人を超えるだろう。

だが、麻里亜を人質に取られている以上、指示を拒否するという選択肢はない。柿沼に極秘に相談したところで、彼は警察官の幹部なのだ。麻里亜の命より大勢の国民の命を優先して、爆弾処理を命じるに決まっている。もちろん同時に麻里亜の救出に全力を尽くすと約束するだろうが、警察の動きが山科に気づかれれば、テロリストと化している山科は躊躇なく麻里亜を殺すだろう。それだけはなんとしても避けなければならない。

もう部屋を出なければならない時間だ。そう思って立ち上がったとき、携帯電話が鳴った。柿沼からだった。

『柿沼です』

「ああ、どうも。岸本さんの行方、わかりましたか？」

必死に平静を装って訊いた。

『いえ。まだ捜査中です』

「まだ捜査中？　柿沼さん、部下に岸本さんの実家に行かせたり、入国記録を調べたりしてないんですか！」

つい声を荒らげた。

『立花さん、何かあったんですか？』

柿沼はいつものように冷静な声で訊いてきた。

まずい――我に返った。

「いえ、すみません。あまりにも捜査が進んでいないようなので、つい当たってしまいました」

柿沼は少し間を置いてから、

『岸本孝明が入国した記録はなく、山梨の実家やその周辺を探ってみたのですが、岸本らしき男が現れたという情報を得ることはできませんでした』

「そうですか」

これで犯人が岸本ではないことが完全に明らかになった。

『岸本孝明の実家は、現在、兄夫婦が両親のあとを継いでいて、直接、お兄さんに会って確認したのですが、二十歳のときに東京に出て行ったきり、これまで一切連絡はないままだそうです。嘘を言っている様子はありませんでした』

「ちょっと待ってください。岸本さんにお兄さんがいたんですか？」

それはおかしい。岸本は、山科と同じひとりっ子で、家業のさくらんぼ農家を継ぐのが嫌で東京に出てきたはずなのだ。

『ええ。ふたり兄がいます。岸本孝明は、男三人兄弟の末っ子です。次男は町役場に勤めていました。それと、実家は、さくらんぼ農家ではなく、米作り農家です』

そういうことだったのか。俺は、柿沼の話を聞いて、岸本が精神を病んでいったときに、『俺は絶対に帰らない』と、どうして繰り返しつぶやいていたのか、ようやくわかった気がした。

山科は、イラクから帰国したら、ミュージシャンになる夢をあきらめて静岡県の下田市で土産物屋をやっている実家に戻り、バイト先の冷凍倉庫の女性社員、寺沢と結婚して家業を継ぐという道があった。

しかし、岸本には、イラクに帰国しても帰る場所はどこにもなかった。だから、岸本は帰らないとつぶやきつづけていたのだ。岸本が、自分は農家としては比較的恵まれているさくらんぼ農家のひとり息子だと山科に言ったのは、数少ない友達の山科と似た境遇でありたいという気持ちからついた嘘だったのだろう。

『それから、フジ商事の竹下という男のことも調べましたが、五年前に肺癌で亡くなっていました』

「そうですか……」

『ですので、今こうして立花さんに電話したのは、岸本孝明が他に立ち寄りそうな場所、あるいは会いに行きそうな人に心当たりはないかと思いまして。どうですか。心当たりはないですか？』

「いえ、ありません」

即答した。

『では、立花さん、あなたの周りはどうですか？　岸本孝明らしき男の影を感じるようなことは起きていませんか？』

俺はすぐに後悔した。一度自分は狙われ、運良く無事でいるのだ。

岸本孝明は、今度こそ俺の命を狙う——そう柿沼が考えるのは当然のことだ。いま即答したことによって、何かあったのではないかと逆に思わせてしまったかもしれない。

柿沼に自分が置かれている状況を絶対に知られてはならない——俺は気取られない

ように静かに深呼吸してから、

「いや、特に変わったことはありません」

と、しらを切った。

柿沼はまた少し間を置いて、

『――そうですか。わかりました。では、また何か思い出したり、あなたの周りで不審なことがあったら、すぐに連絡をください』

と言った。

「わかりました」

電話を切った。一昨日から丸二日、水以外のものは何も口にしていないが、まるで空腹を感じないでいる。夜も一睡もしていないが、頭は妙に冴えている。俺は、小包からC４爆弾とリード線で繋がれている携帯電話を取り出して、いつも関東放送に行くときに肩にかけるショルダーバッグの中に入れた。

ふと、リビングと繋がっている畳敷きの部屋の仏壇に飾られている遺影の美佐子と目が合った気がした。

美佐子、俺を恨んでいるか？　そうだよな。俺のせいで、麻里亜の命が危険にさらされているんだ。恨んでくれるなというほうが無理というものだな。だけど俺は麻里亜が助かるなら、自分の命なんかどうなってもいいと思っている。だから美佐子、頼む。おまえも麻里亜を天国から見守っていてくれ――俺は心の中で、美佐子にそう呼びかけてから、携帯電話を手にした。

『山科さん、どうしてもあなたに見てもらいたいものがある。それを見なければ、あなたは絶対に後悔する。今更、嘘をついたりはったりを言ってもはじまらない。だから、頼む。俺と会って、俺が持っているものを山科さん、自分の目で確かめてくれ。そのあとで、俺を殺すなりなんなり、あなたの好きにすればいい。とにかく、俺はあなたに会えることを信じている』

何度も文面を読み、送信した。俺は、自分はまだ運から見放されていないと思っている。というのも、もしDNA鑑定の結果が出ていなかったら、こんなメールは打てなかったからだ。

しかし、山科からの返信はこないまま、時計を見ると午後六時を少し過ぎていた。午後七時に品川駅から山手線外回りの電車に乗るには、ぎりぎりの時間だ。

俺は深呼吸してから、手紙にあったとおり麻里亜の携帯電話に電話をした。

これまで電源が切られていた麻里亜の携帯電話が繋がり、コール二回で山科は無言で電話に出た。周囲の音は何も聞こえない。外部からの音が遮断されている室内にいるのだろう。

「山科さん、俺だ。立花だ。さっき送ったメール、読んでくれたか？」

山科は、何も答えない。俺は、さっき送ったメールの内容と同じことを懇願するように言った。だが、山科はひと言も言葉を返してくれなかった。

「——じゃ、七時に品川駅から山手線外回りの電車に乗るには、そろそろ家を出なきゃならない。山科さん、とにかく俺は、あなたに会えると信じている」

そう言うと、指示通りに通話状態にしたまま、携帯電話をポロシャツの胸ポケットに入れ、C4爆弾が入っているショルダーバッグを肩に提げて玄関に向かった。

マンションから外に出ると、空は灰色の雲に覆われていた。俺は緊張しながら、いつものように川沿いを歩いて蒲田駅を目指した。気のせいだろうか、道を行き交う人みんなが、自分に視線を向けている気がして仕方がない。いや、行き交う人の中に山科の仲間が紛れて、行動を監視している可能性は高い。

蒲田駅の駅ビルに入ると、以前より警察官の数がかなり増えている気がした。マスコミは爆弾テロ事件が二回も起き、アルカイダ系組織の犯行の可能性が高まっていると報道しているのだ。いつこれまでより大がかりな爆弾テロ事件が起きてもおかしくない状況にあるとされているのだから、警戒態勢が強化されるのは当然だろう。

都内だけではない。全国の空港やアメリカ軍基地、原子力発電所施設などは警察官ばかりでなく、相当な数の自衛隊員たちを動員して厳重な警戒態勢を敷いているという。

その一方で、警視庁の記者クラブに詰めている関東放送の記者が極秘裡《り》に入手した情報によると、捜査本部はこのところ、亡くなった笠井澄子と池上昭次の共通の知り合いで、ふたりに個人的な恨みを持っており、尚且つ外国製のＣ４爆弾を手に入れることができる者がいないか、多くの捜査員を投入して、洗っていると辻村が教えてくれた。

つまり、捜査本部は、今回起きた二度の爆弾テロ事件がテロリストの犯行ではないのではないかと考えはじめているようなのだ。その理由は、ターゲットが個人に絞られ過ぎているという点。もうひとつは、犯行声明が一向に出てこない点にあるだろう。

捜査本部がそうした見方になってきているのは、柿沼から情報が伝わっていないからだろう。捜査本部を仕切っているのは警視庁捜査一課だが、柿沼は警察庁警備局外事情報部の国際テロリズム対策課なのだ。互いに情報を共有するはずがない。

帰宅ラッシュがすでにはじまっている駅構内は多くの人で溢れ、挙動不審と見なされた人が警察官に呼び止められて手荷物を調べられている光景があちこちで見られた。

そんな中を俺は必死に平静を装って歩いた。もし、警察官に不審人物と見なされて、ショルダーバッグの中を見せてくれと言われれば、ポロシャツの胸ポケットの通話状態になっている携帯電話から、山科に聞こえてしまう。そんなことになれば、その時点で山科は起爆装置を作動させるかもしれない。そうなったら、終わりだ。自分の周囲にいるたくさんの人たちの命が一瞬にして失われ、麻里亜も殺されてしまうのだ。

俺は冷や冷やしながらも警察官に呼び止められることなく中央改札口を通って、京浜東北線の電車に乗ることができた。

車内は、すし詰め状態の一歩手前の混み具合だ。そんな中にあっても、俺は常に誰かの視線を感じていた。

電車は大森、大井町を通り過ぎて品川駅に到着した。俺は到着した品川駅の三番線ホームから階段を上って、二番線の山手線外回りのホームに向かった。

ところが、階段を上り終えて二番線ホームへ降りる階段の手前で、

「そこのあなた――」

と、駅構内を巡回していた警察官に呼び止められ、俺は心臓が止まりそうになった。

どうする？　気づかぬふりをして進むか、引き返すか。それとも大声で、俺の周りから離れろと叫ぶべきか――体格のいい三十代後半と思われる警察官が近づいてくる。

心臓が激しく脈打ちはじめた。

「ちょっとこっちにきてください」

警察官はそう言いながら、大股で一歩一歩向かってくる。俺との距離は三メートルほどしかない。このままでは通話状態にある携帯電話を通じて山科に警察官の声が聞こえてしまう。俺は足を止め、あとずさった。そんな俺を見て、警察官が顔をしかめた。

「そこのあなた、止まりなさい」

警察官が命令口調で言いながら、足早に迫ってきた。

逃げろ！　俺のそばから離れるんだ！　——そう叫ぼうとしたときだった。

「ナンナンダヨ。マタカヨ」

すぐ後ろから片言の日本語が耳に響いた。

「いいから、こっちにきて」

警察官は俺の横を通り過ぎて、後ろにいた褐色の肌をした外国人の前で止まった。

警察官が呼び止めたのは、自分ではなかったのだ。俺の背中は、冷や汗が噴き出して濡れていた。

「ワタシ、インドジンダヨ。ホラ、パスポート、ミテヨ。イスラムキョートジャナイ。

ヒンズーキョートダヨ」

白い半袖シャツを着て、ジーンズを穿いた太鼓腹のインド人が、オーバーアクションで警察官に訴えている。

「サッキモ、ベツノケイサツノヒトニ、ヨビトメラレタヨ。ナンナンダヨ」

「すみませんね。しかし、わかってください。外国人によるものと思われる爆弾テロ事件が相次いでいるものですから――」

警察官は言葉は丁寧だが、威圧的に接している。テレビでも在日イスラム教徒の人たちが、今回の連続爆弾テロ事件が起きてからというもの、差別と偏見を受けて以前より暮らしにくくなったと嘆いていた。

また、これはあまり公にされていないが、辻村の話によると警察は連日、在日イスラム教徒を警察署に呼んで任意の事情聴取を行っているという。

俺は足早にその場から去り、階段を降りていって二番線の山手線外回りホームに向かった。

ホームは、蒲田駅とは比べものにならないほどの人で溢れ返っていた。

俺は、人混みの中を先頭から五両目の車両が止まる場所を目指して歩いた。

時折、視線を感じて振り返った。だが、誰が自分を監視しているのかはわからなかった。

山手線の車両がホームに入ってきた。俺は、人の波に流されるように車内に吸い込まれていった。

車内はすし詰め状態で、まったく身動きできない。冷房はついているのだろうが、人いきれでむせ返り、汗が噴き出てくる。

電車が動き出し、次第に加速していった。俺の心臓は再び激しく音を立てはじめ、息をすることさえ苦しくなってきた。もし今、持っているC４爆弾が爆発すれば、大勢の死傷者が出てしまうのだ。

しかし、俺はどこかで信じていた。山科は、絶対に自分のメッセージを聞き入れてくれるはずだと――。

乗車してから数分後、機械的な女性の声でアナウンスが流れた。

『この電車は山手線外回り、渋谷《しぶや》、新宿《しんじゅく》方面行きです。次は大崎《おおさき》、大崎です。お出口は左側です――』

電車はスピードを徐々に落としたあと大崎駅に止まった。そして、乗客たちが吐き出されるように降りて行き、新たに乗り込んできた乗客たちで、また車内はすし詰めになった。それでも、さっきまでよりはマシだった。俺は束の間、安堵した。

人間とは不思議なものだ。一度、極限状態の緊張を味わい、それが過ぎると妙に腹が据わる。

電車は五反田《ごたんだ》駅に着いた。車内から乗客が吐き出され、それと同じくらいの乗客がまた車内に吸い込まれて電車は発車した。腹が据わったとはいうものの、もちろん緊張が解けたわけではない。恐怖は常につきまとっている。

五反田を出た電車は、二分後には無事に目黒《めぐろ》駅に到着した。次の駅も乗降客数の多い恵比寿《えびす》駅だが、発車しても何事も起こらなかった。

山科さんは今、何を考えているのだろう。俺が恐怖に慄《おのの》いているのを楽しんでいるのだろうか？　いや、俺がメールで書いたことについてどうすべきか考えているのではないか。きっとそうだ。俺と会うべきかどうか迷っているに違いない——俺は頭の中で何度も同じ言葉を繰り返した。

恵比寿駅を発車した電車が渋谷駅に到着した。多くの乗客たちが降りた代わりに、その倍近い乗客たちが乗ってきて、車内はしばらくの間、押し合いへし合いが続いた。これまでで最高の乗車率になっているだろう。

渋谷駅を出た電車はその後も走り続けた。鶯谷《うぐいすだに》駅を出て上野《うえの》駅に向かう途中、京浜東北線が追いかけるように併走してきた。

『この電車は山手線外回り、上野、東京方面行きです。次は、上野、上野です。お出口は左側です――』

女性の機械的なアナウンスが流れてきて、電車のスピードが落ちていった。

そのとき、携帯電話の着信音が鳴った。俺は反射的に目をつぶり、ショルダーバッグを抱えて、しゃがみ込んだ。心臓が口から飛び出そうだった。一瞬、世界からすべての音が消え、頭の中が真っ白になった。

だが、音はすぐに戻り、何も起きなかった。

ゆっくり目を開けて、しゃがんだまま顔を上げて周囲を見回した。

俺を取り囲んで立っているサラリーマン風の男たちが、奇妙な動物を見るようなまなざしで見ている。

「――すみません。急に気分が悪くなって……」

俺は小声で言いながら、立ち上がった。

さっきの携帯電話の着信音は、他の乗客の携帯電話のものだろう。一瞬生きた心地がしなかったが、安堵したとたんに体中の毛穴という毛穴から冷や汗が噴き出てきた。

「誰か、この人に席を譲ってあげてくれませんか」

目の前に立っている、三十代後半と思われる真面目そうなサラリーマン風の男が座席に座っている人たちに向かって言った。

「ありがとうございます。でも、もう大丈夫ですから――」

俺が無理して笑顔を作って言うと、

「あの、ここ、どうぞ。あたし、次の駅で降りますから――」

近くの席に座っていた二十代半ばくらいのＯＬ風の女性が、俺を見ながら座席から立ち上がった。

躊躇していると、

「せっかく、ああ言ってくれているんですから、座らせてもらったほうがいいですよ」

と、さきほどのサラリーマン風の男が促した。

「そうですか。じゃ――ありがとう」

ふたりに礼を言って、空いた座席に座った。

相当、神経がすり減っているのだろう、座っても軽いめまいは続いた。

電車は、御徒町《おかちまち》、秋葉原《あきはばら》、神田《かんだ》と何事もなく過ぎていき、体調も少しずつ戻ってきた。

異変が起きたのは、東京駅に到着したときだった。ポロシャツの胸ポケットにしまっていた携帯電話が振動したのだ。恐る恐る取り出して見ると、通話状態のままだが、メールが届いていることを告げていた。

――突然、刺すような強い視線を感じて顔を上げた。だが、俺を見ている人間は見当たらなかった。

そばには、俺に座席を譲るように声をかけてくれたサラリーマン風の男の姿もなかった。三駅過ぎる間に乗降客たちの押し合いへし合いで移動せざるを得なかったのだろう、ずいぶん離れた場所にいた。

メールを開いた。麻里亜の携帯電話から、山科が送ってきたメールだった。

『おまえが見せたいというものを見てやろう。しかし、もしそれが見るに値しないものだったら、電車を爆破すると同時におまえの目の前で娘を殺し、最後におまえも殺す。これから品川区勝島一丁目にある丸金《まるがね》倉庫に来い。但し爆弾が入ったバッグは乗客たちに気づかれないように、今乗っている山手線の網棚に置いて品川駅で降りろ』

くそっ！　――俺は心の中で毒づき、失望と激しい怒りで体が震えた。

麻里亜を助けるためなら自分の命を投げ出す覚悟はできているが、山科は麻里亜を解放しようとしまいと山手線の爆破を実行するつもりなのだ。そんなことをされれば、車内にいる善良な人々の命が一瞬にして失われてしまう。

いや、爆薬の量によってはそれだけでは済まない。帰宅ラッシュ時で乗客がすし詰め状態の山手線は脱線事故を起こし、千人を超える死傷者を出す大惨事になるだろう。

山科の仲間に知られることなく、この爆弾を外に持ち出す方法はないものだろうか？　落ち着け。落ち着いて、よく考えるんだ。きっと何かあるはずだ――俺は頭をフル回転させて考えた。

山科は、少なくとも自分に会うまでは爆弾を爆発させることはない。やはり直接会ったときに説得するしかない。爆弾を爆発させないよう、命懸けで説得するのだ。それしか方法はない。

俺は山科に「わかった」という短い返信メールを打つと、携帯電話を胸ポケットの中に入れた。電車は浜松町を通り過ぎ、間もなく田町《たまち》駅に到着しようとしている。

『この電車は山手線外回り、品川、渋谷方面行きです。次は田町、田町です。お出口は左側です――』

電車が田町駅に止まると、立ち上がってドア付近に移動していった。次の品川駅で降りやすくするためだ。乗客が降りると、新しく乗客が乗り込んできて、ドア付近にいた俺は身動きが取れなくなった。その状態でも周囲に目を配り、山科の仲間がどいつなのか探ったが、これといって怪しい人間を見つけることはできなかった。

　しかし、さきほどの刺すような強い視線ではないものの、誰かに見られている気配は感じる。

『次は品川、品川です。お出口は右側です――』

　車内アナウンスが流れると、何食わぬ顔をして、ドア付近の網棚にショルダーバッグを置いた。

　一分ほどして、電車が品川駅に到着すると、降りる乗客の流れに身を任せて電車を降りた。ショルダーバッグを、忘れ物だなどと言って追いかけてくる人はいなかった。

　二番線ホームに止まった山手線外回りの電車を降りた俺は、時折さり気なく後ろを振り返りながら、階段を上って四番線ホームにやってきた京浜東北線に乗った。

　どこからも視線を感じない。山科の仲間は、監視をやめたのだろうか？

　品川駅から一駅先の大井町駅で降りた。気が急《せ》いていた俺は、駅前でタクシーを拾い、勝島一丁目に行って欲しいと運転手に告げた。

　勝島一丁目に着いたときは、八時半近くになっていた。タクシーから降りると、辺りはしんと静まり返っている。物流倉庫が立ち並ぶこの一帯は、俺が冷凍倉庫で冷凍品の仕分け作業のアルバイトをしていた三十数年前も、この時間はゴーストタウンのようになっていた。

指定された丸金倉庫はすぐに見つかった。コンクリート打ちっぱなしのこの倉庫の中に山科と拉致された麻里亜がいる——そう思うと、体じゅうが緊張と不安に包まれた。

くすんだ赤い色がところどころ剝げている出入り口の鉄扉の前で、大きく深呼吸してからドアノブに手をかけた。

中に入ると、真っ暗で何も見えなかった。

「山科さん、俺だ。立花だ。麻里亜はどこだ」

暗がりに目を凝らしながら言うと、離れた場所から呻き声のようなものが聞こえてきた。

「麻里亜？　麻里亜なのか？」

問いかけると、呻き声はさらに大きく、切羽詰まったものになってきた。

「麻里亜！」

呻き声を出しているのが麻里亜だと確信した。

と、次の瞬間、室内の蛍光灯がいっせいに点き、視界がハレーションを起こして真っ白になった。

数秒後、目の網膜が正常に戻り、倉庫の中がはっきりと見えた。

がらんとして何もない広い室内の真ん中で、イスに座らされた麻里亜がいた。

携帯電話に添付されてきた映像と同じく、目隠しと猿轡をされ、胴体はイスの背もたれにロープで固定されていて、揃えられた両足の足首もロープで縛られている。両手もイスの後ろに回されて縛られているようだ。

麻里亜のそばに背の高い、痩せた若い男が立っていた。肌が浅黒く、彫りの深い顔立ちをしたその男は、サバイバルナイフを麻里亜の喉元に当てている。赤い半袖のポロシャツにジーンズを穿き、髭は生やしていないが、アラブ人と言われればそうも見える。

「おまえは誰だ」

大井町駅で京浜東北線の電車が爆破されたあの日、俺の横に座っていた女性は、蒲田駅に着くまで俺の指定席に座っていたのは、キャップを目深に被った若い男だったと柿沼に言ったという。

京浜東北線の後ろから四両目の車両にC４爆弾をセットしたのは、目の前にいるこの男かもしれない。

麻里亜、怖かっただろ。だが、もう大丈夫だ。必ず助けてやる——。

「フー、アー、ユー？」

男は日本語がわからないかもしれない。英語で一言一言区切って訊いた。

麻里亜は、俺がきたのでほっとしたのか大人しくしている。

「うごくな」

麻里亜と男との距離を縮めようと足を動かしたとたん、男は日本人の発音とほとんど変わらない日本語で言った。男は山科の手下だろう。この男では話にならない。

「山科さん、どこにいるんだ」

俺は目の前の若い男を無視して、この倉庫のどこかにいるはずの山科に呼びかけた。

「彼はいない」

男が言った。

「いない？　じゃ、おまえが俺の娘を拉致したのか？」

「ああ、そうだ。日曜日の夜、俺はおまえのマンションの近くに車を止めて、おまえの娘が帰ってくるのを待ち伏せしていた。そして、おまえの娘がひとりで帰ってきたとき、スタンガンで気絶させてこの倉庫に運んできた」

なんてことをしやがったんだ！　――俺は男に飛びかかって殴りつけてやりたい衝動を必死に堪えて、

「おまえのような下っ端《したっぱ》に用は無い。俺は山科さんに見せたいものがあって、ここにきたんだ。山科さんはどこにいる」

と言った。

すると男は、

「もう死んだ」

と無表情のまま言った。

「死んだ？」

意表を突かれて、思わず訊き返した。

「そうだ。俺が七歳のとき、父さんは死んだ」

男は淡々とした口調で言った。

「父さん？――」

男の顔をじっと見つめた。言われてみれば、山科の面影があるような気がしないでもない。しかし、俄かには信じることができなかった。

「おまえは、山科さんの息子だというのか？」

半信半疑の俺は確認を求めた。

「そうだ。俺は、死んだ父さんに代わって、おまえたちに復讐するために日本にきたんだ」

いったいどういうことなんだ？——俺の頭は混乱しはじめた。

「ちょっと待ってくれ。おまえは、さっき、山科さんは、七歳のときに死んだと言ったな？　何年前のことだ？　山科さんは、何歳で死んだんだ？」

「二十五年前だ。父さんは三十五歳だった」

男はやけに落ち着いた口調だ。それだけに信憑性が高まってくる。

「どういうことなんだ？　山科さんは、まだ七歳の息子のおまえに、俺と池上所長を殺したいほど憎んでいると言ったのか？」

「父さんが、おまえと巽建設の池上所長を憎んでいたのは当然だろう。おまえたちは、父さんひとりを見殺しにしたんだからな」

男の口調はまったく変わらない淡々としたものだ。だが、逆に俺は激しく反応した。

「違う。それは違うぞ！　山科さんは運が悪かったんだ。戦争が起きて、バグダッドの空港からヨルダンに向かうバスに乗るとき、山科さんがトイレに行っていたために、俺たちとは別のバスに乗ったんだ。だけど山科さんが乗ったそのバスに運悪く飛んできたイラン軍のロケット弾が当たって……あれを見たとき、あのバスの乗客たちは全員死んだと思ったんだ——」

俺はまくしたてて、

「しかし、山科さんは奇跡的に生きていた。そうなんだな？」

と、もう一度、山科が生きていたということを確かめずにはいられなかった。

「ああ。父さんは気がついたときには、病院のベッドの上にいたそうだ。右足と左腕を半分失って――」

衝撃的なことを静かに告げる男の言葉には説得力があり、嘘は微塵も感じられなかった。俺は、しばし言葉を失った。

「――それから山科さんはどうしていたんだ？　日本に帰ろうとはしなかったのか？」

俺は胸に激しい痛みを覚えながら訊いた。

「父さんは、日本にずっと帰りたいと思っていた。しかし、イランとの戦争は八年間も続いた。父さんは生きることだけで精いっぱいだった。そして、病院で父さんの看護をしてくれていた母さんと結婚して俺が生まれた」

イラン・イラク戦争に巻き込まれた俺は、帰国してからも戦争の行方が気になってニュースが流れるたびに食い入るように見ていた。

八年間も続いたイラン・イラク戦争は、なかなか終わりそうもなかったことから〝イライラ戦争〟とも呼ばれるようになり、両国の戦死者は百万人にも上った。

そのうちイラクの戦死者は、およそ四十万人とされた。それほど大規模で長期にわたって続いた戦争中のイラクで山科が生き延びたというのは、まさに奇跡と言うより他にない。もうひとりイラクに残った岸本は、やはり砂漠で失踪してほどなくして死んでしまったのだろうか。

「おまえの名前はなんて言うんだ？」

俺は胸の内に熱いものが込み上げてくるのを抑えることができなかった。

「アフマド・ハサン」

男が言った名前を心の中で繰り返して言ってみた。

「さっき、山科さんは、おまえが七歳のときに死んだって言ったな。原因は何だ。病気か？　それとも事故か何かか？」

すると、ハサンは俺を暗い目でじっと見つめて、

「自殺だ。父さんは、ナイフで自分の喉を切り裂いて死んだ」

と言った。

再び絶句した。右足と左腕を半分失くしたうえに、最後はナイフで自分の喉を切り裂いて死ぬだなんて……。山科に、いったい何があったというのだ。

「――何故だ。だって、右足と左腕半分を失ってもがんばって生きてきたんだろ？

それなのにどうして……」

日本とは何もかもが違う灼熱の国のイラクで右足と左腕を半分失った山科のその後の人生は、想像を絶する過酷なものだっただろう。

だが、そんな中でも山科はイラクの女性と結婚し、息子までもうけて必死に生きていたのだ。それなのにどうして自ら命を絶つようなことになったというのか。

「働けない体になった父さんは赤ん坊の俺の面倒を見てくれて、ナースの母さんが病院で働いて生活を支えていた。しかし、母さんが働いていた病院もイラン軍の攻撃に遭って潰れてしまった。それでも母さんは物売りをして、なんとか俺と父さんを養ってくれていた。体が不自由な父さんは母さんに代わって、俺に片言のアラビア語と日本語で話しかけながら一所懸命育ててくれた。俺はそんな優しい父さんが大好きだった」

山科はバンドのリーダーで、担当はリードギターだった。左腕を半分失ったということは、もう二度と好きなギターを弾くことはできなくなったということだ。

そのうえに右足まで失ったという。俺ならその時点でとうに頭がおかしくなっていただろう。

「父さんは、いつもノートに何かを書いていた。そして、毎日夕方になると、家から少し離れたところに俺を連れていって、砂漠に沈む夕日を見ながら不思議なメロディーの口笛を吹いていた。俺があるとき、それは何の曲って訊くと、父さんが日本にいたときに、とても流行っていた歌だと教えてくれた。俺はその口笛を真似して吹きながら、父さんはとても日本に帰りたがっていると思った」

山科が望郷の念を強く抱きながら吹いていたその口笛は、日本を発ったころに大ヒットした久保田早紀の『異邦人』という曲だった。

息子のハサンは、毎日、砂漠に沈む夕日を見ながら山科が吹いていた、その『異邦人』の口笛を真似て覚えた。

だが、まだ幼いハサンは、山科の吹く口笛をそっくり覚えることはできなかったのだろう。だから、俺は自分や麻里亜の近くでハサンが吹いていた口笛を耳にしても、すぐに『異邦人』だとわからなかったのだ。

「ところが、俺が七歳になった年のある日、友達と遊んでいつもより少し遅く家に帰ると、父さんの姿がなかった。きっとひとりで夕日を見に行ったんだろうと思って、いつもの場所に行ってみると、父さんはナイフで自分の喉を切り裂いて死んでいた」

「だから、どうして山科さんは、そんなことを……」

やり切れない思いで訊くと、

「父さんのノートに書かれていた。あの頃、母さんは物売りをしていたが、イラクはもう売る物も手に入らないほど国じゅうがどうしようもないほど貧しくなっていた。そこで母さんは、俺と父さんを養うために、自分の体を売っていたんだ。だが、イスラムの戒律《かいりつ》では、夫以外の人間と関係を持ったことを知られた女は死刑になる。だから、父さんは、母さんと俺を助けるために自殺したんだ」

と、ハサンは言った。

「奥さんとおまえを助けるために?」

いまひとつ理解できなかった。

「そうだ。優しい父さんのことだ。自分が働ける体だったら母さんが売春などすることはなかったと、自分を責めて絶望的な気分にもなっただろう。しかし、それよりも父さんは、自分が死ねば食い扶持《ぶち》は減り、母さんは独身ということになって死刑を免れることができる。母さんさえ生きていれば、幼い俺のひとりくらいなら育てることはできるだろうと考えて、命を絶ったんだ」

計りしれない絶望と恐怖を抱えながら、妻と息子を助けるために、ナイフで喉を切った山科の気持ちを思うと、俺は胸が張り裂けるようだった。

俺が悪いのだ。俺が山科をイラクへ誘わなければ、山科はそんな地獄のような目に遭わなくて済んだのだ。

「しかし、父さんが死んでから一年ほどすると湾岸戦争がはじまり、今度は母さんがアメリカ軍の爆撃の巻き添えになって死んでしまって、俺はひとりで生きていかなければならなくなった」

ハサンには、感情というものがないのだろうか。胸が締め付けられるほど辛い話をしているというのに、無表情のまま、まるで他人事《ひとごと》のように淡々と話している。

「俺はまだ子供だったが、生きるためになんでもやった。盗みはもちろん、ときには人を襲って、金や食べ物を手に入れた。そして十歳になるかならないかのときに、今いる組織のボスに出会った。俺はテロリストになるために、いろんな苦しい訓練を受けた。組織には俺と同い年くらいのやつがたくさんいたが、一人前の大人になるとみんな自爆テロを命じられて死んでいった。なのに俺だけ今まで生きてこられたのは、俺がアラブ人と日本人のハーフだったからだ。ボスは、俺に日本語を完全にマスターさせて、日本に俺を送り込んで組織の拠点を作らせようという計画を立てていたんだ。俺は必死になって日本語を勉強した。だが、俺が日本語を勉強したのは、単にボスの命令だったからじゃない。父さんがいつも書いていたノートに何が書かれているのかを知りたかったからだ。父さんが、どうしてイラクに来ることになり、どうして日本に帰ることができなくなってしまったのか。どんな気持ちで母さんや俺と暮らしていたのか。俺は大好きだった父さんの本当の気持ちが知りたかったんだ」

「そのノートに、俺や勅使河原さん、巽建設の池上所長のことを殺したいほど憎んでいると書かれていたのか？」

俺は、ハサンのこれまで生きてきた境遇の凄まじさと父親である山科に対する愛情の深さに圧倒されていた。

「父さんのノートには、自分がイラクに置き去りになったのは、巽建設の池上所長のせいだと書かれていた。あの池上さえ、戦争がはじまることを事前に自分たちに教えてくれていれば、自分はこんな目に遭うことはなかった。あの男だけは、絶対に許せないと書かれていた。おまえや勅使河原のことを憎んでいるとは書かれていなかった」

「じゃ、どうしておまえは、俺をターゲットにして電車に爆弾を仕掛けたりしたんだ？」

俺は語気を強めてハサンを責めた。

すると、ハサンは、

「おまえを父さんと同じ体にしてやって、父さんと同じ苦しみを味わわせてやるためだ。しかし、悪運が強いおまえは助かった。まあ、おまえを苦しめ抜いて殺す方法はいくらでもあるから、あの失敗はどうとも思っていない」

と、まるで何かの実験結果の報告をしているかのように抑揚のない口調で言った。

「どうとも思っていないだと⁉　いいか。おまえが仕掛けた爆弾のせいで、なんの関係もない女性が死んでいるんだぞ！　いいか。おまえが巽建設の所長だった池上や山科さんをイラクに行こうと誘った俺を殺そうとする気持ちはわからなくはない。しかし、なんの罪もない無関係な人たちを巻き添えにして殺すことだけは、絶対に許されないぞ！」

俺は憤りを露わにしてハサンを睨みつけた。

しかし、ハサンは冷酷な笑みを浮かべると、

「なんの罪もない無関係な人たちだって？　俺たちの最大の敵であるアメリカと同盟を結び、俺たちイスラムの同胞が住む国々の天然資源を貪《むさぼ》って、のうのうと平和に暮らしている日本人は全員、死に値する罪があるんだ」

と、はじめて感情を露わにして言った。

ハサンには俺たちの常識がまったく通じない。目の前にいるハサンと名乗る男は、イスラム過激派のテロリストなのだということを改めて認識させられた。

「いいか。よく聞け、もう一度言う。ボスは、アメリカの手先の日本に鉄槌を下すっ

もりで、俺を育てたんだ。しかし、イラクをはじめとした中東や北アフリカ一帯で紛争が激しくなるにつれ、日本どころではなくなった。そして、ボスはとうとう俺に、ある国の大使館に車ごと突っ込む自爆テロをするように命じた。命令に従うつもりだったが、俺はボスに自爆テロの前に日本に行かせてくれと頼んだんだ。俺には父さんに代わって、どうしても復讐したい日本人がいるのだと言ってな。ボスの許可を得た俺は、一ヵ月前にインドネシア船籍の船で日本に密入国して、池上昭次の居場所を探し出した。俺は池上をどうやって殺すかを慎重に考える一方で、父さんが自殺する間際までノートに会いたいと書いていた寺沢という女がどうしているのか調べてみようと思ったんだ。そして、その寺沢という女のことを知ったとき、俺は父さんに代わって、おまえにも復讐する決意をしたんだ。立花、どうしてだかわかるだろ？」

俺は返す言葉を見つけられずにいた。

「立花、どうした？　どうして何も答えない？」

ハサンは俺を追い詰めることができたと思っているのだろう、勝ち誇った顔をしている。

「じゃあ、俺が答えてやろう。俺の父さんが結婚の約束をしていた寺沢美佐子は、おまえの妻であり、この麻里亜という娘の母親だからだ！」

ハサンは、それまでの淡々としていた口調から一変して、怒りを激しくぶつけるように声を荒らげて言った。

ハサンのそばで、目隠しと猿轡をされている麻里亜の表情ははっきりと読みとれないが、動揺しているようには見えなかった。拉致されてからすでにハサンから同じことを聞かされているからだろうか……。

「なあ、立花、どうして父さんの婚約者だった女が、おまえの妻になったんだ？」

ハサンは、弄ぶような口調で訊いた。

「それは……」

「それは、なんだ？」

俺が答えに困っていると、

「おまえは、父さんがイラクから日本に帰ってこられなくなったのをいいことに、前から好意を寄せていた寺沢美佐子に言い寄って自分の妻にし、娘を産ませた。そして、父さんが右足と左腕半分を失い、赤ん坊の俺を抱えてどん底の貧しさの中でもがき苦しんでいるとき、おまえは父さんの婚約者だった女と、その間にもうけた娘と平和ボケしているこの日本で、のうのうと幸せに暮らしていたんだ！　父さんのノートには、おまえのことを弟のように思っていると書いてあったよ。しかし、弟のように思っていた男が、とんでもない裏切り行為をしていたと、もし父さんが知ったらどう思っただろう。きっと、父さんは、おまえを殺したいほど憎んだに違いない。だってそうだろ。そもそもおまえが、父さんをイラクに誘わなければ、父さんは右足と左腕半分を失うことはなかったし、自殺することもなかったんだからな！」

ハサンは、激しい怒りと悔しさが入り混じった表情を見せながら、一気にまくしたてた。

確かにハサンの言うとおりだ。俺が山科さんを一緒にイラクに行こうなどと誘わなければ、山科さんは静岡の下田の実家に帰って美佐子と結婚し、家業を継いで穏やかで幸せな人生を送ることができたはずなのだ。そんな山科さんの人生を大きく狂わせてしまったのは、間違いなくこの俺だ——俺はハサンの言葉に胸が抉《えぐ》られる思いだった。

打ちのめされている俺にハサンはなおも続けて言った。

「だから、俺は、おまえをまず父さんと同じ体にしてやってから池上を殺すことにしたんだ」

「おまえの気持ちはわかった。しかし何故、娘を拉致した？　どうしてこんな卑怯なことをするんだ……」

「おまえの体を不自由にしてやり、その次に池上を殺して、犯人が誰なのか、おまえが気づいたときのためさ。警察に知られたら、次の計画をやることが難しくなるからな」

「俺がおまえを探しはじめても、娘を人質にしておけば俺を操れるというわけか……」

「そんなところだ。それにしても、この娘におまえがどんなひどいことをした男か、いくら教えても信じてもらえなくてなあ。おまけにおまえは誰が、なんの目的でおまえたちの周辺で口笛を吹いているのかもわかっていないようだと知ってがっかりしたよ。だから、わざわざおまえが受け持つ曜日のラジオ番組に『異邦人』をかけてくれとリクエストしてやったのさ」

番組に『異邦人』をメールでリクエストしてきたY・Yというのは、ハサンだったのだ。ハサンは、俺自身が命を狙われていることに気づくまで、麻里亜を拉致したことを知らせないつもりでいたのだ。得体の知れない不安と恐怖を味わわせるために――。

「さ、そろそろ、おまえが俺に見せたいと言っていたものを見せてもらおうじゃないか」

ハサンは余裕に溢れている。おまえが泣こうが叫ぼうが、俺の言うとおりにしなければならないのだ――ハサンの顔にはそう書いてある。

復讐の鬼となっているハサンは俺を殺し、麻里亜をも手にかけるつもりだ。だが、なんとしても麻里亜だけは助けなければならない。

美佐子、許してくれ――俺は心の中でそう言ってから意を決して、

「ハサン。頼む。麻里亜を――娘にだけは手を出さないでくれ。おまえの横にいるその子は……麻里亜は、おまえの姉さんなんだ。おまえと麻里亜は姉弟なんだ！」

と言った。

ハサンは虚を衝かれたのだろう、一瞬、目をしばたたかせ、そばにいる麻里亜は息を呑んで、ぴくりとも動かずにいる――その状態がどれくらい続いただろう。

「何を言い出すかと思ったら――おい、もっとうまい嘘をついたらどうなんだ。まったく呆れて話にならない」

沈黙を破ったハサンは、うんざりした顔で言った。

「嘘なんかじゃない。これを見ろ。これが何よりの証拠だ」

俺は、ジーンズの後ろのポケットに忍ばせていた紙と、タバコの吸殻が入ったポリ袋、そして麻里亜の臍《へそ》の緒が入ったポリ袋をそれぞれ差し出して続けた。

「これはDNA鑑定書だ。ハサン、このタバコは、おまえが山科家の墓に手向けるために吸ったものだろう？　俺は、このタバコと麻里亜の臍の緒をDNA鑑定の専門機関に持ち込んだ。その結果、おまえたちふたりは、ほぼ百パーセントの確率で血縁関係にあるということが証明されたんだ。つまり、おまえたちは姉弟だということだ」

二日前、静岡県の下田から東京に戻った俺は、美佐子の遺品と一緒に納めてある箱の中から麻里亜の臍の緒を持ち出して、辻村駿が勤めている信濃町《しなのまち》のK大学病院に行き、山科家の墓の横に落ちていたタバコのフィルターと麻里亜の臍の緒からそれぞれDNAを抽出して、ふたりが血縁関係にあるかどうか鑑定してくれと依頼した。

辻村駿は、このDNA鑑定が麻里亜が行方不明になっていることと何か関係があるのかと訊いたが、それには何も答えず、とにかく一刻も早く鑑定結果を出して欲しいと頼んだ。DNA鑑定は少し前までは一週間以上かかったらしいが、現在は最短で二十時間でできる。そして昨日出た鑑定の結果で、ふたりは血縁関係にあるということがわかったのだ。

麻里亜が山科の娘だということは、俺と美佐子のふたりだけの秘密で、互いに墓場まで持っていこうと約束したことだった。

しかし、テロリストと化した山科のもとから麻里亜を助け出すためには美佐子との約束を破り、麻里亜の出生の秘密を山科に打ち明けるより他に方法はないと俺は覚悟を決めたのだった。

俺から奪い取るようにして手にしたDNA鑑定書を見つめながらハサンは、

「嘘だ。こんな馬鹿なことがあってたまるか……」

と、つぶやくように言った。

「嘘じゃない。麻里亜は本当におまえの父親である山科さんの娘なんだ」

俺が叫ぶようにそう言うと、ハサンは手にしていたDNA鑑定書を投げ捨てて、

「こんな紙、いくらでも捏造《ねつぞう》できる。こんなもので俺を騙すことができるとでも思っているのか？　いいか、俺は、おまえに言ったはずだ。おまえが見せたいと言っているものが、見るに値しないものだったら、山手線を爆破すると同時におまえの目の前で娘を殺し、最後におまえを殺すと――」

と言って、ジーンズのポケットから携帯電話を取り出した。俺に送ってきたC４爆弾とリード線で結ばれている携帯電話にかけ、起爆装置を作動させて爆発させるつもりだ。

ハサンは狂気に満ちた残忍な笑みを浮かべると、

「山手線が爆破されて、大勢の日本人が死ぬのは、おまえのせいだ。おまえが、こん

なくだらないものを俺に見せたせいだ！」

と言って、携帯電話の発信ボタンを押そうとした。

「待て！」

俺は叫び、

「そんなことはさせない。爆弾で死ぬのは、俺たち三人だけだ！」

と言って、ジーンズの前ポケットの左右それぞれに隠し持っていたC４爆弾とリード線が繋がっている携帯電話を取り出して見せた。

ハサンは目を剥いて、俺を睨みつけた。

俺は、山手線の電車が品川駅に到着する寸前、敢えてドア付近のすし詰め状態の乗客の中に割り込み、ショルダーバッグの中からC４爆弾と携帯電話を抜き取り、それをポロシャツの裾で隠れているジーンズの左右の前ポケットに仕舞い込んだ。

そして、空になったショルダーバッグを網棚に置き、品川駅で電車から降りたのだ。

「おまえ、そんなことをして、俺に勝ったつもりでいるのか？」

ハサンはまた無表情になると、俺を見つめたまま、躊躇することなく手に持っている携帯電話の発信ボタンを押した。

と、俺が持っているC４爆弾とリード線で結ばれている携帯電話の着信音が鳴った。

俺は思わず目を強くつぶった。体中の毛穴から冷や汗が一瞬のうちに噴き出るのがわかった。

が、倉庫内は静まり返ったままだった。

俺は、ゆっくりと目を開けた。Ｃ４爆弾になんの変化も起きていない。

どういうことだ？　そう思っていると、

「おまえは本当にバカなやつだ。俺はハナから山手線を爆破する気などなかったんだよ。そこに入っているのは、Ｃ４爆弾に似せたただの粘土だ」

と、ハサンが言った。

「どういうことなんだ？」

キツネにつままれたような思いで訊くと、

「どういうことだだと？　いいか。俺はボスに父親の復讐をするために日本に行かせてくれと頼んだと言ったろ。ボスは、俺が日本に行くことは許してくれたが、日本で勝手にテロをやってはならないと言ったんだ。そんなことをすれば、日本に住んでいるムスリムの同胞に疑いがかかり、迷惑をかけることになるからな。それに犯行声明を出せない無差別テロなど、なんの意味もない行為だ。俺は、おまえに生きた心地がしない恐怖を味わわせたかっただけで、本当の復讐をはじめる前の余興みたいなものだったのさ」

ハサンは乾いた口調で言った。この男にとってはすべて織り込み済みなのだ。想像を絶する厳しい訓練を受けてテロリストになったこの男に闘いを挑んだところで所詮、平和な日本で平々凡々と流されるままに過ごしてきた俺が敵うわけなどないということか――俺は今更ながら、自分の非力さを思い知らされた。

「おまえの言う、本当の復讐とは何だ……」

この目の前にいるハサンという若者が、いよいよ不気味で恐ろしい怪物に思えてきた俺は、これまで味わったことのない感覚の恐怖に包まれた。

「おまえには、父さんが味わった以上の苦しみを感じて死んでもらわなきゃならない。じゃあ、おまえが、どうやったら最も苦しみを味わうことになるのか？　――俺は必死に考えた。そうして、やっと思いついたんだよ。おまえが最も嘆き苦しむこと。それはおまえの娘を、おまえの目の前で散々いたぶり、息の根を止めてやることだとな」

ハサンは常軌を逸した残忍な笑みを浮かべながら、麻里亜の喉元に当てていたサバイバルナイフを麻里亜が上着の下に着ているシャツのボタンに移し、プツン、プツンとひとつずつ切り落としていった。

「何をする気だ……」

なすすべもなく、茫然として言うと、

「よく見るんだ。これから、おまえの娘の乳首をこのナイフでそぎ落としてやる」

麻里亜は必死にもがいて呻いているが、どうにもできないでいる。

「やめろ。やめてくれ……」

何を言ったところで、この男を止めることはできない——俺は、情けない掠れた声を出すことしかできなかった。

「ふふ。そう心配するな。あまりの痛さに泣き狂うおまえの娘は、やがて気絶する。そのとたん、おまえの娘の腹に巻いてあるこの爆弾を爆発させて体をバラバラに吹っ飛ばしてやる」

ハサンはシャツからはみ出した麻里亜のブラジャーの真ん中に、サバイバルナイフの刃を当てて切った。

麻里亜の真っ白な乳房が露わになり、下腹部に爆弾が巻きつけられているのが見え、俺は思わず顔を背けた。

「ああ、そうだった。俺はおまえにひとつだけ感謝していることがある」

と冷酷な口調で言った。

俺は意味が分からず、ハサンの顔を見た。

「おまえは、娘にとてもいい名前をつけてくれたよ。マリア——俺たちイスラム教徒にとっては、これ以上殺し甲斐のある女の名前はない。さあ、よく見るんだ。自分の娘が乳首を切り落とされ激痛に苦しんで泣き狂う姿を——」

ハサンはそう言うと、手にしているサバイバルナイフの刃を麻里亜の左胸の乳首に押し付けた。

「ハサン、おまえたちが信じているイスラムの教えには天国があるんだろ？　おまえたちは、その天国に行くためにたくさんの厳しい戒律を守り抜いているんじゃないのか？」

俺は、自分でも驚くほど冷静で穏やかな口調で言った。諦念《ていねん》がそうさせたのかもしれない。

ハサンは手を止め、俺を見つめた。

「おまえがあると信じている天国には、山科さんもいるんだろ？」

俺が訊くと、

「ああ。父さんは、母さんを守るために立派に死んでいったんだ。天国にいるに決まっているだろう」

ハサンは、はじめて戸惑った顔を見せた。俺が何を言おうとしているのか、不気味に思っているようだ。

俺は言葉を続けた。

「山科さんの娘であり、おまえの姉さんでもある人をいたぶって殺したおまえを、天国にいる山科さんは許してくれるのか？」

「まだそんなことを言うつもりか」

ハサンは明らかに苛立ちはじめていた。

俺はなおも続けて言った。

「どうなんだ？　アッラーは、自分の姉さんを殺した弟を天国に行かせてくれるのか？」

「俺は、こんな紙など信じないと言っているだろ」

ハサンは声を荒らげて言った。表情からも、かなり動揺しているのが見て取れる。

「だったら、自分で確かめたらどうだ。麻里亜の体に仕掛けている爆弾を俺につけて、おまえと麻里亜のふたりで病院に行ってＤＮＡ鑑定をしてくればいい。その結果を確認してから、麻里亜と俺を殺すなり、おまえがボスのところに戻って自爆テロをするなりすればいいだろ。そうしたほうが、すっきりした気持ちで天国に行けるんじゃないか？」

「何を考えてる？」

ハサンは、俺をじっと見つめている。まるで俺の頭の中を見ようとしているかのようだ。

「おまえが勘繰りたくなるようなことなど何も考えちゃいない。俺はただおまえに、麻里亜と自分が本当に姉弟かどうか調べるくらいの時間はあるんじゃないのかと言いたいだけだ」

本当に何かを企んでいるわけではない。今の俺は、不思議なことにハサンに対する怒りも恐怖さえも消えていた。それどころか、テロリストになることでしか生きてこられなかったハサンを哀れだと思うようになっていた。

そして、この哀れな若者を救ってやりたい。これ以上、罪を犯させたくない——そんな感情に包まれていた。

ハサンは無言になり、俺の顔のどんな変化も見逃すまいとするかのように視線を集中させはじめた。

そんな張り詰めた沈黙が、どれくらい続いただろうか。

「——おまえの娘が、父さんの娘だというのは、いったいどういうことなのか、詳しく聞かせてみろ……」

俺を凝視しながら、ハサンが静かに言った。

俺は、大きく深呼吸して話しはじめた。

「三十四年前、イラクから命からがら日本に帰ってきた俺は、悩んだ末に寺沢美佐子のアパートを訪ねて、山科さんの身に起きたことを伝えた。しかし、そのとき、もう美佐子のお腹の中には小さな命が宿っていたんだ。美佐子は、山科さんがイラクで死んだという俺の話を信じなかった。山科さんは、絶対に生きて自分のところに帰ってくる。だから、お腹にいる子供を産んで、自分は山科さんが帰ってくるのを待つんだと言った。それほど、美佐子は山科さんを強く愛していたんだ。

だから、俺は言った。山科さんが帰ってくるまで、俺に山科さんの代わりをさせてくれと——三十四年も前のことだ。今ほどシングルマザーは、世間に受け入れられていなかった。美佐子の実家の両親は秋田県の小さな町で理容院をやっていたが、周囲の目が厳しい田舎に帰って、父親のいない子供を産むわけにはいかなかった。かといって、東京で働きながら美佐子ひとりで子供を育てることも容易なことじゃない。仮に育てることができたとしても、父親のいない子を白い目で見る人も少なからずいるから、小学校に行くようになったら、いじめの対象になってしまうかもしれない。だから、俺は美佐子に、形だけでいいから夫婦になって、お腹の山科さんの子供を産んで、一緒に育てさせてくれと頼んだんだ。

山科さんを兄のように慕っていた俺にはそうしなきゃいけないだけの義務と責任がある。何故なら、俺が山科さんをイラクに一緒に行こうと誘わなければ、山科さんと美佐子は結婚して幸せに暮らすことになっていたんだからな。しかし、美佐子は俺の申し出に首を縦に振ってはくれなかった……」

俺は何度も美佐子のアパートを訪ねて頭を下げて頼んだ。それでも美佐子は、頑として俺の申し出を拒み続けた。

しかし、お腹が大きくなるにつれて現実を見つめるようになったのだろう。最後には不承不承、形だけの夫婦になるという俺の提案を受け入れてくれた。

形だけとはいえ、美佐子の夫となり、生まれてくる子供の父親になる覚悟をした俺は、あるとき結婚したことを勅使河原に報告しに行った。勅使河原の三光商会は、順調に業績を伸ばして事務所があった荻窪から杉並《すぎなみ》の一等地にあるビルの中に会社を移し、三人だった社員も十数人に増えていた。

その頃すでに夜警のアルバイトをしながら放送作家になることを目指していた俺に、勅使河原は三光商会の社員にならないかと言ってくれたが、俺はやんわりと断った。

もうすぐ父親になるというのに、また外国に出ていって働く気にはなれなかったからだ。

それに、勅使河原には言えなかったが、やはりODAという国民の税金を食い荒らすような会社で働くことに抵抗があったのだ。

だが、俺は勅使河原に山科と美佐子の関係を話し、山科に払うべき百万円を受け取ることができた。その金と自分が受け取った残りの百万円があったから、出産費用や当座の生活費の心配はなかったものの、今後の生活のことを考えて節約するために、臨月が近づいていた美佐子と俺は六畳一間のアパートで一緒に住むことにした。

俺が夜警のアルバイトを続けたのには、ふたつ理由があった。ひとつは、新人シナリオコンクールに応募する原稿を書くための時間が作れるということ。もうひとつは夜警のアルバイトは当然、夜から朝までだから、美佐子と男女の間違いを起こすこともないだろうと考えたからだ。

俺は夜警のアルバイトをしながら、ひたすらシナリオを書いてコンクールに次々に応募したが、どの作品も一次選考さえ通らなかった。それでも、あきらめずに書き続けた。学歴もなんのとりえもない自分が、美佐子と生まれてくる子供に人並みの生活をさせるには、資格がなくてもなれる放送作家になるしかないと考えていたのだ。

そして美佐子は三千グラム弱の元気な女の子を産んだ。

「——麻里亜という名前は美佐子が、父親がいなくてもお腹に命を宿し、キリストを産んだ聖母マリアに因《ちな》んでつけたものだ。俺は、生まれたばかりの麻里亜を抱いたとき、強く心の中で誓った。山科さんから預かったこの子は、自分の命に換えても守ってみせる。そして、麻里亜にどんなに嫌われても憎まれても構わない、厳しく育てて必ず立派な大人にしてみせる。それが俺にできる山科さんへのせめてもの償《つぐな》いだと……」

美佐子との仮面夫婦生活は、麻里亜が生まれてからも続いた。

そして、麻里亜が二歳のとき、俺はようやく関東放送主催のラジオドラマの新人シナリオコンクールに入選して、放送作家としてデビューすることができた。

「俺は作家としての才能などなかったが、必死にない知恵を絞って原稿を書いて、美佐子と麻里亜に人並みの暮らしをなんとかさせてきたつもりだ。だから、ハサン、美佐子が癌で死に、麻里亜がこうして大人になった今、俺の命なんか本当にどうなってもいいんだ。おまえの好きにしてくれ。しかし、麻里亜だけは、おまえと血が繋がっている、山科さんの娘のその子の命だけは助けてくれ。頼む、このとおりだっ……」

俺は土下座をして懇願した。

しばらくそうしていると、それまでハサンが放っていた殺気が、少しずつ消えていった気がした。

そして、俺の話を黙って聞いていたハサンは、

「俺たちは何年もかけて視力と聴力を鍛えられるんだ。その結果、俺の視力は三・五になった。聴覚は猫ほどではないが、普通の人間の可聴域のおよそ二倍、二十から五万ヘルツになっている」

と奇妙なことを言い出した。

俺が意味がわからず顔を上げると、

「何故、俺たちが視力と聴力を鍛えるか――その目的は敵がどこにいるのかをいち早く察知するための他に、捕らえた敵に尋問するとき、そいつの言っていることが嘘か本当かを見極めるためだ。目の輝きと微かな動き、顔の表情筋の微妙な変化、話す声の高低差や震え具合などを総合して判断するんだ。俺は、これまで嘘を言っているのか本当のことを言っているのか見抜けなかったことはない。あんたが今言ったことは――すべて本当のことのようだ。俺の視力と聴力はそう判断した」

と、ハサンは言った。

倉庫の空気は、これまでになかったものに変わっていった。

「俺が自爆テロを決行する前に日本に行きたいとボスに頼んだのは、復讐の他にもうひとつ目的があったからだ——」

「それはなんだ？」

「父さんのノートに何度も書いてあったんだ。息子のハサンをいつか、自分が生まれ育った故郷に連れていってやりたいって——ノートには父さんの実家の住所も山科家の代々の墓がある寺の場所も、子供のころよく遊んだ山や川、そして海のことなんかも、とても詳しく書いてあった……」

ハサンの顔はまるで別人のように穏やかなものになっている。

「そうか。それで、下田に行ったんだな？　——で、山科さんの故郷は、おまえの目にどう映った？」

ハサンは遠くを見るまなざしになって、

「とても素晴らしいところだった。山の緑、川辺の草花、海の潮の香り——どれもこれまで俺が嗅いだことのないいい匂いが、父さんの生まれ故郷にはたくさんあった。俺が育った砂漠には匂いというものがない。父さんの故郷に行って思ったよ。いろんな匂いがあるということは、そこにいろんなものが生きているということなんだって。それに比べて俺がボスに育てられた砂漠は匂いがない死の世界だ。だから、俺は人を殺すことに抵抗を感じない人間になってしまったのかもしれない」

そう悲しげな表情を見せて言うと、麻里亜を縛りつけていたロープをサバイバルナイフで切りはじめた。そして目隠しと猿轡も取り終えると、麻里亜の下腹部に仕掛けていた爆弾も外した。

麻里亜は眩しさに少しの間、顔をしかめていたが、俺の姿を見ると涙ぐんで、「お父さん」と心細そうに小さく震えた声で言った。

するとハサンは、

「この世で、たったひとりしかいない肉親を殺すわけにはいかない。そして、父さんが弟のように思い、俺の姉さんを大切に育ててくれた立花さん、あんたもだ――」

そう言うと麻里亜の前で膝を折って向き合い、

「姉さん、知らなかったとはいえ、怖い思いをさせてすまなかった。さあ、立花さんと一緒に自分の家に帰ってくれ」

と言った。

解放された麻里亜は、四日も同じ格好でイスに縛りつけられていたからだろう、ふらふらとよろけながら、俺のもとに駆け寄ろうとして転んだ。

俺は走り寄って麻里亜を抱き起こしながらハサンを見て、

「ありがとう。ハサン」

と言った。

そして、転んで捻挫《ねんざ》したのだろう、痛そうな顔をして足を引きずって歩く麻里亜に肩を貸してドアに向かって歩いていると、

「立花さん――」

背中にハサンが声をかけてきた。

振り返ると、

「俺はあなたに危害を加えようとした結果、無関係な女性の命を奪うという間違いを犯してしまった。このことをもし、父さんが知ったら、どう思うかな？」

ハサンは泣き笑いのような、ひどく複雑な表情をして訊いた。

俺は少し迷ってから意を決して、

「とても悲しむと思う」

と、きっぱり言った。

「そうだな。父さんは優しい人だったから、きっとそう思うだろうな……」

そう言ったハサンの瞳には、深い絶望が宿っているように思えた。

「なあ、ハサン、ひとつ訊いていいか？」

ハサンは、かすかに首をかしげた。

「ハサンという名前は、誰がつけたんだ？　名前に何か意味はあるのか？」

「名前をつけてくれたのは、父さんだ。ハサンは、アラビア語で〝凜々しい〟という意味があるんだ。父さんは、俺に凜々しく生きて欲しいと願ってつけてくれたんだ」

「そうか。いい名前だな」

「ああ。俺もとても気に入っている」

「そうか――じゃあな」

俺は、ドアを開けて外に出た。

倉庫から出ると、外は蒸し暑く、来たときと同じで、まったく人影がなかった。

俺は麻里亜の前に回ってしゃがみ込んだ。足を捻挫した麻里亜をおぶってやろうと思ったのだ。

麻里亜が背中に体を預けてきた。四日間ほとんど食べていなかったからだろう、驚くほど軽かった。

最後に麻里亜をこうしておんぶしたのは、麻里亜が何歳のときだったろう――そんなことを思いながら歩いていると、

「夢だよね……」

麻里亜が小さく震える声で言った。

意味がわからず、首だけ麻里亜に向けると、

「あたし、悪い夢を見ているんだよね？　だって、お父さんが、あたしの本当のお父さんじゃないなんて、そんなことあるはずないものね」

麻里亜は、精いっぱい明るい声を出している。

俺はどう返答していいのかわからなかった。

「どうして黙っているの？　さっき言ったことは、全部嘘だって言ってよ。おまえは、俺の娘に決まっているじゃないかって言ってよ……」

麻里亜は幼い子が駄々をこねるときのように、俺の肩を弱々しく叩いた。

「ごめんな、麻里亜。今までいろんなこと黙ってて」

胸に熱いものが込み上げてきて、俺はそれ以上言葉が出てこなかった。

「どうしてお父さんが謝るの？　あたしになんか謝らないでよ。謝らなきゃいけないのは、あたしのほうなんだから……」

麻里亜は、必死に嗚咽《おえつ》を堪えているようだった。

「おまえが謝ることなんて、なにひとつないさ。悪いのはすべて俺だ。俺のせいで、あんな怖い思いまでさせてしまって、本当にすまない。許してくれ——」

麻里亜は何度も首を横に振りながら、

「違う、違うってば。謝らなきゃならないのはあたしよ。あたし、お父さんの気持ち全然知らなかったから……お父さんの言うことにいちいち反発して、我がままばっかり言って困らせて……」

と言って、言葉を詰まらせた。

「もういい。もういいんだよ。麻里亜……」

「よくない！　あたし、ちゃんとお父さんに謝らなきゃいけないもの……あたし、お母さんが死んじゃったのに、オーストラリアからしばらく帰らなかったのは……お父さんとふたりだけで暮らす自信がなかったからなの……」

「――そうか。そうだったのか……」

「あたし、小さいときから、お父さんに叱られてばかりいて、褒めてもらえること、なにひとつできなかったから――あたしが、高校二年のとき交換留学で行ったオーストラリアで、大学に行くことにしたのは、もうこれ以上お父さんに嫌われないようにするには、遠くに離れるしかないって思ったからなの……」

麻里亜は体を小刻みに震わせながら、しゃくり上げている。

「馬鹿だなあ。麻里亜が俺を嫌いになることはあっても、俺が麻里亜を嫌いになんかなるわけないじゃないか」

「ねえ、お父さん――」

「ん？」

「お父さんは、お母さんのこと愛してた？」

麻里亜は、不安そうな声を出している。

「当たり前だ」

俺は本当に心から美佐子を愛していた。

「じゃ、お母さんはどうだったのかな。お母さんは、お父さんのこと、愛してた？」

答えられなかった。美佐子とは、ずっと仮面夫婦だったわけではない。しかし、美佐子の心の奥には、いつも山科がいたように思う。

すると、麻里亜は、俺の心を見透かしたかのように、

「どうして何も言わないのよ。お母さんは、お父さんのこと、愛していたわよ。そうに決まっているじゃない。だって、お父さんとお母さん、とっても仲良かったじゃない」

と、涙声で拗ねた口調で言った。

長い沈黙のあとで俺は重い口を開いた。

「お母さんな、息を引き取る間際に、最後の力を振り絞るようにして俺の手を握って言ってくれた言葉があるんだ」

「なんて言ったの？」

俺は、病気でやつれた美佐子の最後の顔が鮮やかに思い出されて、胸が詰まった。

「ありがとう……って。もう声に力はなくなっていたけど、はっきりと聞こえたんだ。優しく微笑んで、ありがとうって——俺は、お母さんに最後の最後にそう言ってもらえて、とってもうれしかった。俺は、それだけで大満足だった。本当だ——」

目から涙が溢れ出てきた。

「あたしも言う。お父さん、ありがとう……我がままばかり言って困らせて……それなのに、これまで育ててくれて、本当にありがとう」

俺の肩に麻里亜の涙が落ちてくるのがわかった。

「礼を言わなきゃならないのは、俺のほうだ。俺はお母さんと麻里亜がいてくれたから、これまでがんばってこれたんだ。俺ひとりだったら、仕事も何もとっくに投げ出していたよ。だけど、麻里亜はこれから駿くんと一緒に生きていくことになった。彼なら間違いない。必ず、おまえを幸せにしてくれる。俺は、これでようやく役目を終えることができそうだ」

「そんなのダメよ！」

麻里亜が鋭い声を出して言った。

俺は少し驚いて、また首だけを微かに背中の麻里亜に向けると、

「だって、お父さん、あたしに言ったじゃない。お母さん、乳癌になって、自分の命があといくらもないっていうのに、おまえのことばかり心配してたって。親って、そういうものだって。だから、あたし、これからもお父さんにいっぱい心配してもらうんだから――」

麻里亜は手で涙を拭いながら言った。

「麻里亜……」

ありがとう――そう続けたかったが、それ以上はもう言葉にならなかった。

しばらく俺も麻里亜も黙りこくったままだった。

すると、四方から複数の人間の慌ただしく走る足音が聞こえてきて、突然、前方の薄暗がりに七、八人の男が集まって俺たちの前に立ち塞《ふさ》がった。

「課長、いました」

男のひとりが低く鋭い声で、後ろに向かって言った。

目を凝らして見ると、その男は三日前、車の後部座席に柿沼を乗せて、俺のマンシ

ョンの前に止めていた黒塗りの高級セダンの運転席に座っていた柿沼の部下だった。

「立花さん、テロリストは、今どこにいるんです！」

俺を取り囲むように立っている男たちの真ん中から、柿沼が割って出てきて言った。

「どうして俺がテロリストと接触していたなんてわかるんですか？」

「最後にあなたと携帯電話で話したとき、少し様子がおかしいと感じたもので、念のためにあなたを監視する人間をひとりつけていたんです」

やはり、岸本のことを訊いたときの俺の反応に、柿沼は違和感を抱いたのだ。

「そうしたら、今日の夕方、あなたは京浜東北線に乗って、品川駅で山手線外回りの電車に乗り換えました。そして一周したところで、網棚にショルダーバッグを置いたまま品川駅で電車を降りた」

マンションを出たところから俺を尾行し、電車内でも常に俺に視線を向けていたのは、山科の仲間だとばかり思い込んでいたのだが、そうではなく柿沼の部下だったのだ。

「しかし、その網棚に置いていったショルダーバッグには、何も入っていなかった。立花さん、あのショルダーバッグの中には本当は爆弾が入っていたんじゃないですか？」

山手線の電車に乗って俺を監視していた柿沼の部下は、俺が品川駅で降りたあとも車内に残って、俺が網棚に置き去りにしたショルダーバッグを手にして中を確認したのだ。

しかし、バッグの中は空だったうえに、俺の監視を続けることができなくなった。だから、俺はそれ以降は視線を感じなくなったのだ。

「それにしても、どうして、あなたがたは俺がここにいることがわかったんです?」

柿沼の問いに答えないまま訊くと、

「あなたの携帯電話から出ている微弱電波で基地局を突き止め、おおよそあなたのいる場所を特定することができたんです」

柿沼は相変わらず、丁寧な言葉遣いで淡々と答えると、さらに続けた。

「立花さん、テロリストがいる場所を教えてください。そして、ショルダーバッグにあった爆弾はどうしたんです?」

答えるべきか迷っていると、微かに口笛が聞こえた気がした。なんとも言えぬ物悲しい音色の『異邦人』——俺は耳を澄ませた。

しかし、何も聞こえず、辺りはしんと静まり返ったままだ。

妙な胸騒ぎがして、丸金倉庫を振り返った。

「おい――」

柿沼は俺の視線の先を追い、男たちに行けと顔で指示した。男たちは上着の下から拳銃を取り出すと、丸金倉庫のほうに走り出し、闇夜に複数の男たちの革靴がアスファルトを蹴る乾いた音が響き渡った。

すると突然、大きな爆発音が轟《とどろ》き、地響きが起きた。丸金倉庫の近くまで走っていた男たちは足を止めた。

「ハサン……」

麻里亜を背負ったまま、俺は茫然と立ちすくんでいた。

丸金倉庫の出入り口の鉄扉は吹き飛び、打ちっぱなしのコンクリートの壁が次々に崩れ落ちはじめた。

「――立花さん、何があったのか、詳しく聞かせていただけますね」

柿沼が近づいてきて言った。

「ええ。しかし、俺は今この子を一刻も早く家に連れ帰って休ませてやりたい」

背中の麻里亜に顔を向けて言うと、

「わかりました。お送りしましょう」

柿沼は、近くにいた部下の男を呼んで何か小声で言い終えると、俺と麻里亜を黒塗りのセダンを止めている場所へ連れて行った。

そして俺と麻里亜を後部座席に乗せると、運転席についた柿沼はエンジンをかけて車を走らせた。

長時間強いられていた極度の緊張から解放されたからだろうか、俺は自分の身体が鉛のように重くなっていることにはじめて気づいた。

やがて瞼《まぶた》が勝手に閉じていった。俺は、山科とハサンのことを考え続けていた。

思えば、山科は息子の生まれた国のイラクで、息子のハサンは父親の母国の日本で、ふたりとも異邦人のまま最後は自ら命を絶ってしまったのだ。なんという皮肉で因果な巡り合わせなのだろう。

車内は静寂に包まれている。だが、俺の脳裏には、もう二度と聞くことはない、ハサンのあの物悲しい口笛が鳴り響いていた。

あとがき

『異邦の仔』というこの小説は、作者の私がいうのもなんだが、つくづく不思議な星のもとに生まれた作品だと思う。

そもそもこの小説は、今から七年前に書いたものである。その当時、私は東京から故郷の函館《はこだて》に住まいを移して三年ほどが経ち、出版不況が本格化する中で、いよいよ小説の依頼がなくなりつつあるころだった。私は、このままでは確実に筆を折ることを余儀なくされる。これからも小説を書き続けるには一体どうすればいいのかと真剣に考え、その結果出た答えが、ともかく名のある賞を取ることだ、ということに行き着いた。

そこで私は、近くのメガドンキに行ってバリカンを買ってきて、「俺はこれから一年間、家から出ずに賞を取れる小説を書くことだけに没頭する」と言って、その決意を肝に銘じるためにも丸坊主にしてくれと妻に頼んだ。

大まかな構想は、すでに頭の中にあった。私が二十二歳のときに日雇いのアルバイトでイラクに行き、そこでイラン・イラク戦争に巻き込まれ、一緒に行った仲間二人が戦火の中で非業の死を遂げたという、忘れようにも忘れられない体験を基にしたミステリー小説である。

そして、主人公の職業や家族・友人関係、これまで体験してきたことなども、ほぼ事実に近い設定にして書き進めた。だから、オウム真理教の上九一色《かみくいっしき》村のサティアンに潜入したエピソードが出てくるが、勿論それも私が本当に体験した出来事をそのまま書いている。

つまり、私にとってこの作品は、自分がこれまで体験し、伝えなければならないと思ったすべてのことを詰め込んだ渾身《こんしん》の一作なのだ。

そうして書き上げた作品を私は、とある大手出版社が主催している著名な賞に満を持して応募した。だが、結果は最終選考の四作に残ったものの賞を取ることはできず、力尽きた私は筆を折る決心を固めた。

ところが、少しして、私がはじめて小説を書いた別の大手出版社を定年退職したばかりの元編集者から電話をもらい、近況を聞かれたので、賞を逃したことを言うと、

「最終選考に残った作品は、どれが賞を取ってもおかしくないものばかりです。西川さんが、そこまで強い思いを込めた作品なら読んでみたいので、送ってくれませんか？」と言う。

私はその人の言葉に従って原稿を送った。すると、一週間も経たないうちに、その元編集者から再び電話をもらい、「送ってもらった原稿を私が退職した出版社の後輩の編集者にも読ませたら、この作品を世に出さないのはもったいない。西川さんさえよかったら、ウチで出す気がないかどうか聞いて欲しいと言ってきました。どうですか？　出版してみませんか？」と言った。

私にとって、その申し出はまさに願ったり叶《かな》ったりで、即座に了承した。

こうして、『異邦の仔』は単行本として二〇一四年に出版された。しかし、期待したほどは売れず、『異邦の仔』は文庫になることもなく、六年の月日が流れたのだった。

その後、私は新作を発表することなく、函館の短大で非常勤講師やカルチャーセンターで作家教室の講師をしたりして糊口《ここう》を凌《しの》ぎながら、ときたま地元の新聞や雑誌にコラムやエッセイを書いたりする日々を過ごしていた。

そんなある日、たまたまウェブ雑誌のアルバイトマガジンで、「忘れられないバイト体験談」というエッセイを応募していることを知り、バイトでイラクに行ったら、イラン・イラク戦争に巻き込まれ、一緒に行った仲間二人が戦火の中で命を落としたというエッセイを書いた。

そして、その私のエッセイが掲載されたその日のことだった。ウェブ雑誌のアルバイトマガジン編集部からメールがきて、「西川さんに、お書きいただいたあのエッセイが大変なことになっています。〝はてなブックマーク〟で西川さんのエッセイがバズって、さっき掲載したばかりなのに、いきなり総合一位になっています」と教えてくれたのだが、スマホやパソコンに疎《うと》い私はなんのことを言っているのかさっぱりわからなかった。

やがて、〝はてなブックマーク〟で私のエッセイを読んだいろんな人たちがTwitterでつぶやきはじめ、私のエッセイがどんどん拡散されていったのだった。

そしてそのことをつい最近、私に『消えた女』という警察小説を出すきっかけを与えてくれた加藤淳氏という、私が一番最初に警察小説を書いた祥伝社の元編集長に伝えると、加藤淳氏も驚き、すぐに長年の知り合いだという実業之日本社の佐々木登氏に話したところ、「わが社で『異邦の仔』を文庫にして出版しましょう」となったのである。

バズッたというそのエッセイの最後を、私はこんな言葉で結んでいる。

「あのイラン・イラク戦争に巻き込まれてからちょうど四十年になる。私は、大手ゼネコンがODAを食いものにしていたこと、一緒に行った仲間が乗った国際赤十字社のバスにイランの戦闘機が放った小型ミサイルが命中し、彼らが死んでしまったことなど、その真実をなんとかして世間に知らせたいと思ったのが物書きになろうとしたきっかけだった。しかし、日々の生活に追われているうちに、いつの間にか私は初心を忘れてしまっていた。

ところが、数年前、イスラム国が支配している地域が私がいた、あのモスルだということを知った。さらに日本人ジャーナリストが彼らによって首を落とされて殺されるという残忍な映像を見た私は、一大決心をして依頼されてもいない小説を書いた。勿論、あのイラン・イラク戦争に巻き込まれた体験を書いた小説である。

しかし、その小説は、私が書いた中でもっとも売れない作品になった。だが、私の中ではもっとも力を入れ、もっとも書きたかったものだったという気持ちは今も変わらない。

「異邦の仔」という小説である。私はこの一冊を書けたことで、それまで職業を聞かれるたびに「物書きです」と卑屈な物言いをしていたのだが、今は職業を聞かれると「作家です」と答えることができるようになった」

私が書いた中で最も売れなかったが、最も力を入れた作品の『異邦の仔』が今、最も多くの人に知られるようになり、六年の歳月を経て、多くの人が手に取りやすい文庫という形になって、再び世に出てくれた。

私は、戦火の中で命を落としたあの仲間の魂が、自分たちのことを知ってもらいたいとずっと願っていたからこそ、こうした不思議な巡り合わせに導いてくれたに違いないと思っている。

最後に、文庫化にあたりたいへんな時間と労力を費やしてくださった加藤淳氏と佐々木登氏に心から感謝申し上げる。

二〇二〇年九月

西川　司

単行本　二〇一四年十一月　講談社刊
文庫化に際し、改題のうえ加筆訂正をしました。
本作品は著者の実体験をもとに創作したフィクションです。
実在の個人・団体等とはいっさい関係がありません。（編集部）

日本音楽著作権協会（出）2007368-001号

実業之日本社文庫 に81

異邦《いほう》の仔《こ》 バイトで行《い》ったイラクで地獄《じごく》を見《み》た

2020年10月15日 初版第1刷発行

著 者 西川《にしかわ》 司《つかさ》

発行者 岩野裕一
発行所 株式会社実業之日本社
〒107-0062 東京都港区南青山5-4-30
CoSTUME NATIONAL Aoyama Complex 2F
電話 [編集]03(6809)0473 [販売]03(6809)0495
ホームページ https://www.j-n.co.jp/
DTP ラッシュ
印刷所 大日本印刷株式会社
製本所 大日本印刷株式会社

フォーマットデザイン 鈴木正道(Suzuki Design)

ISBN978-4-408-55627-7（第二文芸）